Sammlung Vandenhoeck

V&R

Christa Rohde-Dachser (Hg.)

Über Liebe und Krieg

Psychoanalytische Zeitdiagnosen

Vandenhoeck & Ruprecht
Göttingen · Zürich

Aus der Johann Wolfgang Goethe-Universität
Frankfurt am Main

Die Deutsche Bibliothek – CIP-Einheitsaufnahme

Über Liebe und Krieg: psychoanalytische Zeitdiagnosen /
Christa Rohde-Dachser (Hg.). – Göttingen; Zürich:
Vandenhoeck und Ruprecht, 1995
(Sammlung Vandenhoeck)
ISBN 3-525-01427-9
NE: Rohde-Dachser, Christa [Hrsg.]

Satz: Text & Form, Pohle
Druck und Bindung: Hubert & Co., Göttingen

Inhalt

Vorwort

»Über Liebe und Krieg« ist der nunmehr dritte Sammelband, der sich mit psychoanalytischen Zeitdiagnosen befaßt und die Vorträge repräsentiert, die im Rahmen der vom Institut für Psychoanalyse veranstalteten Ringvorlesung in den Wintersemestern 1992/93 und 1993/94 an der Universität Frankfurt/Main gehalten wurden. Die Autorinnen und Autoren, die in diesem Band zu Wort kommen, waren an die Universität Frankfurt eingeladen worden, um aus psychoanalytischer Sicht zu Themen unserer Zeit Stellung zu nehmen.

Die Texte gruppieren sich vor allem um zwei Grundthemen. Sie befassen sich einmal aus psychoanalytischer Sicht mit der Bewältigung der deutschen Vergangenheit und – allgemeiner – den psychosozialen Funktionen von Nationalismus und Krieg. Zum anderen thematisieren sie zwischenmenschliche Begegnungen, in denen es um die Erfahrung von Liebe und um die Abwehr dieser Erfahrung geht. Dieses Buch heißt deshalb »Über Liebe und Krieg«.

Die Beiträge in diesem Buch sind nach diesen Grundthemen geordnet. Dem Titel des Buches entsprechend, müßte dabei eigentlich die »Liebe« am Anfang stehen. Ich habe die umgekehrte Reihenfolge gewählt. Das Buch beginnt mit der »Unfähigkeit zu trauern« und der Analyse der damit verbundenen Abwehr. Die weiteren Kapitel führen über das Thema des Kriegs und des Geschlechterkampfes hin zu der Erkenntnis, daß Liebe notwendig ist, und daß es möglich ist, sie in dieser Welt zu realisieren. Diese Reihenfolge ist aber keine zwingende. Ich werde im folgenden die einzelnen Kapitel kurz skizzieren und hoffe, den Leserinnen und Lesern auf diese Weise die eigene Wahl zu erleichtern.

Im ersten Kapitel untersucht MARGARETE MITSCHERLICH, ob ihre Behauptungen über die deutsche *Unfähigkeit zu trauern*, die sie zusammen mit ALEXANDER MITSCHERLICH erstmals im Jahre 1967 aufstellte, auch für die heutige Zeit noch Gültigkeit besitzen. MARGARETE MITSCHERLICH zeigt, daß die von ihr geforderte Trauerarbeit um die Opfer des Dritten Reichs, insbesondere aber um die von den Deutschen ermordeten Juden, bis heute nur unzureichend geleistet worden ist. Die damit verbundene Verleugnung der Vergangenheit erschwert nicht nur das Gespräch zwischen den Generationen; sie führt zu jener allgemeinen Sprachlosigkeit, in der auch die mit der Trauer verbundenen Schuldgefühle nicht erlebt und deshalb auch nicht verarbeitet werden können. Die Schuldgefühle bleiben von daher unbewußt und können sich nur im Handeln artikulieren. Die Psychoanalyse spricht von einem unbewußten »entlehnten Schuldgefühl« der zweiten und dritten Generation, das sich weiter vererbt. MARGARETE MITSCHERLICH versteht auch den in Deutschland gegenwärtig neu entbrannten Ausländerhaß auf diesem Hintergrund.

ROLF VOGT nimmt in seinem Beitrag über RAINER WERNER FASSBINDERS *Der Müll, die Stadt und der Tod. Eine deutsche Seelenlandschaft?* das Thema von MARGARETE MITSCHERLICH auf. Dies zeigt sich bereits an der Präambel, die VOGT seinem Beitrag voranstellt. Sie entstammt dem Buch von ALEXANDER und MARGARETE MITSCHERLICH über *Die Unfähigkeit zu trauern* und lautet:

»Wenn es ein Rezept gegen die Fortdauer von unbewußt wirksamen Motivationen gibt, so ist es die Förderung einer Aufklärung an allen Stellen, an denen sich die Gesellschaft den nachwachsenden Generationen vermittelt. Wir haben es freilich mit einem Kolossos von Schuld zu tun, der solcher Aufklärung widerstrebt. Selbst das darf uns nicht abschrecken, denn die Suche nach der Wahrheit über die Vergangenheit stellt den ersten Schritt zur Quittierung des Wiederholungszwanges dar. Er hat auf schreckliche Weise Geschichte gemacht. Wir können es uns, wenn uns das Leben unserer Nachfahren lieb ist, nicht mehr leisten, im antikischen Sinn das Fortzeugen der Schuld als ›Schicksal‹ hinzunehmen.«

Rolf Vogt versucht, eine solche Aufklärung zu leisten. Er geht zu diesem Zweck zunächst auf die Geschichte des Theaterstücks von R.W. Fassbinder ein, das in Deutschland wegen seiner angeblich antisemitischen Haltung kontrovers diskutiert wurde. Gerade deshalb aber, so die Folgerung von Vogt, ist dieses Theaterstück für eine Analyse der kollektiven psychologischen Verarbeitungs- und Abwehrformen des Nationalsozialismus in Deutschland auch in besonderer Weise lehrreich. »Es scheint«, so Vogt, »als sei hier ein Knoten geplatzt und es komme eine Dynamik ans Tageslicht, die zwar grundsätzlich nicht unbekannt ist, sich aber noch nie so deutlich und konkret, ja massiv gezeigt hat«. Der Autor führt dies auf eine kollektive ethnische Störung der Deutschen zurück, die in der »Unfähigkeit zu trauern« besteht und mit einer massiven Abwehr unbewußter Schuldgefühle und eigener Destruktivität einhergeht.

Die psychoanalytische Deutung des Stücks von Fassbinder *Der Müll, die Stadt und der Tod* durch Rolf Vogt geschieht vor diesem Hintergrund. Vogt führt uns Roma, die Protagonistin des Stücks, als eine prostituierte »öffentliche« Frau vor Augen, die gleichzeitig das Unbewußte der Deutschen repräsentiert, in dem auch die Identifizierung mit den Leichen und Horrorfiguren der Vergangenheit zu finden ist. Die Vorstellungswelt Romas als der »mythischen Repräsentantin Deutschlands« ist von daher durchsetzt mit Tod und Verwesung. Die Ursache der »tödlichen Reue«, von der sie spricht, ohne angeben zu können, was es eigentlich ist, das sie so reut, bleibt ihrem Bewußtsein verborgen. Im Laufe des Stücks wird Roma immer mehr zur leidenden Jüdin, während sich ihr Gegenüber, der »Reiche Jude«, zum »Täter« wandelt, der sie auf ihre Bitte hin schließlich in einem völlig affektlosen Vorgang mit seiner Krawatte erwürgt.

Was nach Vogt die kollektiv-psychische Problemlage der Deutschen ausmacht, nämlich eine Mischung aus Destruktion, Schuldgefühl, Vergeltungsangst und Sühnebedürfnis, wird in diesem Tötungsakt, der in vieler Hinsicht dem Mord an den KZ-Opfern gleicht, erneut inszeniert, aber keiner Bearbeitung zugeführt. Vogt zeigt in seiner psychoanalytischen Deutung von *Der Müll, die Stadt und der Tod* in diesem Sinne tatsächlich eine »deutsche Seelenlandschaft«, in der anstelle einer kollektiven Trauer immer noch die von ALEXANDER und MARGARETE MITSCHERLICH dargestellten Abwehrmechanismen der Derealisierung und der Umkehr der Täter-Opfer-Konstellation das Bild bestimmen.

Im nächsten Kapitel beschreibt STAVROS MENTZOS unter dem Titel *Pseudostabilisierung durch Nationalismus und Krieg* die menschliche Fähigkeit, sich durch die Identifikation mit nationalistischen Idealen und mit Krieg eine innere (Pseudo-)Stabilität zu verschaffen, die auf andere Weise oft nur schwer zu erreichen ist. Sein Aufsatz knüpft insofern an ROLF VOGTS Ausführungen an, als auch MENTZOS zeigt, wie eine solche auf kollektiven Identifizierungen gründende Stabilität sich mit stereotypen Feindbildern koppelt, die der Täter-Opfer-Perspektive in der psychoanalytischen Deutung des Fassbinderstücks sehr nahe kommen. MENTZOS beschreibt mit seiner Darstellung der psychosozialen Funktionen von Nationalismus und Krieg indirekt also auch die Abwehr- und Befriedigungsmotive, die hinter der »Unfähigkeit zu trauern« stehen und diese Trauerarbeit ersetzen.

Der Nationalismus beruht auf einem Gefühl der Gemeinsamkeit mit anderen, die der gleichen Nation angehören. Im Zentrum steht dabei das Bedürfnis, das eigene Selbst und die eigenen Selbstgrenzen durch die Zugehörigkeit zu einem solchen Kollektiv zu stabilisieren. Um dieses Kollektiv zu sichern, werden die Konflikte nach außen – auf »Feinde« – projiziert. Krieg ist nichts anderes als eine Eskalation dieser Konstellation. Kriege sind ungeheuer destruktiv. Es fällt deshalb auch schwerer, die psychosozialen Funktionen des Krieges nachzuweisen. Kriege aber – so MENTZOS – können niemals von einigen Kriegsmachern oder Kriegsprofiteuren durchgeführt werden, wenn diese sich nicht auf die Bedürfnisse Vieler stützen können. MENTZOS spricht deshalb auch von einem *psychosozialen Arrangement* zwischen den Interessen der Führer und den emotional getönten Bedürfnissen der Masse. Keine kriegerische Propaganda kann – so MENTZOS – auf Dauer Erfolg haben, wenn die betroffenen Völker im Nationalismus und im Krieg nicht die Kompensation vieler ihrer Frustrationen und Bedürftigkeiten sehen würden, und die Verwirklichung vieler ihrer Träume und Sehnsüchte. Mit dieser Betrachtung lenkt MENTZOS die Aufmerksamkeit über die immer wieder beklagte Destruktivität des Krieges hinaus zu jenen oft verdrängten Bedürfnissen und Wünschen, die im Krieg auf Erfüllung drängen und dazu führen, daß trotz der furchtbaren Erfahrungen der beiden noch nicht lange zurückliegenden Weltkriege kriegerische Auseinandersetzungen nicht nur weiter für möglich gehalten werden, sondern sich an vielen Stellen der Welt jeden Tag neu ereignen.

Mit der bereits von FREUD gestellten Frage »Warum Krieg?« befaßt sich auch der folgende Aufsatz von MICHAEL LUKAS MOELLER. Er trägt den Titel *Der Krieg, die Lust, der Frieden, die Macht. Zur Erotik der Kriegsbereitschaft.* Damit ist bereits angedeutet, daß MOELLER weniger an den psychosozialen Funktionen des Krieges interessiert ist, die MENTZOS aufzählt. MOELLER fragt nach der Erotik der Kriegsbereitschaft und wechselt damit von einer sozial- und ich-psychologischen Ebene unmittelbar auf die Ebene der psychoanalytischen Triebtheorie. MOELLER geht davon aus, daß Menschen Krieg führen oder am Krieg teilnehmen, weil sie daraus eine latente oder auch manifeste Lust beziehen. Angesichts der Destruktivität des Krieges ist der Nachweis eines solchen *Verlangens nach dem Krieg*, das im Dienste des Lustprinzips steht, sicherlich noch schwieriger zu führen, als dies für die von MENTZOS erwähnten psychosozialen Funktionen des Krieges gilt. Der Vortrag von MOELLER hat innerhalb der Ringvorlesung an der Universität Frankfurt im Publikum deshalb auch eine zwiespältige Reaktion gefunden. Kritisiert wurde insbesondere MOELLERS Behauptung, daß die Kriegslust bei Männern und Frauen gleich ausgeprägt sei und daß auch zwischen Jäger und Gejagtem (und damit auch zwischen Vergewaltiger und Opfer) eine Beziehung bestehe, die nicht einzig und allein mit der Machtausübung des Jägers (Täters) erklärt werden könne, sondern ein latentes Einverständnis der Beteiligten voraussetze. Ich teile diese vor allem von feministischer Seite vorgebrachten Einwendungen. Trotzdem erscheint es mir sinnvoll, sich mit den psychoanalytischen Thesen MOELLERS über die verschiedenen Formen der Kriegslust, für die er umfangreiche und teilweise gut dokumentierte Beweise vorlegt, näher zu befassen und sich dabei auch der eigenen Abwehr zu stellen, die einem solchen Vorhaben widerstrebt.

Es gehört, so MOELLER, einiger Mut dazu, wahrzunehmen, daß wir die Nachkommen »einer unendlich langen Generationsreihe von Mördern sind« (FREUD 1915, 1990). Und: »Die Mordlust steckt uns im Blut. Der Krieg streift uns die späteren Kulturauflagerungen ab und läßt den Urmenschen in uns wieder zum Vorschein kommen«. MOELLER belegt diese Behauptungen FREUDS nicht nur durch die Aufzählung menschlicher Lust an Grausamkeiten, im Mittelalter ebenso wie jetzt und heute, sondern zitiert darüber hinaus eine Reihe von Aussagen über die (männliche) Lust am Kampf und die Verschwisterung von Kampf und Sexualität. So schreibt etwa KARL V. CLAUSEWITZ kurz vor der Schlacht an seine Verlobte, daß nicht nur die ganze Armee dieser Schlacht mit Verlangen entgegensehe: »Ich selbst freue mich auf diesen Tag, wie ich mich auf meinen Hochzeitstag freuen würde.«

Daß wir Liebe, Sexualität und Krieg so schwer zusammen denken können, ist nach MOELLER auf unseren inneren Drang nach Einheit zurückzuführen, der mit der Neigung gekoppelt ist, eine Seite des Widerspruchs schlicht zu verleugnen. Libidinöse und aggressive Bestrebungen werden in aller Regel als ein so gravierender Widerspruch empfunden, daß wir ihm lieber mit dem Abwehrmechanismus der Spaltung zu begegnen versuchen (in dem es nur Liebe *oder* Haß gibt), als den Versuch zu machen, diese gegensätzlichen Empfindungen zusammenzufügen.

Daß man sich bei MOELLER an manchen Stellen eine geschlechtsspezifische Betrachtung wünschen würde, in der es auch um die im Krieg fast habituelle Opferposition der Frauen (und Kinder) geht, habe ich bereits erwähnt. Eine solche Betrachtung finden wir in dem Text von MARINA GAMBAROFF, der sich dem Problem von *Angst und Macht im Dialog der Geschlechter* zuwendet. MARINA GAMBAROFF spricht von der elementaren Schwierigkeit, einen Dialog der

Geschlechter zu führen, der nicht gleichzeitig im Dienste der Abwehr tiefsitzender Ängste steht. Denn:

»Die Tatsache, daß die Menschheit aus Männern und Frauen besteht, ist niemals als irreduzibles Faktum, das nun einmal gegeben ist, akzeptiert worden. Diese Tatsache wurde vielmehr, soweit die menschlichen Zeugnisse – einschließlich der Mythen – zurückreichen, als Angstquelle erfahren« (DEVEREUX 1967).

MARINA GAMBAROFF untersucht die Angst des Mannes vor der Frau und ihrer Macht, aber auch die Angst der Frau vor sich selbst und ihren verborgenen Machtpotentialen. Eine der wichtigsten Aussagen MARINA GAMBAROFFS ist – wie ich glaube – die, daß die Frau sich von den auf sie gerichteten männlichen Projektionen nur befreien kann, wenn sie sich einen anderen (weiblichen) Spiegel schafft. Wenn Menschen sich in Gott spiegeln, so MARINA GAMBAROFF unter Bezugnahme auf LUCE IRIGARAY, und dieser Gott bisher männlich war, dann brauchen die Frauen einen weiblichen Gott, um Frau zu werden. »Die Frauen haben nichts Diabolisches – es sei denn ihre (gegenwärtige) Gottlosigkeit«, zitiert MARINA GAMBAROFF LUCE IRIGARAY, und entwirft selbst eine Vision über die mögliche Veränderung dieser Weltwahrnehmung. »Denn daß die Erde unter dem Gesetz des Phallus unbewohnbar wird, hat sich schon längst erwiesen.«

CHRISTINA VON BRAUN nimmt das Thema der männlichen Projektionen auf und zeigt in ihrem Aufsatz *Die »Dunkle Kammer« und der »Helle Kontinent«. Geschlechterbilder und visuelle Medien* die Veränderung dieser Projektionen im »kollektiven Imaginären«, das sich heute nicht mehr über die Schrift, sondern über eine visuell bestimmte Kultur herstellt. Das »kollektive Imaginäre« besteht nach ihrer Definition aus den historisch wandelbaren Leitbildern oder Idealentwürfen einer Epoche, die immer auch eine Heilsbotschaft enthalten, die auf die Auslöschung menschlicher Vergänglichkeit und Versehrtheit abzielt. Die Schriftkultur basierte auf dem Gegensatz zwischen Geist und Natur; Vergänglichkeit und Versehrtheit wurden dabei der Frau, die die Natur verkörperte, zugeschrieben, einer Natur, der das männliche ICH, eine Verkörperung des Geistes, enthoben war. In einer visuell bestimmten Kultur müssen sich auch diese geschlechtsspezifischen Zuschreibungen ändern. CHRISTINA VON BRAUN zeigt, wie dabei dem *Blick* eine entscheidende Rolle zufällt. So tritt bei ROUSSEAU das sichtbare Erröten der Frau an die Stelle ihrer sichtbaren Geschlechtsmerkmale. Das Erröten der Frau wird aber erst durch die eindringlichen Blicke des Mannes erzeugt. Der Mann kann also mit seinen Augen die weibliche Scham – und damit die *sichtbare* Geschlechtlichkeit der Frau – erzeugen. Im Film wiederum kann der Zuschauer sich wahlweise mit aktiven und passiven, männlichen und weiblichen Rollen identifizieren und sich damit eine neue Omnipotenzillusion erschaffen, von der er gleichzeitig weiß, daß es sich um eine Fiktion handelt. Das bedeutet aber auch, daß die Berührung mit Angst und Sterblichkeit von der beruhigenden Gewißheit begleitet wird, daß »das alles gar nicht wahr ist«. Wie läßt sich in dieser Situation ein Subjekt konstituieren, das dazu fähig ist, zwischen den individuellen Repräsentationen des Ich und den phantasmatischen Selbstbildern des kollektiven Imaginären zu unterscheiden? Dies kann, so CHRISTINA VON BRAUN, nur dann geschehen, wenn man sich selbst in eine Beobachterposition begibt, aus der heraus die Bilder *lesbar* werden – auch jene Bilder, die die aus der (männlichen) »Macht des Blicks« geborenen Weiblichkeitsprojektionen enthalten.

Einen gänzlich anderen Zugang zum Bereich menschlicher Kreativität finden wir bei MARK RICHARTZ, der sich – selbst Psychiater und Psychoanalytiker – über mehrere Jahre mit der Person und dem Werk PABLO PICASSOS beschäftigt hat. *Psychodynamische Überlegungen über Kreativität. Pablo Picasso: eine künstlerische Entwicklung ohne Latenzzeit*, so lautet der Titel des Beitrags von MARK RICHARTZ. Er spricht von PABLO PICASSO als einem »proteusartigen Genie«, dessen ungewöhnliche künstlerische Produktivität er in eine Welt des Primärprozesses und der Übergangsobjekte einordnet, in der die Gesetze der Logik und der zeitlichen Abfolge außer Kraft zu sein scheinen, in der alles noch unbestimmt und in Bewegung ist. Für RICHARTZ haften dem Geschehen teilweise psychotische Züge an, ohne daß man im klinischen Sinne von einer Psychose sprechen könne. Die psychoanalytische Deutung dieses kreativen Werks ist, so RICHARTZ, mit den theoretischen Annahmen FREUDS allein nicht zu bewältigen. Aus der Sicht des Autors hat PICASSO eine Form von Kreativität demonstriert, die dem Trieb nicht abgerungen ist, sondern die in seinem Dienste steht. RICHARTZ vertritt darüber hinaus die These, daß PABLO PICASSO in seinen verschiedenen Inszenierungen immer wieder neu ein Trauma wiederholte, das seinen Lebensanfang bestimmte: PICASSO wurde nach der Geburt von der Hebamme zunächst für tot erklärt und zur Seite gelegt, bis er schließlich von seinem Onkel, der Arzt war, gewalttätig zum Leben erweckt wurde. PICASSO fühlte sich später nie ganz lebendig, nur wenn er malte. Malen, so RICHARTZ, könnte für PICASSO unter anderem die ständige Wiederholung dieses Übergangs vom Tod zum Leben verkörpern:

»In einem unendlichen Prozeß von Veränderung und Transformation, von Neuschöpfung und Vernichtung geht das symbiotisch Amorphe und Unbestimmte über in identifizierbare Figurationen, die darauf wieder durch Übermalen zerstört werden, um – wie durch einen Zauber – in einem nächsten Schritt sich wiederum aus dem Unbestimmten in neue kompositorische Strukturen oder thematische Gestaltungen zu verwandeln.«

Darin mag für die Geliebten und Freunde PICASSOS einerseits die unwiderstehliche Faszinationskraft seiner Persönlichkeit, aber auch der zerstörerische Einfluß, der von ihm ausging, gelegen haben. Mehrere Geliebte PICASSOS haben Selbstmord verübt.

Der Übergang von dieser Begegnung mit PICASSO zu EUGEN DREWERMANNS psychoanalytischer Märcheninterpretation mutet auf den ersten Blick fast gewaltsam an. Trotzdem sind die beiden Aufsätze verwandt: Beide zeigen die gewaltige Anstrengung (dort eines Mannes, hier einer Frau), das Leben zu erringen und immer neu zu bewältigen: PICASSO als einer, der dabei eher anderen Leid zufügte, im »Mädchen ohne Hände« eine Frau, die ihre innere Freiheit erst langsam und unter Qualen erringt. EUGEN DREWER-

MANN zeigt in seiner Interpretation des Märchens der BRÜDER GRIMM *Das Mädchen ohne Hände*, wie ein solches weibliches Schicksal sich vollzieht und was geschehen muß, damit es sich schließlich zum Guten wendet. Sein Beitrag ist gleichzeitig eine Huldigung an die Liebe. Aus den Märchen erfahren wir, daß es möglich ist, der Liebe Folge zu leisten und in der Welt glücklich zu werden – so leitet EUGEN DREWERMANN seinen Vortrag ein. Die Märchen führen uns heraus aus der immer zu engen Realität und zeichnen »unsere Seele als begabt mit Flügeln«, fähig, eine niemals verlöschende Hoffnung wahrzumachen. Die Märchen spiegeln aber auch jene unbewußten Motive wider, die uns an der Verwirklichung unserer Träume hindern. DREWERMANN zeigt am Beispiel des »Mädchens ohne Hände«, wie ein Leben, das scheinbar schon zu Ende ist, kaum daß es begonnen hat, über viele Wege und Umwege schließlich seine Erfüllung findet. Das Mädchen, von dessen Schicksal wir hören, verbringt sieben Jahre in einem Haus, in dem »ein jeder frei wohnt«. Die Erfahrung dieser inneren Freiheit macht schließlich auch für das Mädchen, das lange »ohne Hände« auf die Hilfsbereitschaft anderer angewiesen war, die Begegnung mit dem geliebten Andern möglich, der ihr als Preis für seine Zuwendung nicht mehr ihre Hände abverlangt, sondern sie als einen vollständigen Menschen erkennt und deshalb liebt.

Ich habe den Vortrag EUGEN DREWERMANNS an den Schluß dieses Buches gesetzt, weil seine Interpretation des Märchens vom »Mädchen ohne Hände« Männern und Frauen die Botschaft vermitteln kann, daß es möglich ist, eine solche innere Freiheit zu erringen, und daß die mit ihr verbundene Einsamkeit keine dauerhafte ist, sondern zu Liebe und Begegnung führt. Für mich ist dies gleichzeitig eines der wichtigsten Ergebnisse dieses Buches. Meine Hoffnung ist, daß die Leserinnen und Leser eine ähnliche Erfahrung machen.

CHRISTA ROHDE-DACHSER

MARGARETE MITSCHERLICH

Die Unfähigkeit zu trauern – heute

Die »Unfähigkeit zu trauern«, der Titel eines Buches von ALEXANDER MITSCHERLICH und mir, das 1967 publiziert wurde, ist zu einer Art »geflügeltem Wort« oder auch Schlagwort geworden, mit dem viele Zeitgenossen nur wenig anzufangen wissen. Ich werde darzustellen versuchen, was damit gemeint war und warum das Buch geschrieben wurde. Mit der Sinnlosigkeit des Sterbens, mit dem gewalttätigen frühzeitigen Tod war meine Generation in besonderer Weise konfrontiert. Während des ersten Weltkrieges wurde ich geboren, den zweiten habe ich von Anfang bis Ende miterlebt. Es war ein unvorstellbar grausamer und mitleidloser Krieg, mit seinem millionenfachen Sterben auf dem Felde und in den bombardierten Städten, seinem Völkermord an den Juden, seinem Versuch der Ausrottung der Zigeuner und der »slawischen Untermenschen«, der Andersdenkenden überhaupt. Das alles war die Folge eines Wahns, dem große Teile des deutschen Volkes verfielen.

Diese Jahre haben mein Leben und Denken geprägt wie keine anderen. Seit dieser Zeit bin ich mir der tödlichen Gefahr von Vorurteilen, Projektionen und falschen Idealen, auch bei mir selber, voll bewußt. Wir begegnen ihr insbesondere im Nationalismus, im Rassismus und in der Aufteilung der Welt in Freund/Feind-Kategorien. All dies sind Vorstellungen, die heute wieder an Boden gewinnen. Aus der Vergangenheit zu lernen, ist schwer.

1945 waren nicht nur die Deutschen, sondern die ganze Welt mit den unvorstellbaren Verbrechen konfrontiert, die von den Nazis, der SS, aber auch von Teilen der deutschen Wehrmacht begangen wurden. Das deutsche Volk konnte nicht länger vortäuschen, von dem Völkermord, der unter seinen Augen begangen wurde, nichts gewußt zu haben. In der Mehrheit verhielten die Deutschen sich dennoch so, als ob es das »tausendjährige Reich« und seine Verbrechen nie gegeben hätte – eine Haltung, die sich nach der Währungsreform, nach dem Beginn des kalten Krieges und mit dem Wirtschaftswunder weiter verfestigte. Infolge dieser Derealisierung der Vergangenheit konnte auch um die eigenen Toten oft nicht getrauert werden. Die Idealisierung der gefallenen Soldaten als »Helden« war mit dem Führerwahn zusammengebrochen. Die Männer, Väter und Söhne waren umsonst gestorben. Diese Wahrheit zu ertragen, war schwer. Sie wurde wie der Völkermord – auch eine Folge des Herrenrassenwahns – wenn nicht verdrängt, so doch derealisiert. Mit der totalen Entwertung nach dem Zusammenbruch der Grandiositätsideen konnten viele Deutsche offenbar nicht anders umgehen, als die Vergangenheit möglichst zu vergessen oder sie nur noch wie durch einen alles verwischenden Nebel wahrzunehmen. Nach ihrem ersten Besuch in Deutschland sprach Hannah Arendt schon 1950 von einer »Weigerung der Deutschen zu trauern«.

Was ist Trauer? Trauer ist eine Reaktion auf schmerzliche Verluste, die oft die Grenzen dessen, was man glaubt, ertragen zu können, überschreitet. Eine das deutsche Volk beherrschende Trauer, die nach den ungeheuerlichen Verlusten an Menschenleben und an Menschlichkeit, an lange gehegten »Idealen«, an Heimat und Kultur zu erwarten gewesen wäre, fand kaum statt, unter anderem vermutlich deswegen, weil der Zusammenbruch nationaler Selbstidealisierung zu massiv erschien. In der größeren Öffentlichkeit wurde über die Nazi-Zeit zwar oft diskutiert; sie war das Thema zahlreicher Vorträge, und es gab viele Filme über diese Periode. In der Familie und in der Schule, in der alltäglichen mitmenschlichen Gemeinsamkeit wurde darüber jedoch nur wenig oder gar nicht gesprochen. Die Folge war, daß in großen Teilen der Bevölkerung die Erinnerungen an die zwölf barbarischen Jahre weiter abgewehrt wurden, auch und gerade bei denen, die diese Jahre bewußt miterlebt und an den Verbrechen der Nazis passiv oder aktiv teilgenommen hatten.

Es ist klar, Trauer kann nicht verordnet werden. Dies gilt für ihre Inhalte ebenso wie für ihre Dauer. Sie wird vor allem dann abgewehrt, wenn es um Verluste geht, die einerseits mit großen Schmerzen, andererseits mit Schuld, Scham und Angst und insbesondere mit dem Verlust des Größenselbst verbunden sind. Heute müssen wir uns fragen: Was können Begriffe wie Trauer und Trauerarbeit für jene Generationen bedeuten, die von den damaligen Verlusten nicht mehr unmittelbar betroffen sind und die keine persönliche Schuld an den Verbrechen der Hitler-Zeit trifft? Offenbar ist es bis heute schwer, mit dem Verlust der nationalen Grandiosität umzugehen. Je unreifer ein Mensch ist, um so labiler seine Selbstachtung, um so dringender sein Bedürfnis, sich selbst zu idealisieren und alles »Fremde« gemeinsam mit Gleichdenkenden zu verachten. Wenn es narzißtische Kränkungen sind, die im Mittelpunkt des Erlebens stehen, gibt es keine Einfühlung in Menschen, die nicht als Teil des eigenen Selbst gesehen werden, keine Trauer um die Opfer unserer Vorurteile und Projektionen. Die Wirklichkeit dessen, was war, kann auf Dauer jedoch nicht geleugnet werden. Tatsache ist, daß niemand sich von der historischen Verantwortung befreien kann, auch die nachfolgenden Generationen nicht, und daß sich bei einer Abwehr von Trauer die narzißtische Gefühlsunfähigkeit chronifiziert und von Generation zu Generation weitergegeben wird.

In der Arbeit über »Die Unfähigkeit zu trauern« haben Alexander Mitscherlich und ich uns vorwiegend mit der Vorstellung einer kollektiven Trauer beschäftigt. Darauf möchte ich näher eingehen. Diese kollektive Trauer schien uns die natürliche Reaktion eines Volkes zu sein, das schmerzliche Verluste erlitten hat und sich an die Leiden der Opfer, an ihr Leben und ihren Tod, erinnert. Daß die Unfähigkeit zur Trauer mit Größenphantasien zu tun hatte, die nicht aufgegeben werden konnten, weil mit ihrem Verlust die totale Selbstentwertung drohte, habe ich schon darzustellen versucht. Mit der Fähigkeit zu trauern, zu der unter anderem auch die Erinnerungsarbeit gehört, ist die Bewußtmachung eigener Vorurteile und Ideale verbunden, die dazu beigetragen haben, daß Menschen willkürlich verfolgt und getötet wurden. Die Folge einer solchen Trauerarbeit wäre unter anderem Mitleid mit den Opfern des Nazi-Wahns gewesen, zu denen auch die eigenen Gefallenen und Verfolgten gehörten, Reue und das Bedürfnis wiedergutzumachen, und damit auch die Befreiung von einer untergründigen Melancholie. Erst dann, wenn wir bereit sind, die historische Verantwortung für frühere Generationen zu übernehmen, kann auch die eigene Selbstachtung wachsen, die wiederum dazu befähigt, soweit wie möglich die Verantwortung für zukünftige Generationen zu akzeptieren.

Die Verfassung der Bundesrepublik Deutschland von 1949 ist ein Beweis dafür, daß es in den ersten Jahren nach 1945 sehr wohl eine einflußreiche Schicht von Deutschen gab, die nicht vergessen wollten, die aus ihrer Vergangenheit gelernt hatten, ihre Verluste betrauerten und gegen die mögliche Wiederholung der gewalttätigen Geschichte deutscher Herrenmenschen, in welcher Form auch immer, arbeiteten; sie waren sich ihrer Verantwortung für frühere wie für zukünftige Generationen bewußt; ihnen war klar, daß sich diese Verantwortung nicht teilen läßt, wenn sich vergangenes Unrecht nicht wiederholen soll. Diese nachdenklichen, lern- und trauerfähigen Deutschen hat es immer schon gegeben, mögen sie auch an Einfluß verloren haben. Die geistige und politische Arbeit mit dem Ziel, daß Auschwitz sich niemals wiederholen dürfe, war bis vor wenigen Jahren das Credo, das die alte Bundesrepublik moralisch zusammenhielt.

Der 9. November 1993 hat uns erneut an den Beginn des Völkermords unter Hitler erinnert. Auf das gleiche Datum fiel 1989 der Fall der Mauer, ein Ereignis, das vielen Menschen in Deutschland und in der östlichen Welt die langersehnte Freiheit brachte. Aber es gibt, wie wir wissen, nicht nur äußere, sondern auch innere Mauern. Von den inneren Mauern, von den Mauern im Kopf und in der Seele kann uns nur die schmerzliche Erinnerung befreien. Mit ihrer Hilfe lernen wir die Vergangenheit zu begreifen; durch sie wird uns klar, welchen Einfluß diese Vergangenheit auch nach dem Fall der äußeren Mauer bis heute auf uns ausübt.

Natürlich erinnern sich viele Zeitgenossen an die Nazizeit, auch wenn sie ihnen nur historisch übermittelt wurde. Sie neigen aber dazu, die Realität von damals zu verdrängen, weil die Erinnerung daran peinlich ist, selbst wenn sie nur das Verhalten von Eltern oder Großeltern betrifft. Deshalb können sie auch nicht wahrnehmen, wie sich heute in der Mitleids- und Einfühlungslosigkeit oder auch in der Verachtung gegenüber »Fremden« und Asylbewerbern alte, nicht bearbeitete Projektionen und Verhaltensweisen wiederholen. Sie vergessen gern, daß die Mauer eine Folge des Zweiten Weltkriegs war. Sie vergessen auch, warum Viele in und außerhalb der DDR ursprünglich auf einen »Sozialismus mit menschlichem Antlitz« hofften und in ihm einen Kampf für Mitmenschlichkeit und gegen den Faschismus sahen. Sie vergessen die Gründe dafür, warum so viele Zeitgenossen in der damaligen DDR an der Pervertierung dieses Sozialismus teilnahmen. Es handelt sich dabei um eine Abwehr der Erinnerung, die uns unfähig macht, Einsicht und Mitgefühl zu empfinden. Gründe für dieses Vergessenwollen gibt es natürlich genug. Gegen die Erinnerung an das Leiden der Opfer millionenfacher Unmenschlichkeit wehren wir uns schon deshalb, weil uns die Tatsache des Völkermords bis heute mit Scham, aber auch – wenn wir diese Gefühle zulassen – mit abgrundtiefem Entsetzen erfüllt und eine massive Verletzung unserer Selbstachtung als Deutsche darstellt.

Über Opfer und Täter

Als Folge unserer Unfähigkeit zu trauern und des damit verbundenen Verlustes zur Einfühlung sind wir uns oft nicht bewußt, daß die Täter sich anders und an anderes erinnern als die Opfer, so wie auch die Nachkommen der Täter sich anders und an anderes erinnern als die erste und zweite Generation der Opfer. Von ihnen leiden viele bis in die Gegenwart unter der Erinnerung der tödlichen Bedrohung, der sie ausgesetzt waren, der Erniedrigung und der Angst vor Vernichtung. Diese Angst hat manches Leben auf Dauer seelisch zerstört. Auch die Geschichte und das Schicksal Israels ist bis heute von der Erinnerung an den Völkermord beeinflußt.

Nicht nur den Tätern und Mitläufern, auch ihren Kindern und Enkeln fällt das Vergessen leichter; sie waren nicht dem Trauma der totalen Hilf- und Machtlosigkeit ausgesetzt. Dafür leiden sie unter den Folgen einer nicht verarbeiteten Schuld der Eltern oder Großeltern, die sie unbewußt übernommen haben, aber gleichzeitig abwehren, weil sie ihren Selbstwert zu sehr bedroht. Die zwiespältigen Gefühle, die sie für jene Elternfiguren empfinden, die sich selbst belügen, ist Anlaß zu weiteren Schuldgefühlen und eigener Entwertung, weil Kinder sich mit dem Wert oder Unwert, den sie ihren Eltern verleihen, unweigerlich identifizieren, auch wenn sie diese Identifikation abzuwehren oder in ihr Gegenteil zu verkehren versuchen. Als Folge entsteht oft ein untergründiger, quälender Selbsthaß, von dem sich viele (junge wie ältere) Menschen nur durch Verschiebung auf andere – Ausländer, Juden, Asylbewerber – zu befreien vermögen.

Daß wir unsere Gefühle von Schuld und Scham, geschweige denn von Selbsthaß zu verdrängen versuchen, daß die Täter ebenso wie ihre Opfer ohne partielle Verdrängung nicht leben können, dessen bin ich mir sehr wohl bewußt. Daß die nachfolgenden Generationen heute verlangen, nicht schuld an den unmenschlichen Taten ihrer Vorfahren zu sein, ist ebenso verständlich. Aber schützt das Betonen der eigenen Unschuld wirklich vor der narzißtischen Angst, als Deutsche nichts wert zu sein? Die historische Verantwortung kann uns niemand abnehmen. Und das ist gut so, denn mit dem Kampf gegen die Erinnerung erreichen wir nur, daß wir aus der Vergangenheit nichts lernen können und einerseits blind um uns und unsere Größenphantasien kreisen, andererseits von Minderwertigkeitsgefühlen gequält sind, ohne die Probleme leidender Menschen wahrzunehmen. Der Weg, um so etwas wie Reife, Mitmenschlichkeit und Toleranz gegenüber sich und anderen zu entwickeln, führt nun einmal über Erinnerungsarbeit und Trauer.

Aber hat die Einsicht, daß diese schmerzliche individuelle und kollektive Arbeit an uns selber notwendig ist, um Wiederholungen zu vermeiden und erwachsen zu werden, irgendwelchen Einfluß auf unsere gegenwärtige seelische und politische Verfassung? Ist es in Wirklichkeit nicht vielmehr so, daß wir nach wie vor um uns selber kreisen, Gefühle der Trauer abwehren und versuchen, unsere Geschichte zu verschleiern? Ohne Bearbeitung unserer Schuld und unserer Größenphantasien gibt es keine Befreiung von dem untergründigen Selbsthaß, der, wenn er unbearbeitet bleibt, wiederum verdrängt und verschoben werden muß. Der gleiche, bis heute gültige Mechanismus schafft auch die psychologischen Vorbedingungen dafür, daß Jugendliche in beiden Teilen Deutschlands versuchen, »Hitler« und was für ihn steht, zu neuem Leben zu erwecken, ihren Selbsthaß in Ausländerhaß zu verwandeln und darin von vielen Zeitgenossen unterstützt werden. Von Verdrängung der Nazi-Zeit kann in mancher Hinsicht kaum noch die Rede sein, auch wenn die Verbrechen dieser Zeit oft schlicht geleugnet oder – schlimmer noch – akzeptiert werden. Die Sehnsucht nach den furchtbaren Idealen der Nazis, ihrer Menschenverachtung und ihrem Rassismus, wird wieder offen geäußert, am Stammtisch ebenso wie in den Massenmedien.

Jeden Tag versuchen Nazi-Skins und ihre rechten Anhänger im Osten und Westen Deutschlands ihre Mordwünsche gegenüber Asylsuchenden und Ausländern in die Tat umzusetzen. Die Brandanschläge und Gewalttätigkeiten haben nicht nachgelassen, auch wenn die Medien nur an unauffälliger Stelle oder gar nicht darüber berichten. Die Wähler der rechtsradikalen Parteien nehmen in beängstigender Weise zu. Ihr »Gedankengut« unterscheidet sich in nichts von dem der Nazis. In einem Flugblatt der NPD, das ich kürzlich in meinem Briefkasten fand, war folgendes zu lesen: »Wir danken alle Gott, daß es Aids gibt, damit die

Schwulen allesamt krepieren!« Ausländern, Asylbewerbern, Juden wird etwas Ähnliches gewünscht. »Deutschland den Deutschen«, »Ausländer raus«, »das Boot ist voll«: solche und ähnliche Sprüche sind heute fast an jedem Stammtisch zu hören.

Die Jugendlichen, die zu jeder Gewalt bereit sind und Gewalt verherrlichen, wissen leider, daß sie mit ihren Vorurteilen und Ressentiments nicht allein dastehen. Wenn über Generationen hinweg kein innerer Abschied von Projektionen auf »Feinde«, von Größenphantasien und von der Verachtung »rassisch Minderwertiger« geleistet werden konnte, bleiben das Denken und die allgemeine Empfindungslosigkeit von damals erhalten. Mag auch die Mehrheit der Deutschen sich gegen die Gewalt der Neo-Nazis wenden, so wissen wir doch alle, daß auch in »gebildeten« Kreisen der Antisemitismus wieder salonfähig geworden ist.

Entsprechend ist auch der deutsche Nationalismus wieder en vogue. Verbunden mit erzkonservativen »deutschen Tugenden« und reaktionären »Werten« hat das vor kurzem bei der CDU und CSU dazu geführt, zunächst einen Nachfolger für das Amt des Bundespräsidenten aufzustellen, der für eben diese »Werte« stand. Dabei wird vergessen, was

»zu den Glücksfällen der europäischen Geschichte gehört, daß Deutschland nach zwei von ihm begonnenen, verheerenden Weltkriegen einen stabilen, friedlichen und anerkannten Platz in Europa gefunden hat. Wer diese Erfahrungen und Entwicklungen mit einer Handbewegung abtut, wie etwa Kohl-Favorit Heitmann, der ist politisch gemeingefährlich« (Zitat aus der Frankfurter Rundschau v. 10.11.93).

Daß Heitmann inzwischen zurückgetreten ist, hat mit den hier beschriebenen Bedürfnissen nach »deutscher Kontinuität«, die zu seiner Aufstellung für das Amt des Bundespräsidenten führten, nichts zu tun. Diese Bedürfnisse nach einer Fortschreibung der deutschen Geschichte bestehen nach wie vor. Ob der Nachfolger Heitmanns in dieser Hinsicht anders denkt, muß sich erst erweisen.

Das Verdienst der Aufklärung scheint bei vielen vergessen zu sein; statt dessen sind wir immer häufiger mit vereinfachenden Welterklärungsmodellen und mit regressiven Sehnsüchten nach einer konfliktfreien, »heilen« Welt konfrontiert. Auch das scheint mir eine Folge der Abwehr von Trauer zu sein, eine Folge der Unfähigkeit, seelisch und politisch aus der Vergangenheit zu lernen und von ihr Abschied zu nehmen. Wenn dies der Fall wäre, könnten wir auch aufhören, um unsere narzißtischen Kränkungen zu kreisen, sie durch Größenwahn oder die Entwertung »Fremder« abzuwehren, und anders – nämlich reifer, weitsichtiger und freundlicher – werden.

Die Funktion der Erinnerungsarbeit

Ich komme auf die Frage zurück, was Trauer ist. Zur Trauer gehört die Erinnerungsarbeit. FREUD (1914) bezeichnet den analytischen Prozeß, der dem der Trauerarbeit in vielem ähnelt, als eine Folge von »Erinnern, Wiederholen und Durcharbeiten«. In beiden Fällen, der Analyse ebenso wie der Trauer, kommt es darauf an, sich schmerzlichen Erinnerungen zu stellen, sowohl was die äußeren Ereignisse wie auch, was deren seelische Verarbeitung betrifft. Denn mit dem Verlust der Erinnerung an Gefühle und Phantasien, an Vorurteile und Ambivalenzen geht das innere Gedächtnis, die sensible Wahrnehmung der eigenen seelischen Vorgänge verloren. Von Gefühls- und Denkerstarrungen, die dem Bewußtsein nicht mehr zugänglich sind, kann man sich aber auch nicht lösen. Die Folge ist, daß Ideale und »Werte«, Bindungen und Verhaltensstereotype, die längst nicht mehr aktuell sind, bestehen bleiben. Eine Auseinandersetzung mit ihnen findet nicht statt; das Tor zur Gegenwart bleibt verschlossen, die Offenheit für neues Denken und neue Erfahrungen ist eingeschränkt.

Wir sollten die jahrzehntelangen offiziellen und inoffiziellen Bemühungen in der BRD, sich mit der Vergangenheit, dem Nationalsozialismus und dem Völkermord, auseinanderzusetzen, keineswegs vergessen. Insbesondere seit der Wiedervereinigung breitet sich in Deutschland aber auch ein primitiver Nationalismus aus, und immerhin 16 Prozent der Westdeutschen sind Antisemiten (Spiegel, Umfrage zum Antisemitismus in Deutschland, Jan. 92). In der DDR sind es nur vier Prozent, obwohl dort seit 1933 immer eine Diktatur geherrscht hat. Wer sich dem in der DDR existierenden Sozialismus zuwandte, sich anpaßte oder ihn verinnerlichte, durfte seine Nazi-Vergangenheit vergessen.

Mit Beginn des Kalten Krieges wurde in beiden Teilen Deutschlands das Freund-Feind-Denken quasi zur Devise. Dennoch war der Bruch mit der nationalsozialistischen Vergangenheit im Osten radikaler als im Westen Deutschlands. Das bedeutete allerdings nicht unbedingt, daß die Bürger der ehemaligen DDR sich innerlich von der Nazi-Vergangenheit in der gleichen Weise zu lösen vermochten, wie das äußerlich den Anschein hatte. Eine differenziertere Auseinandersetzung mit der eigenen Beteiligung am Nazi-Denken und Mitleid mit den Opfern des Wahns gab es auch dort nur sehr beschränkt. Die DDR-Bürger betrachteten sich noch mehr als die Westdeutschen als die größten Opfer des Nazi-Wahns. Das braune Denken blieb in Ost wie West untergründig lebendig; mit dem Wiederaufleben des Nationalismus und der gewalttätigen Fremdenfeindlichkeit nach dem Fall der Mauer konnte dies nicht mehr übersehen werden. Für eine *politische Kultur*, die – wie alle kulturellen Leistungen – nur mühsam errichtet werden kann, war das Klima der DDR wohl nicht besonders günstig.

Symptome dieses Rückstands zeigen sich an dem Kohl-Favoriten Heitmann besonders deutlich. Heitmann begriff sich als mutigen »Tabubrecher«. Aber über Tabus im Sinne der Aufklärung nachzudenken, ist etwas völlig anderes als das, was Heitmann und seine Anhänger darunter verstanden. Aufklärung verfolgt das Ziel, sich mit Denkhemmungen und Vorurteilen auseinanderzusetzen, Probleme offen zu besprechen, keinen schwierigen Fragen auszuweichen und Kritik zu äußern. All dies war in der DDR – wie in jeder Diktatur – kaum möglich. Der Bruch eines Tabus bedeutet vor diesem Hintergrund so etwas wie das Gegenteil von Aufklärung. Sie geht hier mit der Aufforderung einher, die Gesellschaft solle keine Scheu mehr davor haben, ihr »gesundes Volksempfinden«, ihre Vorurteile und Projektionen (bis hin zum Rassismus) offen zu äußern. Gleichzeitig wird der Nationalsozialismus als »Epoche der deutschen Geschichte« apostrophiert und damit als verständliche oder sogar notwendige Konsequenz welthistorischer Ereignisse eingestuft.

Zwischen der Infragestellung von Tabus im aufklärerischen Sinn und der Aufgabe von Tabus im Sinne Heitmanns liegen Welten. Die falsch verstandene »Aufklärung« bahnt gleichzeitig den Weg, daß rohe Gefühle und Affekte sich wieder unverhüllt äußern können. Wir könnten es hier mit dem Beginn einer neuen Barbarei zu tun haben, in der die von vielen bereits geleistete Trauerarbeit und die damit verbundene Schulderkenntnis, aber auch die Bereitschaft zur Übernahme von Verantwortung, wieder rückgängig gemacht wird.

Es wäre aber ein Verrat an einem besseren Deutschland, wenn wir diese Entwicklung rückgängig machen würden und damit ein kulturelles Niveau zerstörten, auf das sich die Besten in diesem Lande geeinigt haben. Eine akzeptable »nationale Identität« kann es nur geben, wenn sie auf einem Denken beruht, das die Suche nach primitiven Feindbildern oder die infantile nationalistische Selbstidealisierung und ihr Pendant, die Verachtung »Minderwertiger«, durchschaut hat und sich über die Schuldverarbeitung vom Wiederholungszwang, vom Selbsthaß und von der Gefühlserstarrung befreien konnte.

War aber so etwas wie kollektive Trauer der Deutschen nach 1945 überhaupt möglich? Viele Menschen hierzulande bezweifeln das. Was dieser eigentlich natürlichen Reaktion in einer Situation entgegenstand, in der alle Deutschen mit den grausamen Folgen ihres Hitlerwahns, dem ungeheuren Verlust an Menschen, Besitz und Heimat konfrontiert waren, habe ich schon darzulegen versucht. Dennoch gab es sie: die gemeinsame Trauer vieler Deutscher. Gerade in den ersten Jahren nach 1945 brachte die Erinnerung und Durcharbeitung unserer Geschichte vielen meiner Zeitgenossen und -genossinnen eine Erweiterung des Wissens über das eigene Erleben, der eigenen Schuldbeteiligung und eine Aufklärung über falsche Ideale und die eigene Beteiligung am gemeinsamen Größenwahn. Die Konfrontation mit dem Leiden der Opfer unseres Wahns, den eigenen Verlusten und Lebenslügen, das Aufbrechen der seelischen Mauer, die wir um uns aufgebaut hatten, machte manchen von uns zur Identifikation mit den Opfern, zum Mitleid mit ihnen, aber auch zur Einfühlung und zum Kontakt mit uns selber fähig. Denn nur auf der Basis der Anerkennung von Wahrheit läßt sich eine stabilere Selbstachtung aufbauen, die mit dem Glauben an die eigene Fähigkeit wächst, gegen eine Wiederholung des Unmenschlichen in und um uns kämpfen zu können.

Wie wir wissen, ist ein Stück Selbstachtung die Voraussetzung dafür, andere zu achten. Mit der Abwehr der Trauer ging nicht nur die Fähigkeit zum Mitleid mit den Opfern und die Beziehung zur eigenen Gefühlswelt verloren, sondern sehr oft auch die Fähigkeit, eine unmittelbare Beziehung zu den nächsten Generationen aufzubauen, ein aufrichtiges Gespräch mit ihnen zu führen. Dies könnte auch als Erklärung dafür dienen, warum der Kontakt der Älteren mit den nachwachsenden Generationen so oft gestört ist, warum heute viele Jugendliche so verwirrt und verloren wirken und sich der Mitleids- und Einfühlungslosigkeit verschrieben haben. Sie wiederholen das, was ihnen selbst geschah und was sie bei ihren Eltern erlebten. Die Katastrophe begann 1933 mit der Verbrennung von Büchern. Damals wurde das Denken und Nachdenken verboten; kurze Zeit darauf brannten die Synagogen und schließlich wurden Menschen verbrannt. Mit dem unwidersprochenen Rufmord war der Weg zum Völkermord geebnet.

Heute werden wieder unschuldige Menschen, Männer, Frauen und Kinder, verbrannt. Wenn sie bei den grauenvollen Aktionen der Jugendlichen nicht zu Tode kommen, ist das lediglich ein Zufall. Den Jugendlichen, die diese Verbrechen begehen, wird auch die ganze Schuld dafür zugeschoben. Mit »Rübe ab« möchte man ihren verheerenden Untaten beikommen. Solche Reaktionen offenbaren aber auch, woher die Jugendlichen ihre Neigung zu gewalttätigen Aggressionen haben. In Wahrheit sind wir alle schuld, die der Fremdenfeindlichkeit nicht energisch genug entgegentreten, die in unserem reichen Land eine Stimmung tolerieren, nach der es bei uns keinen Platz für die Armen und Verfolgten gibt, keine Einfühlung in ihre Situation, kein Mitleid mit ihnen, sondern nur Verachtung und Neid oder sogar den Wunsch nach Abschiebung oder Vernichtung. Wieder einmal sind es die »Fremden« oder die zu Fremden gemachten, denen der Selbsthaß gilt, den wir von uns weg auf sie projiziert haben.

Fortschritt um jeden Preis heißt es, aber unser Denken ist gestrig und vorgestrig geblieben, weil wir mit der Verleugnung der Vergangenheit auch unseren Lebenslügen verhaftet geblieben sind und deshalb auch die Gegenwart nicht realitätsgerecht wahrnehmen können. Was in diesem Zusammenhang »Versachlichung« der Vergangenheit genannt wird, kann aber nur zu einer erneuten Verdrängung der eigenen Beteiligung an ihr führen, mit den beschriebenen Folgen, die sich dann unweigerlich von Generation zu Generation weiter vererben.

Über autoritäre und anti-autoritäre Erziehung

Die Parteien, die so lange blind waren auf dem rechten Auge, beginnen nur langsam zu realisieren, wie groß die Gefahr ist, die von den jugendlichen Gewalttätern und ihren Anhängern in den bürgerlichen Schichten ausgeht. Eine politische Auseinandersetzung mit jenen Ressentiments und Vorurteilen, die von diesen Jugendlichen verkörpert werden, findet aber nur selten statt. Man läßt sie eher gewähren und beschränkt sich auf eine Verfassungsänderung.

Erziehung, so hieß es in letzter Zeit, auch bei der SPD, sei die Vorbedingung dafür, daß Deutschland nicht in alte Nazi-Ideale zurückfalle. Hinter dem Ruf nach »Erziehung« steht aber – so dürfen wir annehmen – vor allem das Bedürfnis nach größerer Macht, des Staates ebenso wie der »Erziehenden«. Ende der sechziger Jahre – so heißt es weiter – seien Vorbilder verlorengegangen und bewährte Erziehungsmuster aufgegeben worden. Dies habe insbesondere für die »antiautoritäre Erziehung« der 68er Jahre gegolten. Die zunehmende Gewalttätigkeit in den Schulen bis hin zu der Verherrlichung von Gewalt in rechtsextremen Gruppen und Parteien wird dann auf diese »antiautoritäre Erziehung« zurückgeführt. Die Sehnsucht nach alten Zeiten und Idealen, und das heißt immer auch: nach »autoritärer« Erziehung, ist offenbar nicht verschwunden. Gerade diese Art von »Erziehung« war es aber, die uns über Jahrhunderte deformiert und nach dem verlorenen Ersten Weltkrieg in Deutschland mit dazu beigetragen hat, daß wir einen »Führer« wählten und uns ihm so bedingungslos unterwarfen.

Die Verdienste der »antiautoritären Erziehung« sind demgegenüber vergessen worden oder wurden nie erkannt. Darin wurde in einem für Deutschland ganz neuen Ansatz der Versuch unternommen, auf Kinder und Jugendliche mit einem anderen Verständnis einzugehen und ihnen die Möglichkeit zu verschaffen, ihr Denken, Fühlen und Wollen selber zu erkennen und auszusprechen – es also anders zu machen als bisher und zu zeigen, daß die Generation der Eltern und Erzieher aus der Vergangenheit gelernt hatte. Die »antiautoritäre Erziehung« sollte keine Erziehung zum »Untertanen« und »Herrenmenschen« – zwei Seiten derselben Medaille – mehr sein. Damit sollte gleichzeitig die Gefahr gebannt werden, daß Vorurteilskrankheiten wie Antisemitismus und Xenophobie von Generation zu Generation weitergegeben werden. Die »antiautoritäre Erziehung war insofern – wenn man so will – auch ein Versuch der Wiedergutmachung.

War dieser Erziehungsversuch von Erfolg gekrönt? Der »antiautoritäre Erziehungsansatz« verkam mancherorts, wie wir wissen, zu einer Art Mode. Oft wurde aus ihm eine neue Ideologie; das bedeutet, daß den Kindern erneut bestimmte Denk- und Verhaltensweisen aufgezwungen wurden, anstatt sie zu eigenständigem Denken und Nachdenken anzuregen. Wenn Theorien zu einer Art »Glauben« degenerieren oder sich mit neuen Über-Ich-Anforderungen verbinden, nach dem Motto: »So und nicht anders hast du zu sein und zu denken«, werden ihre Anhänger leicht zu Fundamentalisten. Statt Aufklärung entstehen dann neue Vorurteile und/oder moralische Postulate.

Deswegen aber zu anachronistischen erzieherischen Idealen zurückzukehren, ist unsinnig, denn autoritäre oder ideologische Erziehung, welcher Art auch immer, bedeutet mangelnden Respekt vor dem Kind und mangelnde Einfühlung in seine Bedürfnisse und Denkweisen. Sie bedeutet Zwang, Nichtverstehen und das Einimpfen von Geboten und Verboten. Damit erzeugt sie unkritischen Gehorsam, während jede Zivilcourage im Keim erstickt wird.

Der restaurative Wunsch nach mehr »Erziehung« wurde auch im Bundestag vorgetragen und fand dort Applaus bei allen Parteien. Das sind Zeichen dafür, daß das »antiquierte« Denken immer noch weiter lebt. Auch lang gehegte, mittlerweile aber als falsch erkannte »Ideale« scheinen wieder gesellschaftsfähig geworden zu sein. Die Bedürfnisse nach Rückkehr zu einer autoritären Pädagogik – und das heißt auch zu den alten »Werten« – sind dabei keinesfalls neu. 1978 formulierten LÜBBE et al. auf einem Kongreß in Bonn neun Thesen mit dem Thema »Mut zur Erziehung« (zit. nach TUGENDHAT 1992). TUGENDHAT hat in überzeugender Weise herausgearbeitet, wie die damit verbundenen Themen weit hinter KANT und dessen Definition von Mündigkeit zurückfallen. »Mündigkeit« wird dort als das Vermögen definiert, sich seines Verstandes ohne Leitung eines anderen zu bedienen. In einer der neun Thesen heißt es:

»Denn zum kritischen Widerstand und zur Skepsis gegenüber solchen (linken, M.M.) Verführern ist nur fähig, wer sich durch seine Erziehung mit Vorgegebenheiten in Übereinstimmung befindet« (TUGENDHAT 1992).

Die »Übereinstimmung« mit den »Vorgegebenheiten« ist hier also der einzige Maßstab für Kritik.

Wenn das Bestehende aber als eine nicht zu hinterfragende Wahrheit gilt, haben wir es mit einem geschlossenen Weltbild zu tun. Aufklärung ist gegenüber einer solchen Ideologie bekanntlich aussichtslos. Statt dessen soll die kindliche Identifikation mit den »Vorgegebenheiten«, das heißt hier vor allem mit den Urteilen oder Vorurteilen der Erwachsenen, verewigt werden. Glück stellt im »Tun des Rechten« sich ein, heißt es bei LÜBBE et al. (zit. nach TUGEND-

HAT 1992), also nicht durch Freiheit im Denken, und auch nicht durch Selbstentfaltung und durch die Befriedigung von Wünschen nach etwas Glück.

Das Kind muß vielmehr lernen, seine Einordnung in dieses »Vorgegebene« für seine Selbstverwirklichung, sein Glück zu halten. »Du bist nichts, dein Volk, dein Staat, dein Reich ist alles.« Wir kennen das ja.

Ein Kind, ein Jugendlicher, der einer solchen autoritären Pädagogik ausgesetzt ist, dem man nicht mit Einfühlung in seine jeweilige Eigenart begegnet und nicht dazu ermuntert, seine Rechte einzuklagen, wird, was ihm geschieht, später anderen antun. Die Unfähigkeit zur Einfühlung in sich selbst und in andere wird auf diese Weise an die nächste Generation weitergegeben. Nur wer erlebt, daß er oder sie in seiner Eigenart respektiert wird, lernt auch, die anderen zu respektieren; nur wer in seinem Leben Offenheit und Freiheit kennengelernt hat, kann sich gegen geschlossene Weltbilder wehren.

Antiautoritäre Erziehung kann zur Ideologie verkommen; autoritäre Erziehung jedoch fördert unweigerlich Denkeinschränkungen und einen einfühlungslosen Umgang mit anderen und mit sich selbst. Mit ihren antiquierten Entscheidungen vergessen unsere Politiker und mit ihnen große Teile unserer Gesellschaft, daß sie auf diese Weise erneut autoritäre, nationalistische Weltanschauungen gesellschaftsfähig machen.

Wer also wieder einmal »Mut zur Erziehung« predigt und dies als Mittel gegen die Entwicklung von Gewalt, Vorurteilen und Fremdenhaß ansieht, sollte sich genau überlegen, was er damit meint und welchen Männlichkeits- oder auch Weiblichkeitswahn er damit möglicherweise erneut aktiviert. »Herrschaftsdenken im Untertanengeist«, so wie es das zweite und dritte deutsche Reich beherrschte, sind sicherlich keine Ideale, die nachdenkliche Politiker propagieren möchten. »Vorbilder« sind nur dann gut und recht, wenn sie die Erziehenden dazu befähigen, die neue Generation besser zu verstehen, sie zur Kritik und Selbstkritik anzuregen und ihre Neigung zur Idealisierung nicht auszubeuten. Vorbilder ja, aber nur solche, die beiden Generationen nach der inneren und äußeren Wirklichkeit von heute suchen helfen und sie davor bewahren, sich wie schon so oft in unserer Geschichte falschen, verlogenen Idealen und Lebenslügen hinzugeben – Vorbilder also, die sie lehren, einander zuzuhören und sich auseinanderzusetzen, damit erkannt werden kann, welche Argumente der Wahrheit am nächsten kommen.

Wer solche Erzieher findet – Erzieher, die auch verstehend auf die Kränkungen und Schmerzen eingehen, die den Aggressionsausbrüchen von Jugendlichen zugrunde liegen – lernt selber, Einfühlung in andere und auch in sich selber zu entwickeln. Nur so läßt sich die Neigung zu Gewalttätigkeit verhindern. Die menschenverachtenden Ideale der Neo-Nazis und ihre Sehnsucht nach einer neuen Diktatur haben bei jenen Kindern und Jugendlichen keine Chance, die erlebt haben, daß man ihnen zuhört, und die nicht zu Unterwerfung und Idealisierung, zu Vorurteilen und Ressentiments erzogen wurden, sondern zum Nachdenken. Wir könnten erzogene Kinder gebären, wenn nur die Eltern erzogen wären, hat GOETHE gesagt.

Über Trauerarbeit heute

Kollektive Trauer kann heute auch Trauer darüber bedeuten, daß wir solange zu dieser Erziehung unfähig waren und es uns nicht gelungen ist, ein Klima entstehen zu lassen, in dem Mitleid mit den Opfern möglich wird, die unterdrückt, verfolgt und verachtet wurden und werden oder die sinnlos sterben mußten und müssen. Indem wir uns selber zu Opfern des Hitlerismus stilisierten, konnten wir zwar um uns und um die eigenen Toten als Teil unserer Selbst trauern, aber nicht um die, die anders waren als wir, die *Opfer unseres Wahns*. Die Opfer unseres Wahns wurden vergessen, verdrängt, oder ihr Schicksal wurde verleugnet. Mit einer allein um sich selbst kreisenden Trauer konnten auch die eigenen Grandiositätsphantasien nicht verabschiedet werden; eine solche Trauer verbindet sich deshalb immer mit Anklagen gegenüber denen, die uns die Größengefühle genommen haben. Der Wunsch nach Wiedergutmachung kann nur entstehen, wenn wir zum Mitleiden fähig werden, das heißt den anderen als Anderen wahrnehmen und ihn gleichzeitig achten können wie uns selbst.

Eine solche Haltung ist aber heute kaum wahrzunehmen. Auch auf der politischen Ebene gibt es keine offensive Auseinandersetzung mit der neuen Rechten, keine Argumentation, keine Aufklärung, die dazu dienen könnte, Ressentiments und Vorurteile abzubauen. Politiker sprechen vielmehr davon, daß die Deutschen durch die Flut der Asylsuchenden oder die Fremdheit der Ausländer emotional überfordert seien; die armen Deutschen, die zu den Reichsten der Welt gehören, müßten vor einer solchen Zumutung bewahrt werden. Man brauche deshalb scharfe neue Gesetze, um die Elenden der Welt von Deutschland fernzuhalten. Auf diese Weise wird sozusagen »von oben« eine Haltung verordnet, von der wir glauben, daß sie in Deutschland schon immer gegenwärtig war: daß Deutsche nämlich zuerst an sich selber denken, daß sie das »Vorgegebene« idealisieren und vergessen, wie sehr die Welt sich seitdem geändert hat.

Dieses Denken von gestern und vorgestern ist mit einem sozialen und geistigen Immobilismus verbunden, der aus unserer Sicht wiederum eine Folge der Unfähigkeit zu trauern ist. Dies bedeutet gleichzeitig, die Wirklichkeit von heute nur ungenau oder gar nicht wahrnehmen zu können. Wir wissen, daß Störungen der Trauerarbeit die seelische Entwicklung des einzelnen, insbesondere seine zwischenmenschlichen Beziehungen und seine spontanen und schöpferischen Fähigkeiten, behindern. Diese Folgen fehlender Trauerarbeit auf große Gruppen zu übertragen, die anderen Gesetzen unterworfen sind, bleibt schwierig. Darüber waren Alexander Mitscherlich und ich uns bereits beim Schreiben der »Unfähigkeit zu trauern« einig. Daß gesellschaftliche Wertvorstellungen und Ideale oder auch eine herrschende »Weltanschauung« über die Erziehung von Eltern und Schule an die nachfolgende Generation herangetragen werden, ist unschwer nachzuweisen. Umgekehrt ist es viel schwieriger, den unmittelbaren Einfluß des Individuums – seiner Entwicklung und der seelischen Verarbeitung seiner Umwelt – auf große Gruppen nachzuweisen. Untersuchungen der ersten und zweiten Generation von Opfern und Tätern haben allerdings zeigen können, daß zwischen der Abwehr von Erinnerungen, insbesondere der Sperrung gegen die eigene Gefühlsbeteiligung an den Verbrechen der Vergangenheit, und der Entwicklung einer Neurose ein Zusammenhang besteht.

Die Deutschen waren durch die Nazi-Ideologie geradezu darin trainiert worden, nicht zu trauern. Sie waren auf eine Mentalität der Heldenverehrung, des süßen Sterbens für Vaterland und Führer eingeschworen. Die Vernichtung der »unwerten« Feinde dieses Vaterlandes und dieses Führers war dabei oberstes Gesetz. Auch die Perversion jener Frauen und »Heldenmütter« sollte nicht vergessen werden, die sich ihres Stolzes auf den Heldentod ihrer Männer und Söhne in den Todesanzeigen öffentlich rühmten. Als Psychoanalytiker würden wir sagen, die Deutschen wurden auf eine paranoid-schizoide Seelenverfassung eingeübt: sie brauchten Feinde und Sündenböcke, um sich selbst als Herrenmenschen ungehindert idealisieren zu können. Ihr Männlichkeitswahn kannte keine Grenzen. Einfühlung, Trauer und Mitleid vor allem mit jenen, die nicht zur »Herrenrasse« gehörten und die deshalb verabscheut wurden, war bei Todesstrafe untersagt.

Bis heute glaubt man, daß die Deutschen nach dem Kriege unfähig waren, etwas anderes wahrzunehmen als die eigene zerstörte Umwelt und das eigene Elend. Dafür wird Verständnis gefordert. Die Deutschen seien damals nicht fähig gewesen, über die Ursachen ihres Unglücks und über ihre eigene Beteiligung daran nachzudenken. Sie konnten nur schweigen, alles andere war unzumutbar. Eben dies entspricht aber auch dem Denken vieler Politiker heute. Danach ist das deutsche Volk unfähig, die globale Situation der Welt zu überschauen; es sieht nur sich selbst und fühlt sich durch die Asylsuchenden überfordert. Also müssen die Politiker sich anpassen; auch sie müssen engstirnig und antiquiert denken, damit ihnen die Wähler nicht davonlaufen.

In unserem Buch »Die Unfähigkeit zu trauern« (1967)

haben wir die damit verbundene Verdrängung der Vergangenheit reflektiert. Lübbe und andere Autoren fühlten sich durch dieses Buch offenbar angegriffen. Sie lasen in ihm nur, was für sie ein moralischer Vorwurf oder eine Anklage war und übersahen, was die Essenz des Buches ausmachte: der Versuch einer realistischen psychologischen Analyse des Verhaltens vieler Deutscher, verbunden mit der Hoffnung, daß mit dieser Einsicht auch Trauer zugelassen würde und nach dem Zustand der emotionalen Erstarrung damit auch eine größere seelische und geistige Lebendigkeit. Nur was man zu denken, zu erfassen, zu fühlen gelernt hat, kann man auch verändern.

Juden, Polen und sowjetische Soldaten standen den meisten Deutschen damals so ferne, daß sie kein Mitleid mit ihnen empfanden. Aber auch um ihr Idol Hitler, dem sie doch so begeistert in den totalen Krieg gefolgt waren, trauerten sie nicht. Als ob es ihn und ihre Liebe zu ihm nie gegeben hätte, identifizierten sie sich übergangslos mit den westlichen Siegermächten. In der ehemaligen DDR war dies nicht viel anders. Dies hing, wie wir glauben, mit einer »deutschen Art zu lieben« zusammen. Man liebte Hitler nicht als Person, nicht um seiner selbst willen, sondern weil er ein Teil der eigenen Person, der kollektiven Wunsch- und Idealvorstellungen des ganzen Volkes war. Er erfüllte das Größenideal, das die lange autoritär verkrüppelten Untertanen auf ihn projiziert hatten. Er selbst projizierte seine Größenideen auf die »Rasse«, die das deutsche Volk für ihn »rein« verkörperte. Nach dem Erwachen aus diesem Kollektivrausch und der damit verbundenen Hörigkeit, der das Gewissen zum Opfer gebracht worden war, gab es für die Deutschen auch Hitler nicht mehr, der im Zentrum dieses Rausches gestanden hatte.

Auch Tilman Moser (1992) gibt, dem konservativen Trend nach »deutscher Kontinuität« folgend, der 68er Generation die Schuld an der verzögerten Auseinandersetzung der Deutschen mit ihrer Nazi-Vergangenheit. Die damalige Generation habe das Gespräch zwischen Eltern und Kindern noch einmal um ein oder zwei Jahrzehnte hinausgeschoben:

»Sie fühlte sich sicher, und zwar als verdammendes Kollektiv mit dem Buch ›Die Unfähigkeit zu trauern‹ im Marschgepäck. Die inquisitorische Verstockung, so möchte ich die Position einer ganzen Generation nennen, bewirkte ein Klima, in dem auch eine sich bildende Gesprächsbereitschaft scheitern konnte. Die 68er Lehrergeneration trug den Gestus der Anklage auch in die Schulen, so daß sich die Spaltung der Familien vertiefte« (S. 401).

Damit ist zur Befriedigung vieler unserer Zeitgenossen und -genossinnen ein neuer Schuldiger gefunden worden, der versucht hat, auf die Wirklichkeit der verdrängten Untaten der Deutschen hinzuweisen, nämlich die 68er Generation. Die Verdienste der 68er Generation – auch ihre Leistungen im Zusammenhang mit der Erinnerungsarbeit – werden damit gleichzeitig ad acta gelegt. Als ob nicht gerade diese Generation es gewesen wäre, die – so inquisitorisch sie gelegentlich vorgehen mochte und so viele Irrwege sie auch eingeschlagen hat – zum ersten Mal nach dem verlorenen Krieg das Schweigen der Eltern, ihre Jahrzehnte dauernde Verdrängung, aufzubrechen versuchte. Das so notwendige Gespräch über die Vergangenheit wurde damals begonnen, und das nicht nur in der größeren Öffentlichkeit, sondern auch in der privaten Sphäre: der Familie und der Schule. Dies bedeutet, daß bei vielen Deutschen auch jene befreiende Trauerarbeit möglich wurde, die von der eigenen Lebenslüge und von der Schuldabwehr und ihren Folgen befreite. Man lernte, sich mit sich selbst zu konfrontieren, Schuld- und Angstgefühle zu ertragen, wieder zu Gefühlen fähig zu werden und dadurch auch ein stabileres Selbstbewußtsein aufzubauen.

Nachdem die Nachkriegsgeneration mit ihrer Tüchtigkeit zwar Berge von Trümmern versetzte, aber nicht an den Berg moralischer Schuld und ihren vergifteten Untergrund herankam, hat sich seit Ende der sechziger Jahre vieles verändert. Verhärtete Positionen, Abwehrformationen und konservierte »Ideale« wurden in Frage gestellt. Damals kam in der BRD etwas in Bewegung; es war eine Art Aufwachen aus dem »Rausch« und der darauffolgenden Erstarrung, zu dem das Buch »Die Unfähigkeit zu trauern« vielleicht ein wenig beigetragen hat. Um nichts anderes geht es aber auch hier: daß wir uns nämlich von dieser untergründig unser Leben vergiftenden Depression, unserer paranoid-schizoiden Position, unserer Verhärtung gegen das Wissen um die Vergangenheit und damit letztlich unserer Lebenslüge langsam zu befreien versuchen. Ohne die Bereitschaft, die Realität von heute und gestern wahrzunehmen, kann es eine befreiende Schuld- und Erinnerungsbearbeitung und damit schließlich auch ein neues Denken nicht geben.

Immer mehr Deutsche in Ost und West wehren sich gegen die zerstörerische und gewalttätige Ausländerfeindlichkeit, wie dies Aufrufe, Artikel, Vorträge, Veranstaltungen und Demonstrationen in zahlreichen Medien und in vielen Städten zeigen. Aber alle Lichterketten verdecken nicht, daß die Mehrheit des deutschen Volkes zwar die Anschläge auf Heime der Asylbewerber verurteilt, aber mit den Gewalttätern, die diese Anschläge verübt haben, der Meinung ist, daß die Asylbewerber und andere Fremde Deutschland möglichst schnell verlassen sollten. Trotzdem möchte ich behaupten, daß es auch viele Deutsche gibt, die die regressiven Denkmuster der neuen Rechten durchschaut haben und sich gegen eine Mentalität wehren, die die Grenzen zwischen Freund und Feind, zwischen Gegenwart und Vergangenheit nur ganz unscharf wahrnimmt und blind und denkunfähig macht. Die Nachdenklichen in diesem Lande wissen auch, daß Feindbilder allein dem Zweck dienen, von eigenen Aggressionen und Konflikten abzulenken. Aus diesem Grunde empfinden viele auch das Bedürfnis zu trauern, weil sie wissen, daß die Konfrontation mit schmerzlichen Erinnerungen auch von dieser Einengung des Denkens befreit.

Ich möchte nicht ohne Hoffnung schließen: Vielleicht kann die wachsende Sensibilität vieler Deutscher für die täglich neu zu beobachtende Regression auf einen brutalen und mitleidlosen Umgang mit Fremden und Elenden endlich auch eine tiefergehende Auseinandersetzung mit einer Nazi-Mentalität in Gang setzen, die bis heute bei vielen Deutschen lebendig geblieben ist. Vielleicht kann die Erinnerungsarbeit und die mit ihr verbundene Trauer über das sinnlose Sterben unzähliger Menschen darüber hinaus jene

Erfahrung von Betroffenheit vermitteln, die aus der Gefühlsstarre hinausführt und der Anfang einer neuen Lebendigkeit ist, in der die Unterscheidung zwischen Freund und Feind keine Rolle mehr spielt.

Literatur

FREUD, S. (1914): Erinnern, Wiederholen, Durcharbeiten. GW Bd. X, S. 125-136. Frankfurt a.M. (Fischer).

MITSCHERLICH, A., MITSCHERLICH, M. (1967): Die Unfähigkeit zu trauern. Grundlagen kollektiven Verhaltens. München (Piper).

MOSER, T. (1992) : Die Unfähigkeit zu trauern: Hält die Diagnose einer Überprüfung stand? Zur psychischen Verarbeitung des Holocaust in der Bundesrepublik. Psyche 46, S. 389 ff.

TUGENDHAT, E. (1992): Ethik und Politik. Frankfurt a.M (Suhrkamp).

Rolf Vogt

Rainer Werner Fassbinders »Der Müll, die Stadt und der Tod«

Eine deutsche Seelenlandschaft?

»Wenn es ein Rezept gegen die Fortdauer von unbewußt wirksamen Motivationen gibt, so ist es die Förderung einer neuen Aufklärung an allen Stellen, an denen sich die Gesellschaft den nachwachsenden Generationen vermittelt. Wir haben es freilich mit einem Kolossus von Schuld zu tun, der solcher Aufklärung widerstrebt. Selbst das darf uns nicht abschrecken, denn die Suche nach der Wahrheit über die Vergangenheit stellt den ersten Schritt zur Quittierung des Wiederholungszwanges dar. Er hat auf schreckliche Weise Geschichte gemacht. Wir können es uns, wenn uns das Leben unserer Nachfahren lieb ist, nicht mehr leisten, im antikischen Sinn das Fortzeugen der Schuld als ›Schicksal‹ hinzunehmen.«

Alexander und Margarete Mitscherlich (1967)

Kein Theaterstück hat seit dem Zweiten Weltkrieg die Gemüter in der Bundesrepublik Deutschland so erregt und zu so heftigen Auseinandersetzungen – vor allem in Frankfurt (am Main) – geführt wie Rainer Werner Fassbinders Dramolett: *Der Müll, die Stadt und der Tod.* Wohl nicht zufällig kommt Rolf Hochhuths Drama *Der Stellvertreter,* wo es – allerdings unter anderen Vorzeichen als bei Fassbinder –

* Ausschnitte aus einem sehr viel umfangreicheren Artikel, der in der PSYCHE 4/1995 erscheint. Die Arbeit geht auf zwei Vorträge zurück, die 1987 in Hamburg im Rahmen einer Vortragsreihe über Psychoanalyse und 1994 im Rahmen der Ringvorlesung Über »Psychoanalytische Zeitdiagnosen« an der Universität Frankfurt stattfanden.

ebenfalls um die Judenvernichtung im Dritten Reich geht, an Skandalträchtigkeit dem »Müllstück« nahe. Diese beiden Vorgänge zeigen alleine schon, wie zentral diese Thematik für das Selbstverständnis der Deutschen trotz der umfassenden kollektiven Abwehr geblieben ist. Die Fassbinder-Kontroverse ging auf bewußt-diskursiver Ebene hauptsächlich darum, ob das Schauspiel antisemitisch sei, antisemitische Klischees unreflektiert transportiere oder aufklärend wirke. Das Theaterstück selbst und die ebenso intensiven wie umfangreichen Debatten und Aktionen, die sich darum ranken, machen es für eine Analyse, die sich mit den kollektiven psychologischen Verarbeitungs- und Abwehrformen des Nationalsozialismus in Deutschland befaßt, in besonderer Weise lehrreich. Es scheint, als sei hier ein Knoten geplatzt, und es komme eine Dynamik ans Tageslicht, die zwar grundsätzlich nicht unbekannt ist, sich aber noch nie so deutlich und konkret, ja massiv gezeigt hat.

(Von der ausführlichen Auseinandersetzung VOGTS mit der Geschichte des Theaterstückes, den theoretischen Voraussetzungen und der Methode der Untersuchung, der psychoanalytischen Deutung des Theaterstücks und den Entsprechungen zwischen den unbewußten Bedeutungen des Stückes und der Kontroverse, die es entfacht hat, bringen wir im folgenden zwei Ausschnitte, die sich an den Text des Vortrags in Frankfurt anlehnen. Sie befassen sich mit der Methode der Untersuchung und der psychoanalytischen Deutung, die VOGT vor diesem Hintergrund dem Theaterstück gibt.)

I. Zur Methode der Untersuchung

Das Ziel meiner Interpretation ist nicht eine Deutung der Person FASSBINDERS. Ebenso befasse ich mich mit der perversen Psychodynamik des Stückes nur so weit, wie es meinem Anliegen, die latenten aktuellen Nachwirkungen des Nationalsozialismus zu analysieren, dienlich ist. Ich beginne mit meiner Analyse auf dem von ALEXANDER und MARGARETE MITSCHERLICH 1967 in ihrem Buch *Die Unfähigkeit zu trauern* beschriebenen Niveau intensiver unbewußter kollektiver Gefühle von Schuld, Scham, Minderwertigkeit,

Straf- und Sühnebedürfnis und deren Abwehr bei den Deutschen wegen der Judenvernichtung im Dritten Reich. ...

Präzisierend zu diesen theoretischen Vorannahmen möchte ich den Begriff des ethnischen Unbewußten von George Devereux einführen. Das ethnische Unbewußte

> »setzt sich aus all dem zusammen, was jede Generation, entsprechend den fundamentalen Anforderungen ihrer Kultur, selbst zu verdrängen lernt und dann ihrerseits die folgende Generation zu verdrängen zwingt. Jede Kultur gestattet gewissen Phantasien, Trieben und anderen Manifestationen des Psychischen Zutritt und das Verweilen auf bewußtem Niveau und verlangt, daß andere verdrängt werden. Das ist der Grund, warum allen Mitgliedern ein und derselben Kultur eine gewisse Anzahl unbewußter Konflikte gemeinsam ist« (Devereux 1974, S. 11-12).

Wenn ein solcher Konflikt als ethnischer Anteil einer Person, das heißt als kollektiver, für eine bestimmte Gesellschaft spezifischer Anteil, aufbricht, spricht Devereux zu Recht nicht von einer individuellen, sondern von einer »ethnischen Störung«. Die Unfähigkeit zu trauern wäre demnach eine ethnische Störung der Deutschen. Als solche wurde sie – wenn auch nicht unter diesem Namen – von Alexander und Margarete Mitscherlich (1967) beschrieben, wobei vor allem die historischen Bedingungen der für deutsche Verhältnisse typischen Entwicklung des autoritätsgebundenen Charakters eine differenzierte Analyse erfuhren.

Die Hypothese erscheint naheliegend, daß die Deutschen auch noch aktuell in unterschiedlichem Ausmaß mit einer »ethnischen Störung« behaftet sind, vor allem, was die Abwehr von unbewußten Schuldgefühlen und wohl auch einer besonderen Form von Destruktivität (vgl. Juelich 1991; Kaminer 1991) betrifft.

Die erste Frage lautet: Wie geht Fassbinder, der als Regisseur und Dichter ein instinktives Gespür für latente kollektive Prozesse von hoher gesellschaftlicher Relevanz bewiesen hat, mit dieser ethnischen Störung, d.h. der Abwehr der genannten Gefühle von Destruktion, Schuld, Scham, Straf- und Sühnebedürfnis, um? Gelingt es ihm, die rigide kollektive Verdrängungsdecke gegenüber diesen Emotionen zu durchbrechen, sie wenigstens aspektweise in die Richtung einer Klärung und Integration in ein kollektives Selbstbild der Deutschen voranzutreiben, oder wiederholt er nur abwehrend den dumpfen und unbewußten allgemeinen Status quo? In diesem Zusammenhang möchte ich feststellen, daß eine psychoanalytische Deutung keine Aussagen über den künstlerischen Rang ihres Gegenstandes macht, obwohl die Relation von Integration versus Abwehr von kollektiven latenten Konflikten das künstlerische Niveau eines Werke nicht unwesentlich mitbestimmen dürfte.

Die zweite Frage lautet: Wie korrespondieren die Lösungsmodi FASSBINDERS im Konflikt zwischen der Destruktion, unbewußten Schuld- und Schamgefühlen mit den dazugehörenden Emotionen von Minderwertigkeit, Vergeltungsangst, Straf- und Sühnebedürfnissen, Depression einerseits und der Tendenz, diese unerträgliche Belastung abzuwehren, andererseits, mit der Kontroverse um das Theaterstück?

Die dritte Frage betrifft mich als denjenigen, der FASSBINDERS Theaterstück und die darum entstandene Diskussion analysieren will. Selbstverständlich gibt es für mich keinen archimedischen Punkt außerhalb des angenommenen kollektiv-psychologischen Geschehens. Ich argumentiere aus einer Position der Beteiligung, die allen Prozessen, die sie analysiert, selbst ausgesetzt ist. Ich befasse mich schon gute sieben Jahre mit der FASSBINDER-Kontroverse. Kein Thema hat mir bisher so viele Schwierigkeiten bereitet wie dieses. Vor sieben Jahren habe ich schon einmal in Hamburg darüber referiert. Wiederholt machte ich mich an die Arbeit, um den Vortrag publikationsreif zu machen, doch hörte ich immer damit auf, weil ich zwischendurch »Wichtigeres« zu tun hatte. Mein Widerstand war offensichtlich. Solange ich daran schrieb, war ich genötigt, die spontanen Einfälle, die mir dabei kamen und nicht direkt in die Formulierung eingingen, ja zu dieser oft quer oder entgegengesetzt standen und sie konterkarierten, zu notieren und mit zu analysieren. Dabei stellte ich fest, daß ich selbst spontan die meisten Abwehrformen produzierte, die ich in FASSBINDERS Theaterstück und der darum entstandenen Kontroverse fand. Die sublimste Abwehrform manifestierte sich in meiner sofortigen Identifizierung mit den angegriffenen Juden und der strengen Verurteilung ihrer Kontrahenten. Ich war zunächst spontan nur bereit, mich in die Juden einzufühlen, während ich ihren Widersachern die Einfühlung ebenso spontan verweigerte und sie nur entrüstet verurteilte. Meine Arbeit an diesem Aufsatz belehrte mich darüber, daß ich den Widersachern viel näher war, als ich glaubte, und daß ich meine unbewußte Position nur klären, d.h. mich selbst besser verstehen und meine Aufgabe lösen konnte, wenn ich die Widersacher verstand. Dieses größere Verständnis bedeutet nicht Entschuldigung. Ich hätte keinen konkreteren Anschauungsunterricht über die Wirklichkeit und Funktionsweise der von mir postulierten »ethnischen Störung« haben können als meine Schwierigkeiten bei der Durchführung und Darstellung dieser Untersuchung.

II. Die psychoanalytische Interpretation von Fassbinders Theaterstück

Der Müll, die Stadt und der Tod spielt in einem Bordellmilieu. Laut Regieanweisung befindet sich der Ort der Handlung »auf dem Mond, weil er so unbewohnbar ist wie die Erde, speziell die Städte« (FASSBINDER 1986, S. 59). Das Schauspiel beginnt mit dem klagenden Kanon: »Abendstille überall«, den zwei Prostituierte singen. Das nun einsetzende Gespräch zwischen den Frauen hat den Verlust eines potenten Mannes und die Rivalität einer der Huren mit einer bürgerlichen Frau um diesen Mann als Thema. Aus Eifersucht hatte sie diesen Mann, ihren Zuhälter und Freund, der sie belogen und betrogen hatte, bei der Polizei angeschwärzt, was diesen hinter Gitter brachte. Nun beklagt sie seinen Verlust. Sein Verschwinden erscheint in doppelter Weise durch die Frauen verursacht: Einmal real durch die Denunziation, dann symbolisch, indem er einfach im Genitale der bürgerlichen Rivalin verschwindet. Vermutlich zur Strafe für ihre Untat wird die Verräterin von drei Männern symbolisch mit Platzpatronen erschossen. Ständig kommen Männer und gehen mit den Frauen weg, bis Roma B., die schwindsüchtig ist, fortwährend hustet und friert, alleine übrig bleibt. Ihre Versuche, einen Freier zu bekommen, sind erfolglos geblieben, weswegen ihr Mann und Zuhälter, Franz B., der ihr seine Liebe nur mit Schlägen beweisen kann, ihr Vorwürfe macht und sie wieder auf den Strich schickt. Schließlich hat sie doch Erfolg, als der Reiche Jude, der mit seinen beiden Gefolgsleuten, Kleiner Prinz und Zwerg, kommt und sie mitnimmt, weil er mit einer anderen, für seinen Geschmack zu redseligen Prostituierten nicht zufrieden war. Er eröffnet sich der schweigsam zuhörenden Roma, spricht über die Kälte der Städte, den Tod, seine Angst, seine »zu gut« gehenden Geschäfte, die vorwiegend in dem Abriß alter und dem Bau neuer Häuser bestehen. Er stellt sich als gnadenloser Spekulant vor: »Die Stadt braucht den skrupellosen Geschäftsmann, der ihr ermöglicht, sich zu verändern« (a.a.O., S. 73). Als sie hinterher ihren Mann, Franz B., trifft und ihm das viele Geld gibt, das sie von dem Reichen Juden erhalten hat, forscht er sie auf voyeuristische Weise genau über dessen sexuelle Potenz aus. Um seine triebhafte homosexuelle Neugierde zu stillen und gleichzeitig aber auch seine Eifersucht nicht zu wecken, erzählt sie ihm eine erfundene Geschichte, wie dick und häßlich der Jude und wie groß sein Genitale gewesen sei. In Wirklichkeit hatte sie mit ihm keinen sexuellen Verkehr, sondern nur ein Gespräch. Danach treten die Eltern Romas auf. Müller und seine Frau. Er ist ein eingefleischter alter Nationalsozialist, der sich sein Geld als Transvestit in einer Show verdient, während seine an den Rollstuhl gefesselte Frau Marx und Lenin liest. Der Reiche Jude gibt Roma deswegen so viel Geld, weil er sich damit an ihrem Nazi-Vater, Müller, von dem er glaubt, daß dieser seine Eltern auf dem Gewissen hat, rächen will. Franz B. kann die reich gewordene Roma nicht mehr lieben und wendet sich einer homosexuellen Beziehung zu. Zwischendurch empfängt Roma den Antisemiten Hans von Gluck, einen haßerfüllten, wenig erfolgreichen Konkurrenten des Reichen Juden auf dem Grundstücksmarkt. In der Leder-Kneipe, wo Müller als Transvestit arbeitet, treffen sich Roma und der Reiche Jude, wobei sie Zeugen werden, wie Franz B., der sich in masochistischverzückter Weise dafür anbietet, von seinen Kumpanen in sadistischer Weise fast zu Tode geprügelt wird. Die lebensmüde Roma will sich »der Stadt zuliebe« zum Opfer bringen und sterben. Sie bittet verschiedene Männer, sie zu töten, doch diese lehnen das ab. Der Reiche Jude erhört ihre Bitte und erwürgt sie mit seiner Krawatte. Unter Mitwirkung des Polizeipräsidenten Müller II wird die Täterschaft des Reichen Juden vertuscht und der Mord Franz B. in die Schuhe geschoben. Der Kleine Prinz, der die Wahrheit kennt und sie öffentlich bekanntmachen will, wird aus dem Fenster des im 16. Stockwerk eines Hochhauses gelegenen Polizeipräsidiums geworfen.

In den geschilderten Handlungsablauf sind gleichzeitig auch immer andere Szenen eingeblendet. Seitlich im Bühnenvordergrund agiert ein Paar, das anfangs in Plastik eingehüllt ist, dann sich daraus befreit, teilweise tanzt und singt, wobei es immer wieder von den anderen Figuren abgelöst wird. Die eingeblendete Musik drückt vergebliche Liebessehnsucht aus. Das beginnt mit dem melancholischen Kanon *Abendstille überall*, gefolgt von *La Traviata* und *Tristan und Isolde* und sinkt dann ab zu Schlagern aus den 50er Jahren. Die Atmosphäre des Stückes ist mitgeprägt durch dieses Sehnsuchtsmotiv, das als Hintergrundsmelodie – deutlich kontrastierend zur perversen Drastik der Handlung – die einzelnen Szenen durchzieht, immer wieder abbrechend und von neuem beginnend, nie sich voll entfaltend, bis sie mit dem Tod Romas verlöscht.

Der zentrale Angelpunkt des Stückes, um den herum sich die nur vordergründig zusammenhanglose Handlung am besten gruppieren läßt, ist die Beziehung zwischen Roma B. und dem Reichen Juden. In der ersten Szene, während der sich die Prostituierten unterhalten, führt sich Roma als eine ein, die eine Seele hat, die Gott gleich ist, weil sie sich verleiht, wie er es tut. Dann spricht sie von Wahrheit und Lüge und von häßlichen und schönen Gedanken, die dunkel in ihrem Kopf zittern und die Welt an den Rand des Gleichgewichtes, ja zum Zusammenstürzen bringen können. Von einer Kollegin wird sie als innerlich triumphierend, siegreich, allmächtig bezeichnet. Ihrem Mann, Franz B., gegenüber entschuldigt sie sich, daß sie für ihn kein Geld auf dem Strich verdient habe. Jetzt ist sie plötzlich nicht mehr die Unüberwindliche, sondern die jämmerlich Frierende, der seine dunklen Gedanken und fremden Gefühle Angst machen. In seiner Reaktion darauf steht zusammenhanglos der Satz: »Und Tote, Roma, weinen nicht« (S. 66), so als bezögen sich seine schweren Gedanken auf Tote. Eine Weile später spricht sie davon, daß ihr Husten und ihre Erstickungsanfälle möglicherweise das Symptom einer tödlichen Krankheit seien. Dementsprechend begrüßt sie der Reiche Jude mit dem Satz: »Die letzten Grüße aus Davos« (S. 69). Er empfindet sie als schön. Ähnlich wie sie erlebt er auch die Stadt, wenn er sagt:

»Dies Bildnis ist bezaubernd schön, die Stadt, die sich dem Untergang geweiht. So kommen Sie. Es soll sich für Sie lohnen, lungenkrank zu sein« (S. 71).

In der Gemeinsamkeit von Schönheit und drohendem Untergang besteht also eine latente Gleichsetzung zwischen Roma, deren Name mit Rom, der »Ewigen Stadt«, identisch ist, und der Stadt. Darauf weist auch das »Lied von der Stadt« (S. 71-72) hin, das von einer Hure handelt, die keiner der vielen Männer je liebte, die ihr Vater als Kind verließ und die einen Killer bestellte, um ihre Mutter zu töten. Die Bemerkung des Reichen Juden: »Dies Bildnis ist bezaubernd schön« ist gleichzeitig der Beginn der Arie des Prinzen Tamino aus Mozarts Oper *Die Zauberflöte*, wo der Prinz seine Liebe zur Prinzessin Pamina ausdrückt. In der Begrüßung des Reichen Juden klingt also im gleichen Atemzug ein Liebesmotiv und dessen Ende an, denn gleich nach dem schönen Bildnis kommt die Fortsetzung »... die Stadt, die sich dem Untergang geweiht«. Die Stadt ist voller Verlassenheit, Lieblosigkeit, Kälte und Haß. Roma leidet darunter. Als Hure und öffentliche Frau ist sie der Kollektivität ausgesetzt und repräsentiert diese. Sie nimmt alles in sich auf und beginnt es zu verkörpern. In ihrer Zwiesprache mit Gott sagt sie:

»... Wir verbrennen und Du wärmst Deine gichtigen Finger an uns. Was laß ich alles über mich ergehen, die Schmerzen, die unstillbaren

Sehnsüchte vieler? Was bin ich? Deine Stellvertreterin auf Erden? Ein Ding, das die Stadt lebenswert macht? Aber ein Ding eben, kein Mensch. Etwas, auf das man abládt, fruchtlosen Samen und Schmerzen und Leid. Und die Stadt macht uns zu lebenden Leichen, zu Horrorfiguren ohne das richtige Kabinett, mit B-Ebenen als Lebensraum, mit Straßen, die uns vergiften, wo man uns noch vergiften kann, mit Schmerzen, die uns Angst machen, wo wir es uns zu gut gehen lassen. Und jeder Genuß birgt schon die tödliche Reue in sich, und nur die Mörder retten sich, denn ihr Leben hat einen Inhalt, wenigstens das, sie haben das Beste getan. Ich sehe keinen Grund mehr, das zu ertragen, was mir den Atem nimmt, ohne ihn mir wirklich zu nehmen. Ich küsse Tote, schmecke den Geschmack von längst Gestorbenem, der Moder wird mir zum Gesangbuch, der Ekel zum Genuß ... Ich will dies Leben nicht mehr leben, Gott. Ich will's verschenken, mich zum Opfer machen, der Stadt zuliebe, die Opfer braucht, um sich lebendig zu erscheinen, und nicht zuletzt, um mich zu retten, zu retten vor dem Tod im Leben ...« (S. 97-98).

Roma B. ist, wie gesagt, keine individuelle Person, sondern sie verkörpert etwas Kollektives, die Stadt. Diese repräsentiert wiederum keine bestimmte, individuelle Stadt, sicherlich nicht Frankfurt, den Ort der Handlung in dem Buch von Zwerenz, von dem Fassbinder ursprünglich ausging. Er benutzt das Bild der Stadt vielmehr als Metapher für die seelenlose Kälte unserer Zivilisation und Gesellschaft. Wie noch zu zeigen sein wird, zeichnet sich auf dem Grund dieser sehr allgemeinen Metaphorik der Umriß einer latenten kollektiven Seelenverfassung ab, die spezifisch deutsch ist. Dementsprechend hat die blonde, schöne, mädchenhaftzarte Roma drei verschiedene Gesichter: Vordergründig ist sie eine pathologische Masochistin, die von ihrem Zuhälter und Mann, Franz B., ständig geschlagen und bis aufs Blut ausgenutzt wird. Hinter den gequälten Zügen dieser Prostituierten treten die Konturen der zeitlosen, mythischen Frau hervor, die allen Schmerz und alle ungestillte Sehnsucht der Welt leidend in sich birgt. Bei genauerem Hinsehen entdekken wir schließlich, daß die mythische Frau ein deutsches Gesicht hat, dessen Jugend den Keim des Todes in sich trägt. Dieser Tod ist der Tod derjenigen, die in den deutschen Vernichtungslagern starben: erstickt durch Giftgas und dann verbrannt. Das kehrt wieder in der angedeuteten Lungenschwindsucht Romas und den damit verbundenen Anfällen von Atemnot; weiterhin in dem zitierten Monolog, wo sie von Vergiftung durch die Giftgase der Stadt spricht und »keinen Grund mehr« sieht, »das zu ertragen, was mir den Atem nimmt, ohne ihn mir wirklich zu nehmen« (S. 98).[1] Wie aus dem nächsten Satz hervorgeht, sind es die Toten, die ihr den Atem nehmen und sie dadurch zwingen, denselben Tod zu sterben wie die KZ-Opfer. Das Verbranntwerden in den Vernichtungslagern reproduziert sich im ersten Satz des Zitats: »Wir verbrennen ...«. Daß in der Kälte der Stadt, d.h. im kollektiven psychologischen Untergrund der deutschen Gesellschaft, die Totenstarre der in den KZs Ermordeten wiederkehrt, ist auch ersichtlich aus den folgenden Sätzen des zitierten Monologs:

»Und die Stadt macht uns zu lebenden Leichen, zu Horrorfiguren ohne das richtige Kabinett, mit B-Ebenen als Lebensraum.«

Die räumliche Metapher vom Lebensraum in den B-Ebenen – damit sind die unterirdischen Einkaufszentren unter den Straßenzügen gemeint – kann ins Psychologische übersetzt werden. Dann bedeuten sie das Unbewußte. Dort ist die Identifizierung mit den Leichen und Horrorfiguren zu finden. Die Horrorfiguren haben wohl eine doppelte Bedeutung. Einerseits drücken sie aktiv bedrohende Macht aus, die den anderen verletzen oder vernichten will, andererseits können sie aber auch selbst die Passiv-Erleidenden sein, die so übel zugerichtet sind, daß der Betrachter fürchtet, es könne ihm dasselbe widerfahren. In dem folgenden Satz, den Roma zu ihrem Mann Franz B. spricht, ist die tödliche Kälte wieder verknüpft mit dem Verbrennen:

1 Janine Chasseguet-Smirgel (1988) ist bei der psychoanalytischen Interpretation von Texten der »Grünen« hinsichtlich der Angst vor Luftverschmutzung auch zu derselben Interpretation gekommen, daß nämlich hinter der zweifellos berechtigten Angst, der Realangst, auch eine unbewußte irrationale Vergeltungsangst für die Gasöfen der KZs steckt. Der Kontext in Fassbinders Stück läßt kaum einen Zweifel an der Realtiät dieser unbewußten Vergeltungsängste.

»Aber die Kälte, Franz, die brennt mir den Flaum von der Haut. Wie ein gerupftes Huhn werd' ich sein, die goldenen Zähne versetzend, wem schrei ich um Hilfe?« (S. 65).

Die Identifizierung Romas mit den KZ-Opfern ist nahezu perfekt: Wieder die Verbrennung, die impliziten assoziativen Verknüpfungen des gerupften Huhns mit den ausgemergelten nackten KZ-Leichen und des Versetzens der goldenen Zähne mit dem Herausbrechen der Goldzähne bei den Ermordeten durch die KZ-Schergen. Obwohl FASSBINDER Roma primär als Opfer darstellt, hat sie – wie schon beschrieben – auch eine sadistische, mit Größenphantasien verbundene expanisv-nationalsozialistische Seite. Das folgende Zitat zeigt die Macht ihrer destruktiven Gedanken:

»Die Welt ist klein, und die Gedanken, die unzähligen gedachten Gedanken bringen sie an den Rand des Gleichgewichtes. Und eines Tages wird sie kurz erzittern und in sich selbst zusammenstürzen« (S. 62).

Eine ihrer Kolleginnen sagt zu Roma:

»Sie wollen siegen, siegen, und dieser Sieg bringt ihnen die Wärme, die sie brauchen, und ich erfriere an ihrer Allmacht« (S. 62).

Hier ist Roma nicht mehr die der Kälte passiv Ausgelieferte, sondern von ihr geht nun aktiv diese allmächtige, tödliche Kälte aus, die die anderen zum Frieren bringt.

Diese aus der Eingangsszene des FASSBINDER-Stückes stammende Passage zeigt, daß Roma im Verlauf der Handlung überwechselt aus der Rolle der Täterin in die des Opfers. Sie, mit dem imperialen Namen Roma, der mächtigen Stadt, welche in heidnischer Zeit die Zerstörung Jerusalems und in christlicher Zeit die Verfolgung der Juden als Gottesmörder zu verantworten hat, wird damit zur verfolgten Jüdin und vielleicht auch zur Zigeunerin, denn Roma ist auch der Name einer der beiden großen, von den Nationalsozialisten verfolgten Zigeunerstämme, die bis heute auf ihre Rehabilitation warten. Diese Umkehrung von der Täterin zum Opfer zeigt die Abwehr der »Verkehrung ins Gegenteil«. Das Ziel des Abwehrvorganges wird im manifesten

Text genannt: »... der Stadt zuliebe, die Opfer braucht, um sich lebendig zu erscheinen« (S. 98). Wir dürfen übersetzen: Der deutschen Gesellschaft zuliebe, die sich nicht als Erbe der Nazi-Henker fühlen muß, wenn sie sich selbst als Opfer empfindet. Die deutsche Gesellschaft kann dann allerdings nur »lebendig erscheinen«. Das bedeutet, daß sie nicht wirklich lebendig ist. Der deutsche Staat ist errichtet über der Asche von Millionen mit industrieller Perfektion Ermordeter. Die kollektive Verdrängung übermächtiger Gefühle von damit zusammenhängender Schuld über die jedes menschliche Maß sprengende Vernichtung bringt die deutsche Gesellschaft latent in den Herrschaftsbereich des Todes, denn das Verdrängte bleibt ungebrochen wirksam. Es verändert nur seine Bewußtseinsqualität, wird unbewußt und äußert sich versteckt unter dem Deckmantel anderer Inhalte. In diesen Zusammenhang gehört die Tatsache, daß – zumindest bis zum Ende des Kalten Krieges – wohl keine andere europäische Nation sich so intensiv und kollektiv von Todesvorstellungen bedrängt sah wie die deutsche. Umweltkatastrophen, atomare Katastrophe – militärischer und ziviler Art –, Aussterben durch Geburtenrückgang, das sind die entsprechenden Stichworte. Für diese Ängste gibt es zweifellos die handfesten rationalen Gründe, die die politische Diskussion bestimmen, doch kommen sehr wahrscheinlich noch die auf dem unbewußten Schuldgefühl beruhenden Vergeltungsängste hinzu, die sich unter dem Deckmantel rationaler Argumentation verstecken. Es darf vermutet werden, daß die Vernichtungsängste, denen sich die Deutschen ausgesetzt sehen, auch unbewußte Phantasien von Strafe und Vergeltung für die nationalsozialistischen Verbrechen enthalten.[2] Folgerichtig ist die Vorstellungswelt Romas, der

2 Ich stimme mit den entsprechenden Analysen von Janine Chassquet-Smirgel (1988) völlig überein und wiederhole die Belege für diese Annahme, wie ich sie schon 1990 aufgeführt habe: Eine Untersuchung von Friedrich Knilli von 1986 betraf die Auszählung der Häufigkeit des Wortes *Holocaust* in den deutschen Tages- und Wochenzeitungen. Von September 1981 bis März 1985 wurden insgesamt 3.408 Nennungen gezählt. Davon bezogen sich 1.341 auf den historischen Holocaust an den Juden, darauf folgte die gleichnamige

mythischen Repräsentantin Deutschlands, durchsetzt mit Tod und Verwesung. Wie es in dem zitierten Satz des Reichen Juden heißt, sind Roma und die Stadt »dem Untergang geweiht«. Daß die Verkehrung vom Täter zum Opfer wirklich auf Vergeltungsängsten und Schuldgefühlen beruht, läßt sich ebenfalls der zitierten Monologstelle entnehmen. Im Zusammenhang mit der Angst, vom Gift der Straßen vergiftet zu werden, und mit Mord äußert Roma die Absicht zu sterben. Ich zitiere diesen Abschnitt nochmals:

»Mit Schmerzen, die uns Angst machen, wo wir es uns zu gut gehen lassen. Und jeder Genuß birgt schon die tödliche Reue in sich, und nur die Mörder retten sich, denn ihr Leben hat einen Inhalt, wenigstens das, sie haben das Beste getan. Ich sehe keinen Grund mehr, das zu ertragen, was mir den Atem nimmt, ohne ihn mir wirklich zu nehmen« (S. 98).

Roma spricht von tödlicher Reue, während das Motiv dieser Reue nicht manifest ist. Sie kann eigentlich nicht angeben, was sie so reut. Sie kann nur das Reuegefühl bei sich wahrnehmen. Es gibt keine konkreten Taten, keine konkreten Morde, die Roma begangen hätte, auf die sich diese Emotionen beziehen könnten. Dieses unheimliche, nicht begründbare Gefühl einer nur durch den Tod zu begleichenden Schuld basiert also auf Vorgängen, die dem Zugriff des Bewußtseins entzogen sind. Wir dürfen annehmen, daß sie sich unbewußt mit ihrem Vater, dem Nationalsozialisten Müller, identifiziert, d.h. sich an seine Stelle setzt und die Gefühle von Schuld, Reue und Sühnebedürfnis in sich verspürt, die er nicht fühlen kann, und sie durch Abspaltung zwingt, etwas zu sühnen, was nicht ihre, sondern seine

US-TV-Serie mit 1.038, an dritter Stelle stand der »atomare Holocaust« mit 365, an vierter Stelle der »ökologische Holocaust« mit 60 und an fünfter Stelle der »Holocaust an den Deutschen« mit 53 Erwähnungen. Die auffallend häufige Verknüpfung des den Völkermord der Deutschen an den Juden bezeichnenden Wortes *Holocaust* mit atomarer, ökologischer und auf die Deutschen bezogener Vernichtung ist ein sicheres Indiz für die Existenz kollektiver unbewußter, den Judenmord betreffender Vergeltungsphantasien.

Taten sind. Deshalb kann sie auch keinen Grund für ihre Reuegefühle angeben, weil sie einen solchen nämlich persönlich auch nicht hat. Die Äußerungen über ihre Reue und ihr Sühnebedürfnis bleiben notwendigerweise inhaltsleer. Wie verbohrt und uneinsichtig Romas Vater in seiner Destruktivität ist, geht aus dem Dialog zwischen ihm und ihr hervor, wo sie ihn fragt, ob er wirklich die Eltern des Reichen Juden umgebracht habe. Seine Antwort lautet:

»Ich habe mich um den Einzelnen, den ich tötete, nicht gekümmert. Ich war kein Individualist. Ich bin Technokrat. Aber es ist möglich, daß ich der Mörder seiner Eltern bin, und ich wäre es gern. Also bin ich es. ... Es ist keine Last, der Mörder von Juden zu sein, wenn man die Überzeugungen hat, die ich habe« (S. 96).

Mit dieser entmenschten, nahezu affektlosen Position eines technokratischen Töters kann es keine fruchtbare Auseinandersetzung mehr geben. In Romas Bemerkung:

»... und nur die Mörder retten sich, denn ihr Leben hat einen Inhalt ... sie haben das Beste getan« (S. 98)

steckt der Hinweis auf ihren Vater. Dieser ist der Mörder mit dem guten Gewissen, der als überzeugter Nationalsozialist und Antisemit mit dem Judenmord subjektiv »das Beste« getan hat. Die unbewußten Schuldgefühle Romas werden psychologisch auch plausibler durch Anteile einer direkten Identifizierung mit dem Nationalsozialismus ihres Vaters. Ihre Nazi-Seite erscheint in ihren Gedanken, die die Welt zerstören können, in ihrer Ausstrahlung von Sieg, Allmacht und tödlicher Kälte. Roma ist die Vertreterin der zweiten nichtjüdischen deutschen Generation seit dem Dritten Reich. Diese Generation hat nicht mehr selbst während der nationalsozialistischen Zeit Verantwortung getragen. Der Schöpfer Romas, der Autor R.W. Fassbinder, ist 1945 am Kriegsende geboren. Er transportiert in seiner Dramenfigur – wie angenommen – ein kollektives »entlehntes unbewußtes Schuldgefühl« und Anteile von Nazi-Mentalität, was auf Grund seines Alters keine reale Begründung in eigenen Taten oder Unterlassungen während der NS-Zeit haben kann. Hier zeigt sich die tiefe, über intensive Identifizierungen gestiftete psychologische Kontinuität zwischen den Generationen.

Zurück zu FASSBINDERS Theaterstück! Wie zentral das Schuldmotiv hier ist, geht vor allem aus dem Monolog des Antisemiten Hans von Gluck hervor, den er in Anwesenheit von Roma hält. Von Gluck ist anscheinend kein alter Nazi wie Romas Vater, sondern ein Antisemit der jüngeren Generation, der selbst nicht mehr an der Judenverfolgung beteiligt war. In ihm bekommen die dumpfen, nicht greifbaren Gefühle und Alpträume von Zerstörung, Schuld und Tod, wodurch die verschiedenen Figuren des Stückes heimgesucht werden, plötzlich eine prägnante Gestalt. Es ist das nationalsozialistische Klischeebild des bösen Juden, das in den Phantasien von Glucks nun rächend und verfolgend auftritt und das er gleichzeitig konkret über Projektion am Reichen Juden erlebt:

»Er saugt uns aus, der Jud. Trinkt unser Blut und setzt uns ins Unrecht, weil er Jud ist und wir die Schuld tragen. Ich grübele und grübele und zerre an meinen Nerven, und sterbe eigentlich aus. Ich wache nachts auf, und leibhaftig den Tod vor Augen, ist mir die Kehle wie zugeschnürt. Das sind Bilder, sagt mein Verstand, Mythen aus der Vorzeit der Väter. Und es sticht an der linken Seite. Ist es das Herz, frag ich mich, oder die Gallenblase? Und schuld hat der Jud, weil es uns schuldig macht, denn er ist da. Wär' er geblieben, wo er herkam, oder hätten sie ihn vergast, ich könnte heute besser schlafen. Sie haben vergessen, ihn zu vergasen. Das ist kein Witz. So denkt es in mir« (S. 88).

Die Emotionen sind hier klar benannt. Es bestehen massive destruktive Gefühle und ein starkes Schuldgefühl verbunden mit Todesvorstellungen, die ähnlich wie bei Roma – über die zugeschnürte Kehle – die Todesart der KZ-Opfer in den Gaskammern reproduzieren. Hans von Gluck schätzt die Herkunft seiner Gefühle als »entlehnte Gefühle« auch richtig ein. Sein Verstand sagt ihm, daß es Bilder sind, »Mythen aus der Vorzeit der Väter«, die keine Taten enthalten, die er selbst begangen hat. Er sagt auch nicht: »Ich denke«, sondern: »So denkt es in mir.« Dieses »es denkt« verweist auf den unpersönlichen kollektiven psychologischen Prozeß, der sich hinter dem Rücken der Individuen und ohne ihren Willen durchsetzt. Ebenso ist von Glucks Bemerkung »... und sterbe eigentlich aus« ein Hinweis auf die kollektive Dimension. Der Begriff »Aussterben« bezieht sich nie auf ein Individuum, sondern immer auf Gruppen. Von Glucks Einsicht hat keine Kraft. Er bleibt mit dem zerstörerischen Wahn der Nazi-Väter identifiziert, indem er haßerfüllt ihre Vernichtungstaten gutheißt und indem er, dem traditionellen Klischee folgend, alle Schuld den Juden zuschreibt. Der kollektive psychische Abwehrvorgang, wodurch eine große Anzahl der Deutschen während des Dritten Reiches ihre eigenen verdrängten negativen Selbstanteile auf die Juden projizierte und an diesen bekämpfte, wiederholt sich. Schuld ist der Jude schlicht durch seine Existenz, da er dadurch als lebender Vorwurf für die unmenschlichen Taten der Deutschen wird. Von Glucks sich überschlagende destruktive Gefühle haben drei verschiedene Motive: Einmal eine Identifizierung mit dem tödlichen Antisemitismus der Nationalsozialisten, dann eine aggressive Schuldabwehr, schließlich Unterlegenheitsgefühle im Rahmen beruflicher Rivalität. Der Schriftsteller Henryk M. Broder (1986) hat den zitierten Monolog des Hans von Gluck in seinem Buch *Der ewige Antisemit* analysiert und ihn als paradigmatisch für eine neue deutsche Form von Antisemitismus bezeichnet. Er meint, daß es einen deutschen Antisemitismus nicht nur *trotz* Auschwitz gibt, sondern gerade *wegen* Auschwitz. Die Juden werden dadurch zur ständigen Erinnerung an die schlimmsten Verbrechen der deutschen Geschichte. Bodek (1991) nennt diese neue Form des deutschen Antisemitismus »Schuldabwehrantisemitismus«. Das alte nationalsozialistische Klischee vom bösen Juden tritt bei von Gluck zwar wieder auf, doch hat es noch diese neue, zusätzliche Qualität. Es enthält auch die kollektive psychische deutsche Reaktion auf den Judenmord, nämlich das sich darauf beziehende massive, vorwiegend unbewußte Schuldgefühl. Wenn von Gluck davon spricht, daß der Jude sein Blut trinkt, transportiert diese Vorstellung einerseits ein altes antisemitisches Klischee, andererseits kommt dieser Phantasie eine neue Realität zu. Nicht im objektiven Sinne, daß Juden so wären, sondern im subjektiven Sinne, dem aus dem Schuldgefühl resultierenden Bedürfnis nach Strafe und Sühne einerseits und der damit zusammenhängenden Vergeltungsangst andererseits. Das Bild des blutsaugenden Juden ist die Verkörperung des schlechten Gewissens. Die Erniedrigten und Ermordeten kehren verdichtet in der Phantasie vom rächenden Juden wieder.[3] Roma wird dadurch in den Tod getrieben. Von Gluck wehrt sich dagegen mit wahnwitzigen Haßausbrüchen, die den Tod aller noch lebenden Juden verlangen, als ob er dadurch die strafende innere Figur mundtot machen könnte, die ihn bis tief in seine Träume und körperlichen Zustände hinein verfolgt. Ähnlich wie bei Roma ist auch bei Hans von Gluck der Umschlag vom (phantasierten) Täter zum Opfer zu sehen. Der Reiche Jude, der als Grundstücksmakler viel erfolgreicher ist als er, wird zum konkreten Verfolger, der die Mächtigen der Stadt auf seiner Seite hat, während von Gluck das bemitleidenswerte Opfer ist, das nur noch mit Hilfe der Ärzte überleben kann.

»Die Ärzte lügen dich an, sie stecken alle unter der einen Decke, sie halten dich solange am Leben, bis du genügend gelitten hast und irgendwelche Götter genügend im Anblick deiner Leiden onaniert haben« (S. 89).

Wie sehr der Reiche Jude in der Rolle des Mächtigen, Aktiven, Erfolgreichen, kurz, des Täters, ist, geht aus seinem Monolog hervor, als er zum ersten mal mit Roma zusammentrifft. Er führt sich damit ein, daß er zunächst über seine Angst spricht, daß seine Geschäfte »zu gut« gehen, und daß

3 G. Zwerenz (1986, S. 149) schreibt hierzu: »Der ›Reiche Jude‹ ist die Form des toten Juden, der gehaßt werden darf, ohne daß der Haß von Schuldgefühlen begleitet wird. Die Linke benötigt den ›Reichen Juden‹, weil sie gelernt hat, ihren Antisemitismus zu begründen. Im Unterschied zur Rechten, die keiner Gründe bedarf, weil ihr die Tradition ausreicht. Aber: Keine Gestalt des ›Reichen Juden‹ ist groß und weit genug, hinter ihr die sechs Millionen toten Juden zu verbergen«. Zwerenz meint hier wohl relativ bewußtseinsnahe Schuldgefühle, die für die Linken durch das Attribut »reich« abgewehrt werden, da ein reicher Jude den Kapitalismus repräsentiert und deshalb gehaßt werden darf.

das eigentlich nach Strafe verlange. Dieser Anklang an die alte Opferrolle des Juden wird dadurch unterbrochen, daß er nun selbst, er der Ängstliche, der Strafende ist. Er erzählt hier, wie er im Schutze der Mächtigen der Stadt alte Häuser abreißt und neue baut:

»Gewiß – keiner schätzt das besonders, was er da zuläßt, aber der Plan ist nicht meiner, er war da, ehe ich kam. Es muß mir egal sein, ob Kinder weinen, ob Alte, Gebrechliche leiden. Es muß mir egal sein. Und das Wutgeheul mancher, das überhör' ich ganz einfach. Was soll ich auch sonst. Mit schlechtem Gewissen mir Krankheiten auf den Buckel laden? Die Krätze oder die Pest? Ich glaube an Gott, aber an die Gerechtigkeit zwischen den Mauern? Soll meine Seele geradestehen für die Beschlüsse anderer, die ich nur ausführe mit dem Profit, den ich brauche, um mir das leisten zu können, was ich brauche? ... Die Stadt braucht den skrupellosen Geschäftsmann, der ihr ermöglicht, sich zu verändern. Sie hat ihn gefälligst zu schützen« (S. 73).

Wie dieser Monolog zeigt, wird auch hier am alten Klischeebild des rücksichtslosen, profitgierigen Juden, der über Leichen geht, gestrickt. Historisch ist dieses verleumderische Stereotyp schon längst entlarvt. Es ist deutlich geworden, daß das, was die Nationalsozialisten den Juden angedichtet haben, ihr eigenes abgewehrtes negatives Selbstbild war. Sie haben all das, und noch viel darüber hinaus wirklich getan, was sie den Juden zugeschrieben hatten. Es waren ja nicht die Juden, sondern die Nationalsozialisten, denen es egal war, ob Kinder weinten und Alte, Gebrechliche litten. Es ist auch hier, an dieser Textstelle, abzulesen, daß der Reiche Jude nicht nur die Züge des alten antisemitischen Klischees hat, sondern auch neue Eigenschaften erhält, bei denen Eichmann Pate gestanden hat. So wie der Reiche Juden seine Taten rechtfertigt, ähnelt das den stereotypen Entschuldigungen Eichmanns und aller anderen alten Nazis, nämlich, sie seien nur ausführende Organe gewesen. Ähnlich argumentiert der Reiche Jude, wenn er sagt:

»... aber der Plan ist nicht meiner, er war da, ehe ich kam ... Soll meine Seele geradestehen für die Beschlüsse anderer, die ich nur ausführe?« (S. 73).

Ebenso mag in dem forcierten Abreißen alter und dem Bau

neuer Häuser etwas von der deutschen Nachkriegsmentalität stecken, die durch die hektische Beseitigung des Alten und die Gier nach dem Neuen vergeblich den Ausstieg aus der deutschen Geschichte versuchte.

Zusammenfassend kann man sagen, daß der Reiche Jude zum siegreichen Nationalsozialisten wird, wie Roma sich in die leidende Jüdin verwandelt. Der Anfang des Theaterstückes zeigt die bedrohliche macht der Frauen, den Mann entweder hinter Gitter zu bringen oder ihn in ihrem Genitale verschwinden zu lassen. Den von den Frauen beklagten Verlust eines potenten Mannes scheint der Reiche Jude durch sein Auftauchen auszugleichen. Allerdings ist seine Potenz – entsprechend seinem Attribut »reich« – analer Art. Sexualität wird im ganzen Schauspiel nur auf anale Weise manifest, entweder als Prostitution oder als Sado-Masochismus. Es gibt im ganzen Schauspiel keine genitale Liebesbeziehung. Auf der Ebene der Macht wird der Reiche Jude zur bewunderten und gehaßten Vaterfigur[4], in dessen rücksichtsloser Männlichkeit auch etwas von dem analsadistischen Männlichkeitswahn der Nationalsozialisten mitschwingt, und der alle anderen Männer des Stückes auf den zweiten Platz verweist und sie damit zu den unterlegenen Söhnen macht. Ebenso ist Roma die mächtige Mutter, die allen Frauen über ist. Der Umschlag der Rollen auf der sadomasochistischen Beziehungsebene vom Täter zum Opfer und vom Opfer zum Täter, was an Roma und dem Reichen Juden nachzuvollziehen war, setzt sich auch an den Nebenfiguren fort. Der sadistische Schläger Franz B., der seiner Frau Roma seine Liebe nur durch tägliche Schläge beweisen konnte, liebt und schlägt sie nicht mehr, seit sie durch den Kontakt mit dem Reichen Juden reich und mächtig geworden ist. Er wird zum homosexuellen Masochisten, der in orgastische Lustschreie ausbricht, wenn er von seinen Kumpanen fast zu Tode geprügelt wird. Müller, Romas Vater, der alte Nazi und sadistische Judenmörder, wird zum

4 Die Juden als unbewußte mit Haß besetzte Repräsentanten des Vaters für die Antisemiten haben B. Grunberger (1962), A. und M. Mitscherlich (1967) und J. Chasseguet-Smirgel (1988) beschrieben.

Transvestiten, der sich die Kleider von seiner an den Rollstuhl gefesselten Frau ausleiht, sich mit seiner Tochter die Nylonstrümpfe teilt und sich sein Geld in einer Transvestiten-Show verdient, wobei ihm der Reiche Jude verächtlich-großzügig ein Trinkgeld gibt. Der Antisemit Hans von Gluck unterliegt im geschäftlichen Wettstreit mit dem Reichen Juden und kann sich nur durch Medikamente über Wasser halten. Die ganze Atmosphäre von FASSBINDERS Theaterstück ist geprägt durch Gewaltsamkeit, Vergeblichkeit, Untergang und Tod.

Wie HANSJAKOB GINSBURG (1985) richtig festgestellt hat, ist die Beziehung zwischen Roma und dem Reichen Juden die Geschichte einer verhinderten Liebe. Das Sehnsuchtsmotiv dringt nicht durch, sondern fällt ab in Resignation. Das Verhältnis zwischen Roma und dem Reichen Juden überschreitet immer wieder die reine Geschäftsgrundlage, bei ihr den Prostituiertenstatus, bei ihm die Inszenierung seiner Rache am Vater Romas, indem er seine Tochter reich macht. Welch aristokratische Form von Rache! Doch immer wieder wird Intimität verhindert. Es gibt keine Liebe zwischen ihr, der Repräsentantin Deutschlands und dem Juden. Sie bittet ihn, sie zu töten, und er erhört als einziger der von ihr angesprochenen Männer ihre Bitte, indem er sie mit seiner Krawatte erwürgt. Das geschieht Roma gegenüber als Akt des Entgegenkommens und der Einfühlung in eine unausweichliche schicksalhafte Notwendigkeit, die nicht zu ändern ist. Die Tötung erfolgt völlig undramatisch, so wie nebenbei. Die von allen Emotionen entblößte innere Phantasiefigur des Rache fordernden Juden wird umgesetzt in Handlung, Roma stirbt den Tod der KZ-Opfer, den Tod durch Ersticken.

Dieselbe Unmöglichkeit einer positiven Entwicklung ist im weiteren Verlauf der Handlung auch an den Gefolgsleuten des Reichen Juden, dem Zwerg und dem Kleinen Prinzen, zu sehen. Der Zwerg verweist auf das Verkürzte und Minderwertige im kollektiven Selbstbild der Deutschen. In der Rede von Deutschland als einem wirtschaftlichen Riesen und einem politischen Zwerg ist das auf eine kurze Formel gebracht. Der Kleine Prinz, den der Reiche Jude als seinen Erben bezeichnet, deutet im Gegensatz zur fatalen Endgültigkeit der nicht mehr vorhandenen Wachstumschancen des Zwergs eine besondere Entwicklungsmöglichkeit zur Größe an. Die Bezeichnung *Kleiner Prinz*, die ja eine sehr bekannte literarische Figur von SAINT-EXUPÉRY betrifft, ist vermutlich von FASSBINDER nicht zufällig gewählt. Das gilt vor allem dann, wenn das Stück eigentlich nicht auf der Erde, sondern »auf dem Mond« spielt. Der Kleine Prinz ist der Inbegriff des elternlosen und geschichtslosen Kindes, das durch den Weltraum irrt. Deshalb repräsentiert er vielleicht die Freiheit von deutscher Geschichte und Schuld. Aus diesem Grunde will ihn möglicherweise der Reiche Jude zu seinem Erben einsetzen, wodurch der Kleine Prinz nun endgültig aus der schlimmen deutschen Genealogie herausgenommen wäre. Aber auch diese mit ihm verbundenen Möglichkeiten lösen sich durch seinen Hinauswurf aus dem 16. Stockwerk in Nichts auf.

Bei einem zusammenfassenden Blick auf das Stück von FASSBINDER hat die darin enthaltene, von mir als paradigmatisch postulierte Inszenierung der kollektiv-psychologischen deutschen Problemlage von Destruktion, Schuldgefühl, Vergeltungsangst und Sühnebedürfnis zwar eine unbewußte Darstellung, aber keine Bearbeitung gefunden. Wie die Deutung ergab, ist eine dominierende Abwehrform die Verkehrung ins Gegenteil: die Täter werden zu Opfern, die Opfer zu Tätern. Eine weitere charakteristische Art der Gefühlsabwehr ist die von A. und M. MITSCHERLICH (1967) im Hinblick auf die Einstellung zur NS-Zeit beschriebene »Derealisierung«. Diese Entwirklichung ist besonders kraß am Todesverlangen Romas zu sehen. Sie sagt zwar, daß sie sich der Stadt zum Opfer bringen will, doch bleiben die entsprechenden Szenen völlig vage und gefühlsentleert. Nur die Interpretation kann zum Vorschein bringen, wie brisant das ist, was sich ereignet. *Der Müll, die Stadt und der Tod* wurde wohl wirklich – wie es gesagt wird – in Trance geschrieben. Es ist ein Traumtänzer-Stück. Es spielt, wie es in der Regieanweisung steht, »auf dem Mond«, weit, weit von uns weg. Das, worum es wirklich geht, ist zu schmerzhaft und kränkend, als daß es uns nahekommen dürfte. Daß

Fassbinder beim Schreiben des Stückes wohl in einem traumähnlichen Zustand war, geht auch daraus hervor, daß die Handlung in hohem Maße eingebettet ist in eine sehr körpernahe perverse sadomasochistische Szenerie. Die triebhaft-sexuellen Aspekte sind teilweise so überbordend und dominierend, daß sie die tiefere Bedeutung des Schauspiels zudecken und damit auch eine Abwehrfunktion erfüllen. Für die von J. Chasseguet-Smirgel (1988) vertretene Hypothese von der besonderen Nähe des Nationalsozialismus zur Perversion, die vor allem gekennzeichnet sei durch die Ausmerzung des Vaters, die Dominanz der »archaischen Matrix des Ödipuskomplexes« und die weitgehende Ersetzung einer genitalen Orientierung durch eine anale, gibt es durchaus Hinweise. Schon die Eingangsszene beginnt mit dem Verlust einer potenten Vaterfigur. Dieses Motiv wird fortgeführt im »Lied von der Stadt«, das von einer Hure handelt, die zuerst von ihrem Vater und dann von allen Männern verlassen wurde. Der einzige so benannte Vater in Fassbinders Theaterstück, der alte Nazi Müller, Romas Vater, zeigt seine Perversität direkt als Transvestit. Er vertritt nur konsequent seine nationalsozialistische Ideologie, aber darüber hinaus keinerlei Gesetz, sondern hat ganz im Gegenteil dazu seine Tochter Roma als Bordellkunde besucht. Hinter der Ausbeutung und analsadistischen Manipulation der Frauen durch die Männer erscheint eine große Angst vor der verschlingenden und Tod bringenden Frau. Der homosexuelle Freund von Romas Mann Franz B., Oskar von Leiden, drückt das so aus:

»... Ich wähle den Tod durch die Frau, zuckt es durch meinen Kopf, und so entschloß ich mich, Opfer zu sein dem Henker, der Frau« (S. 63).

Auch die mit der perversen Orientierung verbundene Entindividualisierung im Sinne einer Analisierung zu einem Einheitsbrei fehlt nicht. Das deutet sich schon darin an, daß der Reiche Jude, der Zwerg und der Kleine Prinz keinen Namen haben. Auch Romas Vater muß sich den Namen *Müller* mit dem Polizeipräsidenten teilen (*Müller* und *Müller II*). Voll zum Ausdruck kommt diese Anonymisierung und

Homogenisierung in dem Lied: »Mein Lederkerl«, das Marie-Antoinette, eine der Huren, in der Leder-Kneipe, wo Romas Vater als Transvestit auftritt, singt:

»Alles aus Leder
Doch nebenbei
Bist Du wie jeder
Im Einerlei
Schützt sie die Seele
die Uniform?
Wenn ich Dich quäle
Hast Du's doch gern ...« (S. 90).

Schließlich hat die sehr dem Traumbewußtsein angenäherte Zerrissenheit des FASSBINDER-Stückes wohl auch die Abwehrfunktion, die einzelnen Szenen voneinander zu isolieren und so das Erlebnis von kontinuierlichem Sinn zu erschweren. Dazu gehört auch die auffallende Isolierung aller auftretenden Personen, die bis auf den Reichen Juden kaum einen Dialog zustande bringen, sondern – genau besehen – vor sich hin monologisieren. Das drückt die fundamentale Sprachlosigkeit gegenüber den dunklen, unverständlichen Gefühlen aus, von denen die handelnden Personen umgetrieben werden, ohne sie zu verstehen. Dieses Unverständnis entspringt nicht nur der durch Abwehr entstandenen Unbewußtheit, sondern der schon erwähnten Tatsache, daß es sich um »entlehnte Gefühle« aus der vorhergehenden Generation handelt. Es sind also fremde Gefühle, die in den Personen auftauchen, sich ihrer bemächtigen und sie in hilfloses Unverständnis stürzen. Roma drückt diese nicht faßbaren emotionalen Zustände so aus:

»Aber die dunklen Gedanken, die fremden Gefühle, was versteht eine wie ich schon davon? Das ängstigt mich sehr (S. 65) ... Die Verzweiflung mit Namen zu nennen, das wär' Kapital« (S. 67).

Der einzige, der nicht unter dem Druck »entlehnter Gefühle« steht, ist der alte unverbesserliche Nazi Müller, Romas Vater. Seine Vorstellungen und Gefühle sind wirklich die seinen und deshalb klar und unmißverständlich. Seine antisemitischen und nationalsozialistischen Auffassungen unterliegen nicht dem geringsten Zweifel. Er ist sich ganz sicher, daß seine Überzeugung richtig ist und seine Zeit wiederkommen wird: »Der Faschismus wird siegen« (S. 96). Der Reiche Jude geriert sich zwar als skrupelloser Geschäftemacher, gleichzeitig aber verachtet er das Geld, übt seine Rache gegen Müller auf die merkwürdige Weise aus, daß er dessen Tochter Roma nicht als Hure, sondern als Gesprächspartnerin in Anspruch nimmt und sie reich macht. Sein Verhalten gegenüber Roma ist taktvoll und gegenüber ihrem Vater von herablassender Ironie. Bei Roma führt er sich ein mit der Bemerkung: »Ganz unter uns, ich lächle oft bei dem Gedanken an den Tod« (S. 69). Hinter seiner zur Schau getragenen Selbstsicherheit ist auch er von Todesgedanken und Angst erfüllt. Auch er wird bedrängt von einem Schuldgefühl, doch hat das relativ deutliche Bezüge zu seiner Art, Geschäfte zu machen. Er sagt zu Roma:

»Wissen Sie, daß ich manchmal Angst habe? Sie wissen es nicht, und warum auch. Die Geschäfte gehen zu gut. Das will bestraft sein. Das sehnt sich geradezu nach Strafe. Aber statt Strafe zu empfangen, straft es das Ängstliche – ich. Ich: nichts weiter als es« (S. 72).

Danach schildert er seine Geschäfte. Die spezifisch jüdische Dimension des Schuldgefühls im Sinne einer »Überlebensschuld« (vgl. W. Niederland, 1980) oder des Selbstvorwurfes, daß er mit den NS-Tätern, -Mitläufern und deren Kindern Umgang hat und im Lande der ehemaligen Henker lebt, sei ein Verrat an den ermordeten Juden, ist in der Figur des Reichen Juden nicht einmal angedeutet. Fassbinder bleibt in seiner projektiven Abwehrposition, daß das Schuldgefühl des Reichen Juden sich nur auf das bezieht, was er den Deutschen antut. An keiner Stelle verläßt der Autor diese enge egozentrische, von Schuldabwehr bestimmte Konzeption, die den Reichen Juden nicht wirklich Jude sein läßt, sondern ihn in ein nationalsozialistisches Abziehbild einsperrt. Margarete Mitscherlich hat diese uneinfühlsame, egozentrische Sichtweise in Fassbinders Theaterstück knapp und treffend interpretiert:

»Selbst Angehöriger einer über lange Zeit verfolgten Minderheit, hat Fassbinder (1981) sich sicherlich weitgehend mit Juden und deren

Schicksal identifiziert. Aber er war ein Selbstzerstörer, der seine Aggression nur in begrenztem Maße mit Hilfe von Sündenbock-Suche nach außen wenden konnte. Er stellte sich wahrscheinlich selbst dar im ›Reichen Juden‹, in der Hure Roma B. und in ihrem Mann und Zuhälter Franz B., der seine Homosexualität entdeckt. Wie die Hure B., die ihren Geliebten, ›den Reichen Juden‹, um den Tod bittet, so fleht Franz B. im masochistisch-homosexuellen Rausch um seine Vernichtung. Weil die Hauptfiguren in Fassbinders Stück quasi alle ›Selbstobjekte‹ sind, d.h. Teile seiner eigenen Person darstellen, fehlt ihm die Einfühlung in andere, deren Leidenserfahrungen und Probleme mit den eigenen Problemen nicht gleichzusetzen sind. Infolgedessen übersieht er die seelische Situation der Überlebenden des Völkermordes« (1987, S. 29).

Das vielleicht nicht bewußte, aber doch zentrale Anliegen von Fassbinders Theaterstück scheint mir der Versuch eines Dialoges zwischen Roma und dem Reichen Juden zu sein. Diese Intention ist erst dann endgültig gescheitert, als es zwischen beiden um die Frage von Schuld und Vergebung geht. Roma bietet dem Reichen Juden dafür, daß er sie als Mittel seiner Rache benutzte, ihre Vergebung an, was dieser sich empört verbittet und ihr das Recht dazu abspricht. Als er daraufhin ihr seine Bereitschaft erklärt, ihr zu vergeben, wobei nicht klar wird, wofür, lehnt sie ab mit der Begründung, sie fühle sich dadurch nicht getröstet. Ihr Versuch, die unerträgliche innere schuldgefühlhafte Spannung abzuwehren über die gegenseitige Aufrechnung von Schuld mißlingt, und der kaum begonnene Dialog zwischen beiden zerbricht, da Romas Schuldgefühle und Verzweiflung nun zu groß sind, als daß der Reiche Jude sie daraus erretten könnte. *Der Müll, die Stadt und der Tod* ist der vergebliche Versuch, einer alles durchdringenden Melancholie zu entfliehen. Roma, die Personifizierung der Stadt, kann den von ihrem NS-Vater stammenden Seelenmüll nicht mehr bewältigen, sie erstickt daran und findet so den Tod.

BODEK, J. (1991): Die Fassbinder-Kontroversen. Entstehung und Wirkung eines literarischen Textes. Frankfurt a.M./Bern/New York/Paris (Peter Lang).

BRODER, H.M. (1986): Der ewige Antisemit. Frankfurt a.M. (Fischer).

CHASSEGUET-SMIRGEL, J. (1988): Zwei Bäume im Garten. München/Wien (Verlag Internat. Psychoanalyse).

DEVEREUX, G. (1970): Normal und annormal. Frankfurt a.M. (Suhrkamp) 1982.

FASSBINDER, R.W. (1980): Der Müll, die Stadt und der Tod. Frankfurt a.M. (Verlag der Autoren), 2. veränd. Aufl., 1986.

GINSBURG, H.J. (1985): Juden auf der Bühne. DIE ZEIT vom 8.11.1985. In: H. LICHTENSTEIN (Hg.) (1986): Die Fassbinder-Kontroverse oder das Ende der Schonzeit. Königstein (Athenäum), S. 126-129.

GRUNBERGER, B. (1962): Der Antisemit gegenüber dem Ödipuskomplex. In: B. GRUNBERGER (1988): Narziss und Anubis. München/Wien (Verlag Internat. Psychoanalyse), S. 1-23.

JUELICH, D. (1991): Wer ist eigentlich betroffen? Aspekte zur psychoanalytischen Kulturkritik nach Auschwitz. In: DERS. (Hg.): Geschichte als Trauma. Frankfurt a.M. (Nexus), S. 75-94.

KAMINER, I. (1991): Spätfolgen bei jüdischen KZ-Überlebenden. In: D. JUELICH (Hg.): Geschichte als Trauma. Frankfurt a.M. (Nexus), S. 19-33.

KNILLI, F. (1986): Die Judendarstellungen in den deutschen Medien. In: A. SILBERMANN, J.H. SCHOEPS (Hg.): Antisemitismus nach dem Holocaust. Köln (B. van Nottbeck), S. 115-133.

MITSCHERLICH, A., MITSCHERLICH, M. (1967): Die Unfähigkeit zu trauern. München (Piper).

MITSCHERLICH, M. (1987): Erinnerungsarbeit. Zur Psychoanalyse der Unfähigkeit zu trauern. Frankfurt a.M. (Fischer).

NIEDERLAND, W.G. (1980): Folgen der Verfolgung. Das Überlebendensyndrom. Seelenmord. Frankfurt a.M. (Suhrkamp).

VOGT, R. (1990): Zur »archaischen Matrix des Ödipuskomplexes«. Psyche 44, S. 915-952.

ZWERENZ, G. (1986): Die Rückkehr des toten Juden nach Deutschland. Ismaning (M. Hueber).

Stavros Mentzos

Pseudostabilisierung des Ich durch Nationalismus und Krieg

1. Die Herausbildung von Gruppenidentitäten

Jeder Mensch geht im Laufe seiner Entwicklung verschiedene Wir-Bildungen ein, die parallel verlaufen. Das bedeutet, daß jeder von uns verschiedenen Gruppierungen angehört. Dazu gehören auch größere Gesellschaften. Diese Gruppierungen verdanken ihre Existenz nicht nur der Notwendigkeit der kollektiven Sicherung des Territoriums, der Produktion und Verteilung von Gütern oder der Befriedigung anderer materieller und immaterieller Interessen. Sie vermitteln auch emotionale Bindungen und erfüllen darüber hinaus eine ganze Reihe psychosozialer Funktionen. Diese über die pragmatisch-rationale Zielsetzung hinausgehende emotionale Bedeutung ist nicht für jede Gruppierung gleich. Eine Verbraucherorganisation zum Beispiel oder eine Religionsgemeinschaft, eine Gewerkschaft oder eine Nation lösen sehr verschiedene emotionale Reaktionen aus.

Bei der Nation, die uns hier beschäftigen wird, ist diese emotionale Reaktion besonders groß. Der Grund dafür ist offensichtlich. Eine gemeinsame Geschichte, eine gemeinsame Kultur und eine gemeinsame Sprache werden hier zu einem *Nationalbewußtsein* verschmolzen, das auch als kollektives Identitätsgefühl bezeichnet werden kann. Man könnte fast den Aphorismus wagen, daß die Nation eine geniale, aber potentiell auch eine teuflische Erfindung ist. Genial ist sie, weil der von Freud in »Massenpsychologie und Ich-Analyse« (1921) beschriebene Prozeß, in dem der einzelne sein Ich-Ideal aufgibt und es gegen das im Führer verkörperte Massenideal vertauscht, bei der Nation in einer viel differenzierteren Weise organisiert ist. Die durch die Nation vermittelte Integration hängt nicht von einer Person ab, sondern wird an die imaginäre Vorstellung der Nation gebunden, die die Beschränkungen, Unsicherheiten und Risiken der Idealisierung einer einzelnen Person, hier des Führers, vermeiden hilft und dessen Kapazitäten weit überschreitet. Nation stellt also eine Wir-Bildung sui generis mit außerordentlichen Möglichkeiten dar. Gerade damit hängt aber auch das potentiell Teuflische dieser Institution zusammen – davon wird noch die Rede sein.[1]

Wir-Bildungen spielen in der Entwicklung von Individuen und Gruppen eine große Rolle. Für die individuelle Entwicklung könnte man auch von Integrationsstufen sprechen, die sich auf immer größere Gruppierungen beziehen. Sie setzen eine erfolgreich verlaufene *Selbst-Objekt-Differenzierung* voraus, die uns hier als erstes beschäftigen wird.

Die psychodynamische Entwicklungspsychologie, unterstützt und korrigiert durch die moderne Säuglingsforschung, hat die schon früher formulierte Annahme einer *doppelten Zielsetzung* der psychischen Entwicklung des Kindes bestätigt: Sie besteht einmal in der Entstehung und Festigung einer autonomen Identität, aber auch – zweitens – in der Förderung, Intensivierung und Differenzierung der Fähigkeit zur *Bindung* und zur *Gemeinschaftlichkeit* mit anderen Personen. Diese zwei Aufgaben werden durch Motivationen vorangetrieben, die sich im Laufe der biologischen

1 Es ist bestimmt nicht zufällig, daß FREUD im letzten Teil seines bedeutsamen Beitrages »Massenpsychologie und Ich-Analyse« (1921) einige ganz moderne, selbstpsychologisch anmutende Hypothesen zur Dynamik von Depression und Manie formuliert. Das mit einem stark idealisierten und intensiven Nationalbewußtsein verbundene Hochgefühl kann gelegentlich in einen Zustand übergehen, in dem das aufgeblähte individuelle und kollektive Ich in einen fast hypomanischen, siegesbewußten und siegestrunkenen Taumel gerät, oder umgekehrt im Falle des Mißerfolgs und der Niederlage in einen Zustand blinder narzißtischer Wut. In beiden Fällen ist für den Gegner, aber auch für die Nation selbst das Schlimmste zu befürchten.

und kulturellen Evolution herausgebildet haben und in etwa dem entsprechen, was die frühe Psychoanalyse als Selbsterhaltungstrieb oder – später – als »Libido« bezeichnet hat, ein Trieb also, der auf die Herstellung von Kontakt und Bindung zielt. Zwischen diesen beiden Zielsetzungen besteht zunächst und im Prinzip eine Interdependenz, d.h. eine gegenseitige positive Verstärkung: Die emotionale Bindung fördert die Identität, Selbstsicherheit und Kohäsion des Selbst; umgekehrt ermöglicht erst eine autonome Identität die reife Bindungsfähigkeit.

Es gibt aber normalerweise nicht nur diese gegenseitige Verstärkung, sondern auch den *Antagonismus*, die vorübergehende Polarisierung zwischen *selbstbezogenen* und *objektbezogenen Tendenzen*, die dann miteinander rivalisieren. Eine solche Polarisierung gilt es dialektisch zu überwinden. Egoistisch-eigennützige Tendenzen einerseits und prosozial-altruistische Tendenzen andererseits müssen dabei integriert werden. Während der fortschreitenden Entwicklung des einzelnen – erst in der primären, dann in der sekundären Sozialisation innerhalb der jeweiligen Gruppen – kommt es zu einem eigenartigen, aber auch wichtigen Prozeß der *Selbsterweiterung*, der darin besteht, daß das, was zunächst als Gegenüber, als Gegenpol in dem bereits beschriebenen Antagonismus zwischen Bindung und Autonomie wahrgenommen und erlebt wurde, nunmehr partiell vereinnahmt und zum eigenen, erweiterten Selbst-Pol gemacht wird.

Geht es in der frühesten Phase der menschlichen Entwicklung zunächst um den Gegensatz zwischen dem Selbst und dem primären Objekt im Rahmen einer Zweierbeziehung, so konstelliert sich dieser Gegensatz später innerhalb der triadischen Beziehung, und zwar zwischen einer Zweiergruppe und einem Dritten (wobei die Zusammensetzung der Zweiergruppe labil und wechselnd sein kann). So kommt es zu einer ersten »Wir-Bildung« (Mutter und Kind gegen Vater, oder auch Vater und Kind gegen Mutter usw.). Auf der nächsten Stufe besteht das »Wir«, also das erweiterte Selbst, aus der Familie insgesamt. *Sie* ist nun der gleichsam »egoistische« Pol, der sich von der Welt außerhalb der

Familie abgrenzt, also von anderen Familien, von der sekundären Sozialisationsgruppe, usw. Die außerfamiliäre Welt ist jetzt der Gegenpol, die »anderen«.

Noch später geht es um den Gegensatz zwischen der kleineren sekundären Gruppe und größeren Gruppen, zum Beispiel die eigene soziale Schicht oder die eigene Gemeinde oder Stadt, im Gegensatz zu anderen sozialen Schichten, Städten oder Ländern, sodann um die eigene Nation (als dem selbstbezogenen Pol) im Gegensatz zu anderen Nationen, wie etwa die Griechen im Gegensatz zu den Barbaren, die Deutschen im Gegensatz zu den Franzosen, die Europäer im Gegensatz zu den Nicht-Europäern, die Erdbewohner im Gegensatz zu den Außerirdischen.

Diese aufeinanderfolgenden Integrationen basieren zwar zum Teil auf objektbezogenen, also auf prosozialen und bindenden Tendenzen, aber nicht nur auf diesen: neben *objektalen Bindungen* spielen *identifikatorische Prozesse* eine wichtige Rolle. Der einzelne identifiziert sich dabei mit der jeweiligen Gruppe und ihren Attributen. Auf diese Weise entsteht auch das Erlebnis der Selbsterweiterung, Selbststabilisierung und Selbststärkung. Man fühlt sich als Mitglied der Familie, der Schulklasse, der Dorfgemeinschaft, der Großstadt, der Nation und/oder des Kontinents stärker, potenter, bedeutsamer als ein alleinstehender Außenseiter. Besonders wirksam für die Stabilisation und Erweiterung des Ich bzw. Selbst sind in dieser Hinsicht die stark emotional besetzten Wir-Bildungen der *Nation*. Hier kann sich das Hochgefühl bis zu einer enthusiastischen oder sogar hypomanischen Selbstüberhöhung steigern.

2. *Die psychosozialen Funktionen der Nation*

Nation (aus dem lateinischen Natio, also Volk, Volksstamm, von nasci = geboren werden) ist zwar ein seit dem 14. Jahrhundert gebräuchliches Wort, das sich jedoch erst im 18. Jahrhundert zum zentralen Begriff des staatspolitischen Denkens entwickelte. Der Terminus, der schwer und keineswegs einheitlich zu definieren ist, bezieht sich auf eine große

Gruppe von Menschen, die durch eine gemeinsame Kultur, eine gemeinsame Tradition, eine gemeinsame Sprache und eine gemeinsame Zukunftsperspektive verbunden ist und als Einheit wahrgenommen wird. Die deutsche Romantik betonte die volkshaft kulturelle, die gefühlsgetragene, mit anderen Worten: die vorstaatliche Nation, während die Franzosen besonders nach 1789 in der Nation eine historisch geformte, durch die *Volonté générale* bestimmte Willensgemeinschaft sahen, die in der Einheit des Staatswesens hervortrete. Dem entspricht auch die aphoristische Definition von Ernst Renan:

»Die Nation ist ein sich täglich wiederholendes Plebiszit« (Brockhaus 1955, S. 279). Und: »Nach vorherrschender deutscher Auffassung gehörte zur Nation, wer in sie geboren ist, nach vorherrschender französischer Auffassung, wer sich zu ihr bekennt« (a.a.O.).

Wir wollen uns hier aber nicht weiter um definitorische Fragen kümmern. Wesentlich erscheint mir, daß die Nation nicht mit dem Staat und nicht mit einem bestimmten Territorium gleichzusetzen ist (im Extremfall kann eine Nation, wie z.B. die Nation der Kurden, kein Territorium besitzen, wenn auch ihr Nationalbewußtsein ein solches sehr intensiv verlangt). Es geht nicht nur um die Vereinigung und den Zusammenhalt einer großen Anzahl von Individuen aufgrund gemeinsamer materieller Interessen. Die soziale Struktur der Nation dient nicht an erster Stelle, so wie der Staat, der Sicherheit und der gemeinsamen Produktion und Verteilung von materiellen Gütern, sondern beruht vor allem auf dem Bewußtsein einer Gemeinsamkeit, einer Ähnlichkeit (bis hin zur Identität) und einer Zusammengehörigkeit, die auf gemeinsamen Wesenszügen, einer gemeinsamen Geschichte, Sprache, Kultur und Selbstdefinition beruht. In gewisser Hinsicht gehören also die Nation und ihre Symbole zu dem, was Volkan (1988), ein amerikanischer Psychoanalytiker, als »geeignetes Mittel der Externalisierung« *(suitable targets of externalisation)* bezeichnet hat. Es handelt sich dabei um *wahrnehmbare Objekte und Gestalten, Denk- und Handlungsmuster, Bedeutungen und Selbstdefinitionen, die dem Ausdruck der eigenen Innenbefindlichkeit dienen,* mit deren Hilfe man also seine eigenen Wünsche, Vorstellungen und Träume an einer wahrnehmbaren äußeren Realität festmachen und zum Ausdruck bringen kann.

Mit all dem ist aber auch schon angedeutet, welcher Segen und welcher Fluch, welche Vor- und Nachteile, aber auch welche zum Teil erheblichen Risiken mit einer Selbstidentität einhergehen, die nur auf die Zugehörigkeit zu einer Nation aufbaut und die Kohäsion und Wertigkeit des Selbst von ihr abhängig macht.

Die Risiken, die damit verbunden sind, werden deutlich, wenn man sich vor Augen hält, daß in der Geschichte der letzten zwei Jahrhunderte die nationale Abgrenzung und die nationale Selbstdefinition sehr oft durch eine Herabsetzung und Erniedrigung anderer Nationen hergestellt worden ist; sie beruhten also auf Feindbildung und Intoleranz gegenüber allem, was nicht der eigenen Nation angehörte, also »anders geartet« war. Damit sind wir bei der Definition des *Nationalismus* angelangt, jener übersteigerten, intoleranten Form des Nationalbewußtseins. Es gibt zwar auch »freundlichere« Definitionen des Nationalismus, so etwa, wenn man den Nationalismus als die Überzeugung definiert, daß jede Nation das Recht und die Pflicht habe, sich selbst als Staat zu konstituieren. Ein solches Ziel wäre unter Umständen noch mit der Anerkennung und Respektierung anderer Nationen vereinbar. Dies gilt aber nicht für den Nationalismus im üblichen Sinne, der das eigene nationale Interesse *über alle anderen Nationen und Werte* erhebt und den Frieden auf diese Weise massiv gefährdet.

Es kann hier nicht meine Aufgabe sein, diese Ausgestaltung des Nationalismus moralisch zu verurteilen (obwohl er es bestimmt verdient hätte), noch die historischen, ökonomischen und sozialen Bedingungen zu erläutern, die seit dem Ende des 18. Jahrhunderts (nach einer leider relativ kurzen humanistischen Phase der Nationalbewegung) zu jener malignen Entwicklung des Nationalismus geführt haben. Ich möchte statt dessen hier vor allem zeigen, daß

1. bei dieser Entwicklung nicht nur ökonomische und machtpolitische, sondern auch psychosoziale Faktoren eine Rolle gespielt haben, und

2. zwischen der Definition der Nation und der Selbstdefinition des einzelnen ein Zusammenhang besteht.

MICHAEL JEISMANN, ein Bielefelder Historiker, hat in seinem soeben erschienenen Buch »Das Vaterland der Feinde« (1992) mit reichlichem Beweismaterial aus der Geschichte der Beziehung zwischen Deutschland und Frankreich, und zwar von der Französischen Revolution bis zum Ende des Ersten Weltkrieges, gezeigt, in welcher Weise das auf beiden Seiten herrschende starke Bedürfnis nach einer *nationalen Selbstdefinition* und einer *nationalen Abgrenzung* zu einer systematischen gegenseitigen Verachtung, Verunglimpfung und Anfeindung und schließlich zu mehreren, auf diesem Hintergrund kaum vermeidbaren Kriegen geführt haben.[2] Das historische Material von JEISMANN zeigt, daß es dabei nicht so sehr (oder auf jeden Fall nicht nur)

2 »In Frankreich wie in Deutschland war der Feind ein konstitutives Element des nationalen Bewußtseins; ein Vaterland ohne Feind gab es nicht... Die französische revolutionäre Nation von 1792 gewann ihr Selbstverständnis und ihre expansive Dynamik nicht allein durch positive Ziele wie Gleichheit, Freiheit, Brüderlichkeit, sondern ebenso sehr durch die propagierte Befreiung von allen Kräften im Inneren wie im Äußeren ... Im Deutschland der napoleonischen Zeit war es ebenso wenig eine gewisse kulturelle Verbundenheit aller Deutschen, auf die sich der Appell am Nationalgefühl primär berufen konnte. Vielmehr war es erst der Gegensatz, den man zwischen deutschem und französischem »Wesen« unterstellte... Das gilt auch noch für das spätere 19. Jahrhundert und die Zeit des Ersten Weltkriegs, als Nation und Vaterland realita geschaffen waren. Der Feind war dabei mehr als nur die notwendige Negativfolie dessen, was man sich selbst zuschrieb« (JEISMANN S. 374).

»Nicht nur Napoleon und seine Anhänger, nicht nur die Grande Armée, sondern auch das französische Volk schlechthin galten als Feind der Deutschen« (S. 380).

Die Franzosen seien gottlos, sittenlos, das Böse war in Frankreich, das Gute und Gottgefällige in Deutschland. Erbfeind und Erbfeindschaft bedeuteten die nationale Partialisierung des Sündenfalls.

Für die Franzosen wiederum waren die Deutschen die Barbaren, eine Gefahr für die Zivilisation, die sie, die Franzosen, verkörperten, ja die Deutschen waren auch in ihrem Wesen und auch in ihrer Körperlichkeit abstoßend, abscheulich, sie hätten sogar, so ernsthafte Behauptungen während des Ersten Weltkrieges, einen besonderen Gestank, den man von weitem wahrnehmen konnte (nach JEISMANN 1992).

um ökonomische oder machtpolitische Interessenkonflikte ging, sondern vor allem auch um dieses Selbstdefinitionsbedürfnis. Das Ergebnis der Untersuchung von JEISMANN bestätigt Überlegungen und Annahmen, die früher schon andere Historiker formuliert haben. SUE MANSFIELD, eine amerikanische Professorin der Militärgeschichte, macht in ihrem faszinierenden Buch »Die Gestalten des Krieges« (1982) auf ein konkretes Beispiel aus der Französischen Revolution aufmerksam. Danach sagte BRISSOT in seiner berühmten Rede von 1791:

»Für ein Volk, das erst jetzt, nach 12 Jahrhunderten der Sklaverei, seine Freiheit errungen hat, war der Krieg eine Notwendigkeit, um diese Freiheit auf einer stabilen Basis zu etablieren und um zu prüfen, um festzustellen, ob es, ob dieses Volk diese Freiheit überhaupt wert ist« (zitiert nach MANSFIELD 1982, S. 142).

Eine solche Argumentationslinie, schreibt MANSFIELD, zeigt, daß die französische Mittelklasse hinsichtlich ihres Selbstwertes unsicher war und ihre Stärke mit Hilfe der Schlacht zu überprüfen suchte (also einem »Kriegs«-Test, dessen sich auch die inzwischen abgeschaffte Aristokratie bedient hatte).

MANSFIELD führt weitere Beispiele dafür an, daß die Erhaltung des biologischen Lebens den Betroffenen oft weniger wichtig ist als das Bedürfnis, das Selbst und dessen Grenzen genauer zu definieren und das Gefühl des »über den Dingen Stehens« zu erleben (vgl. MANSFIELD, S. 207).

3. Die Funktion von Feindbildern

Warum aber so weit zurückgehen, um geeignete Beispiele für die Funktion des Feindbildes zu finden, wenn in unserer Zeit der plötzliche Abbau des Ost-West-Konfliktes und das abrupte Wegfallen dieses Feindbildes eine kaum zu übersehende Verunsicherung und Verwirrung in der Selbstdefinition des Westens mit sich brachte? Sicher sind wir deshalb nicht berechtigt, zu der Schlußfolgerung zu gelangen, daß wir Feinde unbedingt brauchen, um unsere Kohärenz, unser

Integrations- und Selbstwertgefühl aufrecht zu erhalten. Ich stelle dies ausdrücklich fest, um mich von Autoren abzugrenzen, die eine solche Notwendigkeit des Feindbildes – wenn auch nicht ohne Bedauern – zu akzeptieren scheinen. Diesen Verdacht hege ich nicht nur in bezug auf JEISMANN, der vom Gesichtspunkt des Historikers aus die geschilderten Funktionen des Feindbildes als unausweichlich zu betrachten scheint. Auch der bereits erwähnte Psychoanalytiker VOLKAN, der ein Buch über *The Need to Have Enemies and Allies* (»Das Bedürfnis, Freunde und Feinde zu haben«) (1988) geschrieben hat, scheint diese angebliche Unausweichlichkeit zu akzeptieren. Ich selber glaube, daß Identitätsfindung und Selbststabilisierung (von Individuen ebenso wie von Gruppen) auch ohne Feindbildung möglich ist, und daß die echte Lösung dieser Aufgabe – wie die Lösung aller wichtigen Entwicklungsaufgaben und der daraus sich ergebenden Konflikte – nur eine dialogisch-dialektische und keine polemische sein kann.

Wieso und warum wirkt aber dieser Prozeß der feindlichen Abgrenzung zunächst einmal integrations- und identitätsfördernd? Wieso stärkt die Feindbildung die eigene innere Kohäsion (oder warum scheint es sich zumindest so zu verhalten)?

Unter *selbstpsychologischen Gesichtspunkten* wird man dabei in erster Linie an die Stabilisierung und Stärkung des Selbst durch den schmeichelhaften *Vergleich* mit einem Gegner denken, in dem dieser niedriger, kleiner, schwächer und moralisch minderwertiger gemacht wird, oder auch an die Möglichkeit einer prägnanten *Selbstdefinition per Kontrast*, also über den Gegensatz zu einem »Anderen«. Diese Annahme ist richtig, aber einseitig. Sie berücksichtigt nur einen Teil der in der Feinddefinition enthaltenen Dynamik. Unter einer trieb- und konflikttheoretischen Betrachtungsweise scheint mir die *projektive Abwehr eigener innerer Konflikte* eine größere Rolle zu spielen. Die innerhalb der eigenen Gruppe und der eigenen Nation vorhandenen Interessenkonflikte und die daraus entstehenden Spannungen werden bei der Feindbildung nach außen projiziert. Dies ermöglicht – zumindest zunächst – die Überdeckung der inneren Spannung und die Förderung der eigenen Kohärenz. Die innere Integration wird also auf Kosten der Verfestigung des Konfliktes mit einem äußeren Feind erreicht.

Während es sich bei der normalen Integration um eine organisch gewachsene Gemeinsamkeit handelt, die durch eine dialogisch-dialektische Überwindung der bestehenden Gegensätze und Konflikte entsteht, gibt es Wir-Bildungen, die entweder von *oben aufgezwungen* werden (wie etwa im Falle Jugoslawiens nach dem Ersten und nach dem Zweiten Weltkrieg), oder die durch *Externalisierung des Konfliktes*, also durch Projektion auf einen tatsächlich vorhandenen[3] oder ad hoc konstruierten äußeren Feind zustandekommen. Dies sind die Prozesse, die uns hier besonders interessieren. In jedem Fall wird sich die darin enthaltene Pathologie eines Tages rächen.

Was sich in den eben erwähnten Beispielen auf der politischen Ebene abspielt, läßt sich auch in der Dynamik kleiner Gruppen und in jenen Wir-Bildungen verfolgen, die sich entwicklungspsychologisch am Übergang von der primären Dyade zur Familie und später zu sekundärhaften Gruppierungen ereignen. Je mehr die während dieses Prozesses gewonnene Kohärenz, Integration und Selbsterweiterung auf *Zwang von oben* und/oder auf *projektiver Pseudobewälti-*

3 1954 war ich als Reserve-Sanitätsoffizier der griechischen Armee an der griechisch-bulgarischen Grenze eingesetzt. Diese Grenze war damals Teil des Eisernen Vorhangs. Der Feind auf der anderen Seite der Grenze war aber für die Griechen nicht so sehr der Kommunist, sondern der Erbfeind schon aus der byzantinischen Zeit. Wie tief dieses Bewußtsein auch in mir, trotz meiner schon damals eindeutig nicht nationalistischen Gesinnung, festsaß, zeigt sich an folgender kleinen Episode: Eines Tages war ich wegen eines Zwischenfalls ganz nach vorne geholt worden, um zwei Soldaten zu versorgen. Nach getaner Arbeit fragte mich der Leutnant, ob ich nicht einmal durch das Fernrohr nach drüben schauen wollte. Die bulgarischen Befestigungen lagen 300 bis 400 m entfernt. Ich schaute durch das Fernrohr, und plötzlich tauchte in meinem Gesichtsfeld ein bulgarischer Soldat auf, dessen Gesicht ich recht klar erkennen konnte. Ich war verblüfft und konnte es nicht fassen. Er sah nett, sauber und freundlich gestimmt aus. Dagegen hatte ich offensichtlich vorbewußt ein eher graues, grimmiges, böses Gesicht erwartet. Das war das erste Mal, daß ich mir der Macht von Vorurteilen und Stereotypen wirklich bewußt wurde.

gung intrapsychischer Gegensätze und Konflikte basiert, desto mehr ist sie aber auch brüchig und gefährdet. Das ist wahrscheinlich ein weiterer Grund dafür, warum die Lösung zwischenstaatlicher Konflikte oft eine ungeheuer schwierige Aufgabe darstellt. Die innerhalb des Staates und der Nation erzielte Einigung und Befriedung basieren dann entweder auf Zwang oder aber auf einer systematischen, habituellen Verschiebung der »Lasten« aus früheren Integrationsstufen nach draußen – man könnte auch sagen: die Entsorgung des Mülls der in Wirklichkeit nicht gelösten Konflikte ist hier durch Externalisierung erfolgt. In solchen Fällen müßte man unter therapeutischen Gesichtspunkten sozusagen am Anfang beginnen und auf den verschiedenen Stufen der Integration die nicht geleisteten echten Lösungen nachzuholen versuchen (also zunächst innerhalb der dyadischen Beziehung, dann innerhalb der Familie und der Kleingruppe bis hin zu großen sekundären Gruppierungen). Es fragt sich nur, woher wir – auf das psychosoziale Feld extrapoliert – den Herakles holen sollten, der dies alles bewerkstelligen kann!

Ich hoffe, daß ich mit meinen bisherigen Darlegungen zeigen konnte, worauf die zunächst ich-stabilisierende Funktion eines egoistisch-aggressiven und auf Selbstüberhöhung zielenden Nationalismus beruht, der andere Nationen gleichzeitig ausgrenzt und herabwürdigt, und warum ich diese Form der Integration und Erweiterung eine *Pseudostabilisierung* genannt habe. Ich möchte nunmehr auf ähnliche *Funktionen des Krieges* eingehen, der als spezieller Fall oder auch als Ergebnis des Nationalismus verstanden werden kann. Weil bei der Betrachtung des Krieges der Blick in der Regel auf Destruktion und Autodestruktion gerichtet ist, werden die psychosozialen Funktionen des Krieges häufig übersehen. Ich glaube aber, daß ein besseres Verständnis der Dynamik des Krieges auch im Hinblick auf seine psychosozialen Funktionen ein wichtiges Aufklärungsinstrument darstellt und von daher nicht nur von theoretischem, sondern auch von großem praktischen Interesse ist.

Der Krieg hat mehrere psychosoziale Funktionen, die ich in einem 1993 erschienenen Buch mit dem Titel »Der Krieg und seine psychosozialen Funktionen« (MENTZOS 1993) zu skizzieren versucht habe. An dieser Stelle möchte ich mich nur mit der Bedeutung des Krieges für die Pseudostabilisierung des Selbst beschäftigen.

Es empfiehlt sich zunächst, unsere Aufmerksamkeit auf den Krieg bei *primitiven Völkern* zu richten. Die zu vermutenden psychosozialen Funktionen des Krieges werden dort oft besonders deutlich sichtbar, weil sie noch nicht von der späteren Zweckrationalität der bewußten Kriegszielsetzung (Fortsetzung der Politik mit anderen Mitteln) überlagert werden. Tatsächlich lassen sich manche Eigentümlichkeiten und für uns zunächst unverständliche Verhaltensweisen im Zusammenhang mit dem Krieg bei primitiven Völkern besser verstehen, wenn man die dort geführten Kriege auf ihre rituellen Funktionen hin betrachtet. So berichtet der italienische Psychoanalytiker FORNARI (1974), daß die Männer in primitiven Stämmen, wenn sie nicht mehr Krieg führen durften, sich nicht mehr als richtige Männer empfanden. Er berichtet auch von dem begeisterten Aufschrei eines jungen Mannes, nachdem er den ersten Feind getötet hatte und zum Dorf zurückkehrte: »Ich bin ein Mann, ich bin ein Mann.« Angehörige kriegerischer Stämme in Ozeanien verfielen in eine Art depressive Verwirrtheit, nachdem die Europäer ihnen den Krieg unmöglich gemacht hatten. Ihrer hauptsächlichen Beschäftigung beraubt, fühlten sich die Männer, so FORNARI, gelangweilt, kamen sich nutzlos vor, verloren an Selbstrespekt, wurden faul, fingen an zu trinken, fühlten sich nicht mehr als Männer und verloren ihren Lebenssinn.

Auch die bereits erwähnte SUSAN MANSFIELD (1982) berichtet über Besonderheiten kriegerischer Auseinandersetzungen bei Primitiven, die darauf hinweisen, daß es offensichtlich keineswegs immer und nicht an erster Stelle um Beute, Eroberung oder andere materielle Gewinne geht, sondern um bestimmte psychische Kompensationen. Nach Mansfield besteht die Hauptfunktion des ritualisierten Krieges bei sogenannten primitiven Völkern darin, dem unnatürlichen, unerwarteten Tod von jungen Männern entgegenzuwirken (im Gegensatz zu dem für Primitive natürlichen Tod der Alten oder auch der Säuglinge und Kinder). Man identifiziert sich dabei selbst mit dem Tod und sorgt dafür, daß der Tod irgendwo »draußen« und nicht »drinnen«, also innerhalb des Stammes, zuschlage. So sei auch zu erklären, warum Angreifer nach der Tötung eines Feindes ihre Kampfhandlungen oft sofort einstellten.

Nun könnte man durchaus fragen, was uns solche primitiven Verhaltensschilderungen angehen. Was haben unsere Kriege mit den kriegerischen Auseinandersetzungen zwischen primitiven Stämmen zu tun? Heute werden Kriege wegen eindeutiger Interessenkonflikte geführt: Es geht um Öl, um Territorien, um Einflußbereiche. Ich möchte auf diesen Einwand mit mehreren Argumenten antworten:

1. Selbstverständlich werden Kriege vorwiegend mit dem Ziel geführt, materielle Interessen durchzusetzen. Aber um wessen Interessen handelt es sich dabei? Sind es die Interessen derjenigen, die an die Front marschieren und bereit sind, sogar ihr Leben zu opfern? Sind diejenigen, die ihre machtpolitischen Interessen mit den Mitteln des Krieges durchzusetzen versuchen, dieselben, die das ungeheure Leid eines Krieges als aktive oder passive Beteiligte tragen? Offensichtlich nicht. Die Hauptmotivation der Kämpfenden besteht (sofern sie nicht einfach mit der Pistole dazu gezwungen wurden), in ihrer soldatischen Pflichterfüllung, in ihrem Zusammengehörigkeitsgefühl, in den emotionalen Erfahrungen, die sie in der Grenzsituation des Krieges machen, in der narzißtischen Stabilisierung des Ichs im Kampf. Häufig wird nämlich übersehen, daß die Kriegsmacher und Kriegsprofiteure *nie* in der Lage gewesen wären, *selbst den Krieg durchzuführen*. Sie werden erst dadurch in die Lage versetzt, ihre Ziele zu erreichen, weil sie sich die psychosozialen Faktoren des Krieges und damit die Kräfte Vieler zunutze machen. Ich spreche hier also von einem unbewußten *psychosozialen Arrangement* zwischen den egoistisch-nar-

zißtischen Interessen und Kompensationsbedürfnissen der Führer bzw. Eliten einerseits und den zum Teil normalen, zum Teil auch neurotischen Bedürftigkeiten der großen Masse andererseits.

2. Auch dort, wo nicht die ökonomischen Interessen Weniger, sondern die Belange, die Existenz, die Sicherheit und Integrität einer Nation als Ganzes in Gefahr sind, kommt man ohne die Berücksichtigung dieser ganz unterschiedlichen Motivationen nicht aus: Ohne die im Kampf implizierte *narzißtische Selbststabilisierung* zum Beispiel würden die bewußten, zweckrationalen Motivationen oder auch die bewußte Pflichterfüllung und Solidarität allein sehr oft nicht ausreichen, um die ungeheure Menge an Energie und Opferbereitschaft zu produzieren, die der Krieg abfordert.

3. Gerade die mit magischen Ritualen verbundene Kriegsführung primitiver Stämme zeigt, daß in diesen Ritualen eine Weisheit liegt, die dazu führt, größere Katastrophen zu vermeiden, im Gegensatz zu der sinnlosen gegenseitigen Vernichtung, die die Kriege zivilisierter Völker auszeichnen.

Wenn man diese Argumente zusammenfaßt, kommt man zu der Feststellung, daß sowohl der Nationalismus als auch Krieg nicht nur auf ökonomisch-politischen Interessenkonflikten beruhen, sondern auch auf den – normalen und/oder neurotischen – Bedürfnissen vieler, die dadurch gefährlich werden, daß sie von Kriegsmachern und Kriegsprofiteuren im Sinne des geschilderten psychosozialen Arrangements ausgenutzt werden. Zu einer *kausalen Vorbeugung des Nationalismus ebenso wie des Krieges* gehört u.a. die *Bewußtmachung* der skizzierten Zusammenhänge und die Aufdeckung des psychosozialen Arrangements. Dies ist das beste Mittel zur Paralysierung, also zur Lähmung der Kriegsdynamik, auch wenn eine solche Bewußtmachung nicht leicht zu leisten ist. Zu einer solchen psychosozialen Prophylaxe müßten darüber hinaus sicher auch noch andere Schritte gehören, die den Krieg als Institution mit seinen psychosozialen Funktionen überflüssig machen. Hierzu müßte man aber die Gesamtheit dieser Funktionen berücksichtigen und analysieren – eine Aufgabe, der ich mich an dieser Stelle nicht unterziehen kann.

In meiner Schilderung der narzißtischen Funktionen des Nationalismus habe ich den Schwerpunkt möglicherweise etwas zu einseitig auf die *Feindbildung* und auf die *Selbstdefinition durch den Kontrast zum Gegner* gelegt. Das ist übrigens auch eine gewisse Schwäche in dem Buch von JEISMANN (1992), das den Eindruck vermittelt, als ob die Feindbildung die einzige Methode der Selbstdefinition der Nation sei. In Wirklichkeit gibt es aber auch andere (normale und pathologische) Formen der nationalen Selbstdefinition – so etwa die Selbstverherrlichung, Vergötterung, Apotheose der Nation im Sinne der Mobilisierung eines archaischen »Größenselbst« (KOHUT 1971)[4], wie dies gerade Deutschland und Frankreich recht exzessiv betrieben haben.

Wenn ich hier, ähnlich wie JEISMANN, die Feindbildung in den Vordergrund gestellt habe, dann ausschließlich wegen ihrer schrecklich praktischen Relevanz: Die Feindbildung ist es, die unmittelbar zum Krieg führt.

Um möglichen Mißverständnissen vorzubeugen: Meine Absicht war nicht, diese seit dem Ende des 18. Jahrhunderts so wichtige Form der Wir-Bildung als Nation einfach zu verurteilen. Dies wäre nicht nur anmaßend, sondern im Hinblick auf die Realität auch recht naiv. Ich wollte aber zeigen, daß im Vergleich zu anderen Wir-Bildungen die Nation als das identitätsstiftende gemeinsame Nationalbewußtsein von Millionen von Menschen eine besonders einflußreiche und konstante und in einer bestimmten Richtung

4 In der griechischen Foltererschule der Militärjunta 1968-74 wurden die neu rekrutierten Auszubildenden zunächst drei Monate lang wie der letzte Dreck behandelt und gequält. Nach Beendigung dieser »Ausbildung« wurde ihnen aber in einer feierlichen Übergabe ihrer neuen Uniform zugesichert, daß sie nunmehr ganz vorne stehen und die Elite der Nation darstellen sollten. – Ich werde nicht müde zu betonen, daß es mir hier nicht um die ökonomischen, machtpolitischen und militärischen Interessen der Auftraggeber geht, sondern um die Art und die Dynamik der psychischen Bedürfnisse und Prozesse, die von den Auftraggebern ausgenutzt werden.

handlungsbestimmende soziale Struktur ist, die ihre Kohärenz und Konstanz nicht nur den ökonomischen und machtpolitischen Interessen verdankt, sondern auch den in ihr und durch sie befriedigten psychosozialen Bedürfnissen. Zu Beginn des Ersten Weltkrieges nahmen viele zunächst an, daß die Solidarität der Sozialisten, insbesondere die Solidarität der Arbeiter, auf der ganzen Welt so stark war, daß ein Krieg unmöglich wäre. Arbeiter würden nicht auf Arbeiter schießen. Die Realität war eine andere: Die Wir-Bildung der Sozialisten und des Proletariats erwies sich schwächer als die nationale Wir-Bildung.

Man könnte hier einwenden, daß in Wirklichkeit die ökonomischen, imperialistischen und machtpolitischen Interessen der Machthaber in den beteiligten Nationen stärker gewesen sind. Dies trifft tatsächlich zu. Dennoch: Die den Krieg vorbereitende psychologische Propaganda hätte es viel schwerer gehabt, den Krieg in Gang zu setzen, *wenn die betroffenen Völker nicht im Nationalismus die Kompensierung vieler ihrer Frustrationen und Bedürftigkeiten und die Verwirklichung vieler ihrer Träume und Sehnsüchte gesehen hätten.* Ich bestehe deshalb weiterhin auf der zentralen Bedeutung des psychosozialen Arrangements zwischen den ökonomischen und machtpolitischen Interessen und dem pathologischen Narzißmus der führenden Schichten einerseits und den teilweise ganz natürlichen, teilweise auch neurotischen Bedürfnissen der Masse andererseits. Man muß diese Bedürfnisse sehr ernst nehmen und sie in ihrem Anspruch auf Identitätsfindung, Solidarität und Zusammengehörigkeit und auf Grenzerfahrungen, die diese Gemeinsamkeit vertiefen helfen, respektieren. Das Fatale dabei ist nur, daß eigennützige Interessen, Ideologien und ein pathologischer Narzißmus es fertigbringen, gerade durch die Ausnutzung dieses authentischen psychischen Potentials ihre Ziele durchzusetzen. Im Bewußtsein der Vielen werden diese zwei Aspekte oft nicht auseinandergehalten. Ich lege aber großen Wert auf diese Unterscheidung. Die Tatsache zum Beispiel, daß der Marxismus-Leninismus zum Teil mit ungeheurer Grausamkeit vorgegangen ist und sich in der Praxis gleichzeitig als erfolglos erwiesen hat, berechtigt uns nicht im geringsten, an der Authentizität und dem bleibenden Wert der Solidarität und der Selbstaufopferung von Tausenden von kommunistischen Revolutionären auf der ganzen Welt zu zweifeln, die wußten und in Kauf nahmen, daß sie nicht überleben und die angeblichen materiellen Vorteile der versprochenen Revolution also nicht genießen würden. Damit will ich nicht die moralischen Werte einer ganz bestimmten Gruppe verteidigen. Denn in einem anderen Zusammenhang waren es Tausende von Menschen, die für den Kaiser oder für ein nationalistisch konzipiertes Vaterland in den Tod gegangen sind. Es geht mir vielmehr um den Nachweis existentieller menschlicher Bedürfnisse, Motivationen und Verhaltensweisen, die aus einer ganz anderen Quelle stammen, als man sie bei einem *homo oeconomicus* (marxistischer oder kapitalistischer Prägung) findet, und die den Lauf der Geschichte maßgeblich mitbestimmten.

Es geht mir außerdem um die Feststellung, daß die Authentizität dieser Erfahrens- und Erlebensweisen nicht als Beweis für die Richtigkeit der Ideologie gelten kann, die sie inspiriert hat! Die verwirrende Tragik ist, daß diese Unterscheidung so schwer zu treffen ist und daß die Kriegsmacher, Kriegsprofiteure, Kriegsnarzißten und nationalistischen Führer diese Konfusion ausnützen und aus ihr profitieren.

5. Die pseudostabilisierenden Funktionen des Rechtsradikalismus

Ich kann meine Ausführungen nicht abschließen, ohne kurz auf die Pseudostabilisierungsfunktion von Nationalismus und Krieg innerhalb der Dynamik des *Rechtsradikalismus* einzugehen. Ich glaube, daß alle Jugendlichen während der normalen Identitätsdiffusion, die die Pubertät und Adoleszenz kennzeichnet, eine Orientierungshilfe suchen. Ich glaube aber auch, daß dies in der heutigen weltweiten Krise von Wert-Systemen und Institutionen in besonderem Maße der Fall ist. Die rasante Entwicklung verlangt immer mehr an Integrationsleistungen vom einzelnen. Funktionen und

Leistungen, die früher von Institutionen übernommen oder zumindest festgelegt wurden, müssen jetzt (nach dem Abbau der traditionellen Muster) vom einzelnen in eigener Initiative geleistet werden. Dies ist für viele offensichtlich eine Überforderung. Die dadurch entstehenden Probleme kann ich nur andeuten:

So geht es zum Beispiel bei der *modernen Medizin* um Geschlechtsumwandlungen, um Gentechnologie, um Empfängnisverhütung und um Organspende. Innerhalb der *Familie* geht es um Emanzipation und damit sehr oft gleichzeitig um eine Schwächung der traditionellen Funktion der Familie. Die *Marktwirtschaft* wiederum scheint trotz ihrer unbestreitbaren ökonomischen Vorzüge diesen Zerfall traditioneller Orientierung zu verstärken. Die *Umweltproblematik*, die *Bevölkerungsexplosion*, die *Entwicklung der Kommunikationsmedien*, die *erhöhte Mobilität* erzwingen zunehmend ein globales Denken und das Aufgeben von partikulären (auch nationalen) Interessen zugunsten eines universellen »Weltbürgertums«. Auch dies stellt eine gesteigerte Anforderung an »psychischer Arbeit« dar. Dabei geht es nicht so sehr um die kognitive Komplexität der Anforderungen (und den Wunsch nach ihrer Reduktion), sondern vor allem um die damit verbundene emotionale Belastung.

Vielleicht ist dies einer der Gründe, warum als Reaktion auf diese Unsicherheit *die nationalistische Selbstdefinition als eine Pseudolösung der beschriebenen Identitätskrise* überall auf der Welt an Boden zu gewinnen beginnt.

Mir scheint es für unsere Überlegungen wichtig, das Phänomen des *Rechtsradikalismus* auch in diesen größeren Rahmen einzuordnen (was nicht zu bedeuten braucht, daß wir das spezifische deutsch-nationalistische Element dabei vernachlässigen müssen). Auch hier könnte man einwenden, daß ich damit eine Situation zu psychologisieren versuche, die in Wirklichkeit vorwiegend ökonomische und machtpolitische Gründe hat. Ich kann auch hier nur antworten, daß es selbstverständlich bestimmte Kreise gibt, die sich aus dem Abbau der demokratischen Ordnung zugunsten rechtsorientierter, nationalistischer Trends eine ihnen genehme Wandlung erhoffen. Aber auch diese wirtschaftlichen Profiteure und pathologischen politischen Narzißten hätten es sehr viel schwerer, ihre Ziele ohne den geschilderten *Hunger nach Orientierung, Identität, Strukturierung* und *Integration* der Vielen zu verwirklichen. Ich glaube, daß die Bewußtmachung dieser Zusammenhänge auf breiter Basis dazu beitragen könnte, den Nationalisten und Kriegsmachern das Handwerk erheblich zu erschweren und darüber hinaus den Weg für alternative, schöpferische Lösungen der gegenwärtigen Identitäts- und Selbstdefinitionskrise freizugeben.

Literatur

Brockhaus (1955): Bd. 8, 16. Auflage. Mannheim (Bibliographisches Institut).

Fornari, F. (1966): The Psychoanalysis of War. Bloomington/ London (Indiana Univ. Press) 1974.

Freud, S. (1921): Massenpsychologie und Ich-Analyse. GW Bd. XIII, S. 71-161. Frankfurt a.M. (Fischer).

Jeismann, M. (1992): Das Vaterland der Feinde. Studien zum nationalen Feindbegriff und Selbstverständnis in Deutschland und Frankreich 1792-1918. Stuttgart (Klett-Cotta).

Kohut, H. (1971): Narzißmus. Eine Theorie der psychoanalytischen Behandlung narzißtischer Persönlichkeitsstörungen. Frankfurt a.M. (Suhrkamp) 1973.

Mansfield, S. (1982): The Gestalts of the War. New York (Dial Press).

Mentzos, S. (1993): Der Krieg und seine psychosozialen Funktionen. Frankfurt a.M. (Fischer).

Volkan, V.D. (1988): The Need to Have Enemies and Allies. Northvale, NJ (University Press).

Michael Lukas Moeller

Der Krieg, die Lust, der Frieden, die Macht

Zur Erotik der Kriegsbereitschaft

Über die Erotik der Kriegsbereitschaft zu sprechen, ist immer ein heikles Thema. Wir leben in einer Zeit, in der das Schlachten eines Huhnes emotional problembeladener ist als das Abfeuern einer Rakete. Wir sind, was den Krieg betrifft, von unseren unmittelbaren Gefühlen so weit entfernt, daß die entscheidenden Vertreter der internationalen Friedensbewegung immer wieder darauf hingewiesen haben, daß es vor allem darauf ankomme, unsere Emotionalität neu zu entdecken. Unter den Psychoanalytikern hat vor allem Lifton (1979), ein bekannter amerikanischer Psychoanalytiker, eindrücklich gezeigt, wie Verdrängungsmechanismen und Spaltungsprozesse dazu führen, daß wir immer weniger spüren, was wir an Destruktivität anrichten, zumal die moderne Waffentechnik dazu verführt, diese Wirkungen weitgehend auszublenden.

Mir geht es in diesem Beitrag aber noch um einen ganz anderen Gesichtspunkt. Die Auseinandersetzung mit der Ausblendung unserer eigenen Destruktivität, die ich lange Zeit selbst als einer, der die Friedensarbeit an der Universität mitgetragen hat, immer wieder erörtert, ja verkündet habe, ist sicherlich ein dringend notwendiger Schritt. Wenn ich hier aber von der Erotik der Kriegsbereitschaft spreche, geht es mir um etwas anderes, nämlich um die *Mitwirkung der Lust* am Kriegführen.

Die sexuelle Dimension des Krieges ist in unserer Gesellschaft so gut wie verdrängt. Erst die Einbeziehung des *Verlangens nach dem Krieg* macht aber die ursprüngliche Funktion des Krieges und ihre Verankerungen in unserem Seelenleben durchsichtig. Die alten Griechen wußten um die Erotik der Kriegsbereitschaft. Nicht umsonst hatte die Liebesgöttin Aphrodite mit dem Kriegsgott Ares eine leidenschaftliche Liaison. Das Verhängnis unserer Tage sehe ich nicht zuletzt darin, daß unsere verborgene Kriegslust durch ihre Paarung mit der modernen Waffentechnik zu einem hochgefährlichen seelischen Sprengstoff geworden ist.

In meinem Buch »Der Krieg, die Lust, der Frieden, die Macht« (1992) habe ich versucht, die vielfältigen Verbindungen zwischen Krieg und Lust darzustellen. In diesem Beitrag kann ich davon allenfalls einen kurzen Ausschnitt wiedergeben. Vielleicht gelingt es mir aber doch, Ihnen einen Eindruck von dem Gesamtpanorama zu geben, das man auch als »Erotik der Kriegsbereitschaft« bezeichnen kann.

Erotik der Kriegsbereitschaft beginnt mit Liebe, und zwar der Liebe zu einer Gruppe, die man zu verteidigen trachtet. Sie kann sich kannibalistisch bis zum Schlucken des Feindes steigern. Sie verbindet sich seit uralten Zeiten darüber hinaus mit dem Ziel des Frauenraubs, mehrt mit Schlachten, die in der unbewußten Phantasie absurderweise bis heute wie eine kollektive Hochzeit anmuten, den eigenen Existenz- und Lebensbereich und dient in diesem blutigen Handeln einem allen Arten eingegebenen evolutionären Drang nicht nur zur Verbreitung, sondern auch zur Vermischung der Gene, um die Vielfalt des Lebens zu garantieren.

Insbesondere die letzte Behauptung ist schwer zu beweisen, obwohl gerade jetzt wieder die kollektiven Vergewaltigungen im bosnischen Krieg, die zumindest teilweise als Regierungsauftrag durchgeführt werden, diese Zusammenhänge in katastrophaler Weise offenlegen. Ich selbst bin als Psychoanalytiker sicherlich nicht besonders soziobiologisch orientiert, aber je mehr man sich in das Thema der latenten Kriegsbereitschaft hineinvertieft, desto mehr stößt man auch auf solche evolutionstheoretischen Zusammenhänge. Wenn ich von der Erotik der Kriegsbereitschaft spreche, meine ich übrigens nicht, daß damit auch etwas über die individuelle Kriegsbereitschaft ausgesagt ist. Keinesfalls sollten wir davon ausgehen, ein Krieg entstünde heute noch durch einen individuellen Willensakt. Mir geht es darum, den Zusammenhang von Gewalt und Destruktivität, mit der wir an sich schon so schwer umgehen können, mit den libidinösen Momenten der Kriegsbereitschaft darzustellen und zu zeigen, daß es sich dabei um ein universelles Merkmal des Unbewußten handelt.

Gleichzeitig möchte ich auf eine Erkenntnis hinweisen, über die ich zunächst selber verblüfft war. Beim Nachforschen über neuere psychoanalytische Befunde zur Aggressionsentwicklung ist mir ein Buch von IRENÄUS EIBL-EIBESFELDT (1986) in die Hände gefallen, das die Rolle der Gewalt in der Evolution deutlich macht. Ich glaube, daß es manchmal außerordentlich hilfreich ist, uns auf diesen großen Rahmen zu besinnen, daß nämlich auch wir der Evolution entstammen. In der Evolution gibt es ein Grundgesetz, das besagt, daß jede Art mehr Individuen produziert, als Ressourcen zur Verfügung stehen. Aus diesem Grunde ist von Anfang an Gewalt ein tragender Faktor des Verhaltens in der Evolution. Eigentümlicherweise bedeutet Gewalt hier dann gleichzeitig die Eroberung von Nahrungsräumen, man könnte auch sagen: von Ressourcen. Kriege lassen sich unter diesem Aspekt immer auf *zwei Momente* zurückführen, die kriegstreibend wirken. Das sind die *Überbevölkerung* und die *Ressourcenknappheit*.

Jeder von uns träumt wahrscheinlich noch irgendwie, daß es mit der Ernährung der gesamten Weltbevölkerung irgendwann einmal klappen könnte. Die letzten Analysen sind in dieser Hinsicht aber außerordentlich pessimistisch. Die Überbevölkerung ist in keiner Weise abgebremst und die Lebensmittelproduktion wird immer geringer. Nach einem Bericht des Worldwatch-Institutes vom Juli 1973 wächst die Weltbevölkerung weitaus schneller als die Lebensmittelproduktion. Das Phänomen, daß wir mehr Individuen produzieren als Lebensraum und Nahrungsraum zur Verfügung ist, nennt die Evolutionstheorie die »Kluft«. Diese Kluft ist einer der wichtigsten Gründe für die Gewalt. Der Titel des Buches, das sich mit den Ursachen des Krieges beschäftigt und an dem ich gerade sitze, heißt deshalb auch »Töte oder teile«. Töten oder teilen ist tatsächlich die Alternative, die wir haben. Entweder wir teilen, oder wir müssen töten.

Eine der Lustformen, die zur Erotik der Kriegsbereitschaft gehört, ist die kannibalistische Lust. Ich will über sie an dieser Stelle nicht ausführlicher sprechen, aber doch wenigstens eine Tatsache erwähnen, die für uns hier im Norden von besonderer Bedeutung ist. Kannibalismus ist heute zur Ausbeutung »sublimiert«. Dies gilt insbesondere für die Ausbeutung der südlichen Halbkugel durch die kapitalistischen Länder. Das Verhältnis des reichen Nordens zum armen Süden der Erde ist nicht anders als kannibalistisch zu nennen. Es ist heute das kriegstreibendste Moment in der Weltpolitik. Der Nationalökonom Hafez Sabet hat ausgerechnet, daß nach vorsichtiger Schätzung nicht der Süden dem Norden 1,3 Billionen Dollar schuldet, sondern der Norden dem Süden 50 Billionen« (Sabet 1991).

Aus dem Panorama der Kriegsbedingungen werde ich zunächst über die Liebe als Fundament des Krieges sprechen, dabei aber, wie sich das für einen Psychoanalytiker gehört, zunächst vor allem auf den Widerstand eingehen, den wir gegen diese Erkenntnis entwickeln müssen. Dann werde ich einige Bedingungen der Kampflust, des Kampfrausches und des Gewinns, den der Kampf mit sich bringt, darstellen, um mich im dritten Abschnitt ausführlicher mit dem Zusammenhang von Liebe, Sexualität und Krieg zu befassen.

1. Liebe als Fundament des Krieges

Ist die Liebe das Fundament des Friedens oder des Krieges? Die verhängnisvolle Antwort lautet: »Die Liebe ist beides – Basis des Friedens und des Krieges.« Die Götterwelt der Griechen zeigte offen diese bemerkenswerte Liaison. Zu wem hatte Aphrodite, die Liebesgöttin, ein leidenschaftliches Verhältnis? Zu Ares, dem Kriegsgott. Das ist kein Zufall, sondern eine Fügung. Im Olymp der Götter bildet sich das unbewußte kollektive Wissen ab.

Daß der Krieg damals eine so grundsätzlich andere Gestalt hatte als heute – andere Waffen, andere Ziele, andere Auswirkungen, hat an der archaischen Dynamik des Krieges wenig geändert. Der Mensch wandelt sich heute langsamer als seine Umwelt. Daß wir aus diesem Grunde eigentlich längst antiquiert sind, hat GÜNTHER ANDERS bereits 1956 herausgefunden. Unsere unbewußte libidinöse Neigung zur Kriegsbereitschaft ist insofern von den Umständen überholt. Sie wirkt aber dennoch weiter, und zwar, wie ich glaube, mit aller Macht.

Aphrodite war verheiratet mit dem göttlichen Schmied, dem hinkenden Hephaistos. Er kann als eine weitere Symbolfigur für die Verbindung von Liebe und Krieg gelten. Denn er war es, der die starke Bindung zwischen beiden aufdeckte. Er wußte bekanntlich goldene Fäden so fein zu schlagen, daß sie unsichtbar wurden. In einem solchen Netz nicht wahrzunehmender Fäden fing er das ahnungslos entflammte Paar. Stirbt auch dieses Handwerk heute aus – ich meine jenes Handwerk, das sich mit dem Zusammenhang von Krieg und Liebe befaßt? Im Rahmen der Friedensbewegung wird jedenfalls erstaunlich wenig darüber berichtet.

Wenn wir aber meinen sollten, Liebe sei der Kern des Friedenswunsches, vermeiden wir eine grundlegende, nur schwer auszuhaltende Antinomie. Ursprünglich, als ich mich in der Friedensarbeit zu engagieren begann, war ich selber der Auffassung, daß die Liebe der Kern des Friedenswunsches sei. Diese Auffassung wird auch heute noch von den meisten geteilt. Wirklich zu fürchten begann ich mich, als ich entdeckte, daß die wesentlichen Kräfte der Liebe – in der psychoanalytischen Sprache: der Libido – keineswegs nur im Dienste des Friedens stehen, sondern erstrangige Kriegstreiber sein können. Ich möchte auf einige Probleme dieses Zusammenhangs von Liebe und Gewalt näher eingehen und zunächst zeigen, wie diese Einsicht abgewehrt wird. Täglich werden in deutschen Fernsehprogrammen etwa siebzig Menschen umgebracht. Mord, Schlägerei, Krieg, Schießerei und Folterung füllen 10 Prozent der Sendezeit. Der Gesamtwert für körperliche Gewaltszenen im Fernsehen beträgt zusammengeschnitten etwa 25 Stunden pro Woche. Die Lust der Zuschauer an der Gewalt führt dazu, daß die TV-Anstalten mit diesen Lockmitteln um Einschaltquoten konkurrieren. So offenkundig uns also diese Gewaltlust vor Augen liegt, so wenig scheinen wir sie aber wahrhaben zu wollen. Das gleiche läßt sich aber auch von unserer eigenen Disziplin behaupten: Als im Frankfurter Sigmund-Freud-Institut eine Reihe von Vorträgen zur Psychoanalyse des Krieges gehalten wurde, zeigte sich zur Verblüffung der Teilnehmer das seltsame Phänomen, daß ein Vortrag, der als einziger positive Elemente der Gewalt herausstellte, am wenigsten Beifall erhielt. Das lag nicht an der Qualität des Vortrages, wie wir gemeinsam in der anschließenden Diskussion herausfanden, sondern an dem Widerstreben, eine so düstere und mit Gewissenslast belegte Erscheinung wie unsere eigene Destruktivität auch mit positiven Aspekten ausgestattet zu sehen.

Ein anderes Beispiel bezieht sich auf den bekannten Psychoanalytiker Erich Fromm. Sein umfassendes Werk »Anatomie der menschlichen Destruktivität« (1974) endet überraschenderweise im Epilog mit folgenden Zeilen:

»Hat diese Studie nun gültige Argumente für die These geliefert, daß Aggression und Destruktivität noch einmal eine nur minimale Rolle im Gewebe der menschlichen Motivation spielen können? Ich glaube, ja« (S. 395).

Ich habe fast den Eindruck, als verwendeten wir einen Großteil unserer Aggressivität dazu, uns von eigener Aggressivität reinzuwaschen. Die Psychoanalyse geht ja davon aus, daß die Abwehr, insbesondere die Verdrängung, mit der aggressiven Energie der sogenannten Gegenbesetzung aufrechterhalten wird.

Die Macht dieser Abwehr ist vor allem historisch zu entschlüsseln. Die Kulturentwicklung der Nationen selbst bringt über die Jahrhunderte hinweg durch die immer höhere Notwendigkeit der Selbstkontrolle (nach dem Soziologen

Norbert Elias den »Zwang zum Selbstzwang« [1937, Bd. II, S. 236 f.] als Folge einer »Verinnerlichung der Aggressionsneigung« [Freud 1932, S. 26] und einer von Freud ebenfalls erfaßten »Erstarkung des Intellekts« [ebd.], die bei Norbert Elias als »Prozeß der Rationalisierung« belegt ist) eine psychische Abwehrformation in uns allen hervor, eine »konstitutionelle Intoleranz« (Freud 1932, S. 26), die »nicht bloß eine intellektuelle und affektive Ablehnung« darstellt. Wir alle befinden uns in dem Zustand einer solchen konstitutionellen Intoleranz, insbesondere wir hier in Deutschland, wo dies noch eine besondere geschichtliche Bewandtnis hat. Ich werde darauf noch zu sprechen kommen.

Von dieser strukturell verankerten Abwehr in jedem von uns müssen wir ausgehen, wenn wir uns dem Zusammenhang von Krieg und Liebe zuwenden. Es gehört einiger Mut dazu, wahrzunehmen, daß wir die Nachkommen »einer unendlich langen Generationsreihe von Mördern sind« (Freud 1915). »Die Mordlust steckt uns im Blut. Der Krieg streift uns die späteren Kulturauflagerungen ab und läßt den Urmenschen in uns wieder zum Vorschein kommen« (a.a.O.). Wir haben die Verhaltensweisen vergessen, die noch im Mittelalter üblich waren. Die Gefühle und die ihnen entsprechenden Handlungen waren im Vergleich zu heute von ungebremster Direktheit. »Raub, Kampf, Jagd auf Menschen und Tiere. Das alles gehörte hier unmittelbar zu den Lebensnotwendigkeiten, die dem Aufbau der Gesellschaft entsprechend offen zu Tage lagen«, schreibt Norbert Elias im Kapitel über »Wandlungen der Angriffslust«. Ein Ritter verstümmelte aus purer Lust und Laune, wem er überlegen war. Seine Frau tat es ihm gleich. Es gab einfach keine strafende gesellschaftliche Gewalt, die dem Einhalt geboten hätte. Die wechselseitigen Verflechtungen und Abhängigkeiten der Menschen waren noch gering. Dementsprechend gab es auch keine starke Gewissensinstanz gegen solche uns unfaßbar erscheinenden Marterimpulse.

»Es ist ein fröhliches Ding um den Krieg«, zitiert Norbert Elias noch aus dem 15. Jahrhundert, als die Zähmung der Affekthandlungen schon stärker war als im 9. Jahrhundert. Aber selbst noch später, im 16. Jahrhundert, als die

Grausamkeitsentladung schon soweit gebändigt war, daß man sie nur mit dem Auge befriedigen durfte, erscheint uns die Aktionslust brutal. Im heute wegen seiner Katzenliebe so bekannten Paris (psychoanalytisch gesehen kommt mir die Katzenliebe hier fast wie eine Reaktionsbildung vor) gehörte es im 16. Jahrhundert zur Festesfreude des Johannistages, ein oder zwei Dutzend Katzen lebendig zu verbrennen.

»Diese Feier war sehr berühmt. Das Volk versammelte sich. Festliche Musik spielte auf. Unter einer Art Gerüst wurde ein mächtiger Scheiterhaufen errichtet. Dann hing man an dem Gerüst einen Sack oder Korb mit den Katzen auf. Sack oder Korb fingen an zu glimmen. Die Katzen fielen in den Scheiterhaufen und verbrannten, während sich die Menge an ihrem Schreien und Miauen erfreute. Gewöhnlich waren König und Hof anwesend« (Elias 1937, Bd. 1, S. 281).

Das waren Lustbarkeiten zu Friedenszeiten. Im Krieg ist diese Quälfreude mit großer Wahrscheinlichkeit sehr viel entfesselter gewesen und dürfte sich auf Menschen gerichtet haben.

Sicherlich gab es damals wie heute erhebliche Unterschiede in der kollektiven Kriegslust. Man braucht dazu nur Nationen miteinander zu vergleichen, etwa Englands fröhliche Schlagzeilen bei Beginn des Golfkrieges 1991 »Happy days are here again« mit dem gequälten Zerrissensein in Deutschland, das nicht wie Großbritannien auf zweihundert Jahre Siege zurückblicken konnte. Diese Unterschiede sind aber harmlos, verglichen mit den gewaltigen Veränderungen, die sich in nur zwanzig bis fünfzig Generationen durch den gesellschaftlichen Einfluß auf die innere Zähmung und Abwehr der eigenen Angriffslust ergaben. Zähmung bedeutet aber keineswegs Untergang. Wir brauchen also nicht die lange Strecke bis zum Urmenschen zurückzulegen, ganz abgesehen von den Greueln unserer jüngsten deutschen Geschichte.

Hier stoßen wir gleichzeitig auf die tiefsten Wurzeln der Abwehr gegen die Einsicht in den Zusammenhang von Liebe und Krieg. Bei der Betrachtung des Zusammenspiels von Krieg und Liebe, von Lust und Gewalt geraten wir nämlich in eine besondere Zwickmühle. Die Liebe, der wir so positiv gegenüberstehen, kommt dabei in die anrüchige Gesellschaft der Destruktivität, und gleichzeitig gewinnt die Gewalt durch den Zustrom unserer Lust angenehme Aspekte. Diesen Widerspruch wollen wir nicht wahrhaben. Mir scheint, daß hier die sog. »synthetische Funktion des Ichs« (ANNA FREUD 1936) doppelt mobilisiert wird und deswegen zu einer besonders starken Abwehr führt. Das Ich ist stets bestrebt, in sich einen Zustand von Einheit herzustellen und im Falle von Widersprüchen deshalb eine Seite dieses Widerspruchs einfach zu verdrängen. Diese Neigung zur inneren Einheitlichkeit ist eine mächtige Kraft, die auch von Psychoanalytikern sehr oft unterschätzt wird. Sie ist gleichzeitig eine der großen Angstquellen, derentwegen unser Ich zur Abwehr greift.

Es ist für uns so verwirrend, im Falle des Kriegsgeschehens libidinöse und aggressive Bestrebungen wirksam zu sehen, weil uns beide Bestrebungen als Gegensätze erscheinen, und weil wir beide umzuwerten genötigt sind. Der Widerspruch von Lust und Aggression in unserer Kultur muß deshalb unweigerlich die Tendenz erzeugen, entweder die eine oder die andere Seite wirksam zu sehen, nicht aber beide gleichzeitig. Auch bei mir sind auf diesem Hintergrund Verzerrungen der Wahrnehmung durchaus wahrscheinlich, die im Dienste des Strebens nach einem solchen Zustand von Einheitlichkeit stehen.

2. *Kriegslust*

Nach dieser kurzen Einführung insbesondere in den Widerstand, der sich gegen die Zusammengehörigkeit von Liebe und Krieg richtet, möchte ich mich der Lustseite des Krieges zuwenden. Ich werde mit einer Schilderung von EIBL-EIBESFELDT (1986) beginnen:

»An einem Kampf der Eipo des Weilers Thalim gegen die Marikla nahm Kelum aus dem Dorfe Dingerkon teil, das gar nicht in den Konflikt verwickelt war. Kelum wurde verwundet, und wir fragten ihn, weshalb er überhaupt teilgenommen habe. Er meint, aus ›Fatan‹ – ›Kampflust‹ « (Eibl-Eibesfeldt 1986, S. 529).

Das gilt nicht nur für einfache Stämme. »Hätte ich schon einen Fuß im Paradies, würde ich ihn zurückziehen und in den Kampf eilen«, sagte Garin de Loherain (das ist Lohengrin, die Hauptperson eines altfranzösischen Heldenliedes). Ebenso jubelte der Provenzalische Troubadour Bertran de Born (1140–1215):

> »Ich sag', nicht solche gute Zeit
> mir Essen, Trinken, Schlafen macht,
> wie wenn man beidseits ›Auf sie‹ schreit«
> (zitiert nach Anatol Rapoport 1991, S. 137).

Ich habe bereits gesagt, daß eine solche Kampflust heute menschheitsbedrohend werden kann, wenn man sie mit der modernen Waffentechnik gepaart sieht. Aus der Sicht der Humanethologie ist die Neigung zu kämpfen aber biologisch bedingt und kann deshalb nicht einfach zum Verschwinden gebracht werden. Auch die *Kriegslust* wird als ein biologisch bedingtes Moment angesehen. Das gleiche gilt für den *Kampfesrausch.*

Der Kampfrausch scheint ein Zustand zu sein, der den Menschen zur Mobilisierung der letzten Kräfte befähigt und ihn über sich hinauswachsen läßt. Ich bringe dazu lediglich ein Zitat aus einer Zeitung im »Miami Herold« von vor 10 Jahren. Die Schlagzeile dort hieß: »Marines genießen Geschmack der Schlacht«. Jetzt kommt der Zeitungstext:

> »Mögen die Marines auch als Friedenswächter im Libanon sein, so ist es doch der Kampf, der das Adrenalin zum Strömen bringt. Sie genossen es (›We loved it‹). ›Der Anfang, das Feuern der ersten Salven, das war ein Schock‹, sagte Obergefreiter Jeff Becerill, 20 Jahre alt. ›Aber nach zwei Sekunden waren wir voll in Form. Es war super. Ich wollte gar nicht wieder weg. Ein gutes Gefühl ... einfach gut, zu feuern ... wir fuhren voll drauf ab.‹«

Die Faszination des aggressiven Rausches ergreift zu gegebener Zeit jeden Menschen – wenn sie auch aus Gewissenskonflikten sehr oft in Ekel umschlägt. Das eigene Leben ist einem dann zweitrangig. Vielleicht spielt es sogar überhaupt keine Rolle. Es gibt tatsächlich Dinge, die die Menschen mehr als das Leben lieben. Der thebanische Heerführer Epaminondas, der die Spartaner schlug, und James Wolfe, der englische General, der 1759 durch die Eroberung Quebecs ganz Kanada unter britische Herrschaft brachte, erfuhren tödlich verwundet, daß sie gesiegt hätten, und sie riefen mit ihrem letzten Atemzug aus: »Ich sterbe glücklich« (Russell 1987, S. 234 f.).

»Es wäre gewiß äußerst interessant, wenn man studieren könnte, welche seelischen Veränderungen das Preisgeben des eigenen Lebens bei den Kämpfenden mit sich bringt«, sagte Freud (1915) in seinem Vortrag »Wir und der Tod«. Er gibt in dem gleichen Vortrag aber bereits einen entscheidenden Hinweis: »Das Leben verliert an Gehalt und Interesse, wenn der höchste Einsatz, eben das Leben selbst, in seinen Kämpfen ausgeschlossen ist.« Weil man sein Leben im Krieg riskiert, weil der Tod sich nicht mehr übersehen läßt, weil man jetzt wirklich vom Sterben bedroht ist, gewinnt man das denkbar stärkste Lebensgefühl. »Das Leben wird so freilich wieder interessant. Es hat seinen vollen Inhalt wiederbekommen« (Freud 1915).

Am 26. Juli 1914 schrieb Sigmund Freud eine Postkarte an den Psychoanalytiker Karl Abraham:

> »Ich fühle mich aber vielleicht zum ersten Mal seit dreißig Jahren als Österreicher und möchte es noch einmal mit diesem wenig hoffnungsvollen Reich versuchen. Die Stimmung ist überall eine ausgezeichnete. Das Befreiende der mutigen Tat« (Freud u. Abraham 1965, S. 180).

Das war der Postkartentext. Freud-Biograph Ernest Jones schreibt dazu:

> »Seine [Freuds] erste Reaktion war... eher ein jugendlicher Enthusiasmus, anscheinend das Wiederaufleben der militärischen Begeisterung seiner Knabenzeit« (Jones 1960/62, zit. nach Erdheim 1982, S. 381).

Hinter diesem Enthusiasmus versteckt sich offensichtlich das Selbstgefühl, auf diese Weise die eigene Ganzheit wiederzugewinnen. Eine grundlegende Lust des Krieges liegt darin begründet, daß unterdrückte oder brachliegende Seiten der eigenen Persönlichkeit unter den völlig anderen Bedingungen des Krieges wiederbelebt werden. Oder anders gesagt: daß wir wieder als ganzer Mensch leben, wenn wir zur bewußten, sozusagen lichten Seite auch die verdrängte unbewußte dunkle Seite unseres Selbst leben können. Sie besteht gleichermaßen, das wird oft vergessen, im Töten wie im Getötetwerden. Das eine ist vom anderen nicht zu trennen, im Krieg schon gar nicht. Und genau diese »Befreiung zur Ganzheit« scheint die lustvolle Attraktivität der Aggression auszumachen. Mit unserer – wie auch immer bedingten – latenten Gewaltlust empfinden wir uns erst als »vollständige Menschen«.

Der kurzlebige Rausch der Augusttage 1914 (kurz vor Beginn des ersten Weltkrieges), in dem alle Nationen Europas dem Krieg entgegenfieberten, mag unter anderem darin begründet sein. Wenn Sie einmal Gelegenheit haben, Zeitungen der damaligen Zeit zu lesen (ihr Inhalt war in Frankreich, England und Deutschland fast identisch), dann werden Sie kaum glauben, mit welcher Wollust der Krieg dort herbeigesehnt wurde. Es dauerte dann auch nicht mehr sehr lange, bis er tatsächlich begann. Mir scheint in dieser »Lust, ein ganzer Mensch zu sein«, die vielleicht bedeutendste Komponente der Kriegslibido vorzuliegen, vielleicht eine, die viele andere, wenn nicht alle, in sich enthält.

3. Liebe und Sexualität ziehen in den Krieg

Ich komme zum dritten Abschnitt meines Aufsatzes, den ich mit dem Titel überschreiben möchte: Liebe und Sexualität ziehen in den Krieg.

Als das Kriegsschiff, vollgepackt mit englischen Falklandsoldaten, im Hafen ablegte, entblößten sich die abschiednehmenden Frauen und Geliebten und zeigten den Männern, die in den Kampf zogen, entlang der Kaimauer ihre nackten Brüste. Diese spontane kollektive Handlung zeigt, daß nicht nur bei Männern die Erotik im Krieg gesteigert wird. Das ist verständlich, wenn man begreift, daß wir alle Beziehungswesen sind und eine gesteigerte Sexualität bei Männern ein Pendant bei Frauen finden muß. Die Lust der Frauen an muskulösen Männerkörpern, das Begehren, das Aggressivität auslösen kann, und die Attraktivität, die uniformierte Soldaten für Frauen haben, sprechen für sich. Wir können Mann und Frau sexuell nicht auseinanderdividieren; es geht um die erotische Beziehung als Ganzes.

Auf einer großen Antikriegskundgebung in Washington hat ein Demonstrant den Kern der amerikanischen Kriegsbereitschaft auf einem Plakat so auf den Punkt gebracht: »No blood for Testosteron.« (Testosteron ist das männliche Sexualhormon.) Das Transparent variierte den damals weltweit verwendeten Spruch: »No blood for oil«. Das Bewußtsein für den Zusammenhang von Sexualität und Krieg ist hier also kaum noch latent zu nennen.

Ich habe das gesteigerte sexuelle Verlangen der Männer im Krieg erwähnt. Während des Golfkrieges ist dies von einem jüdischen Wissenschaftler in Tel Aviv, NOAH MILGRAM, noch einmal bestätigt worden. Es muß bei Frauen eine entsprechende erotische Resonanz geben. Die Untersuchungen von NOAH MILGRAM, der im Golfkrieg bei Frauen ein stärkeres Bedürfnis nach einer entspannten Atmosphäre ermittelte, dürften wohl für den Zustand des Bedrohtseins gültig sein, nicht aber für die Faszination des kämpferischen Aufbruchs.

»Es ist überhaupt eigentümlich, wie viele Worte aus der Kriegssprache eine Beimischung oder auch einen Doppelsinn aus den Geschlechterverhältnissen haben. So bewegte auch die Frage der Uneinnehmbarkeit des Landes eine Weile auf eine solche Weise die Medien, als handle es sich bei diesem Land [es handelte sich in diesem Falle um Kuwait] um eine Frau. Solche Haltung ist kulturell lange vorbereitet« (HAUG 1991, S. 355).

Wir werden sehen, daß diese Vorstellung vom Krieg als einem großen kollektiven Geschlechtsakt im Zentrum der unbewußten Phantasien über den Krieg steht.

Der große Kriegstheoretiker KARL VON CLAUSEWITZ schreibt als junger preußischer Offizier am 12. Oktober 1806 an seine Verlobte:

»Übermorgen oder in zwei bis drei Tagen wird es zur großen Schlacht kommen, der die ganze Armee mit Verlangen entgegensieht. Ich selbst freue mich auf diesen Tag, wie ich mich auf meinen Hochzeitstag freuen würde« (zit. nach Rapoport 1990, S. 180).

Diese Assoziation zu einer Schlacht spricht Bände. In dem Vergleich der Schlacht mit dem Hochzeitstag wird diese unbewußte Gleichsetzung vollends klar. Sie bildet den Boden des Kriegsführens. Eine Variation und Präzisierung ist interessanterweise bei SIGMUND FREUD zu finden. Der bereits zitierte Satz »Ich sage, das Leben verliert an Gehalt und Interesse, wenn der höchste Einsatz, eben das Leben selbst, in seinen Kämpfen ausgeschlossen ist«, hat nämlich eine aufschlußreiche Fortsetzung: »Es wird so leer und schal wie ein amerikanischer Flirt, bei dem es von vornherein feststeht, daß nichts vorfallen darf, zum Unterschied von einer *kontinentalen Liebesbeziehung,* bei welcher beide Partner der stets lauernden Gefahr eingedenk bleiben müssen« (FREUD 1915). Wo sich also ein Paar wirklich auf die Abgründigkeit der Triebwelt einläßt, gleicht der Kampf dem Liebesakt.

Ich habe diese eindeutige Legierung von heterosexueller Erotik und Krieg vorangestellt, um überzeugender auf einen viel offenkundigeren Zusammenhang von Liebe und Krieg aufmerksam zu machen: daß nämlich die wohl bedeutendste Kriegsmotivation in unserer Bindung an die zu sehen ist, die wir lieben und im Kampf verteidigen. Wo eine große Liebe bedroht ist, ist die Kriegsbereitschaft eindeutig libidinös. Manche würden die Liebesbindung beispielsweise an Kinder, Eltern und Freunde lieber unabhängig von der menschlichen Erotik sehen. Wenn darin auch keine direkten sexuellen Absichten liegen, so gehört doch diese umgreifende Solidarität mit der eigenen Gruppe in den von der Psychoanalyse weitgefaßten Bereich des Eros. Nicht zufällig verwenden wir sowohl für die erotische Beziehung wie für die tiefe Bindung das Wort Liebe. Ich sehe also in diesem Verbundensein mit denen, für die man kämpft, ein ganz bedeutendes und zumeist übersehenes libidinöses Kriegsmotiv. Die Neigung, einander in geschlossenen Gruppen loyal beizustehen und die Bereitschaft, bei Bedrohung von Gruppenmitgliedern aggressiv zu reagieren, gehört eindeutig zu den angeborenen Dispositionen des Kriegführens (vgl. EIBL-EIBESFELDT 1986, S. 510).

Es ist verblüffend, wie oft in der Friedensarbeit dieser Zusammenhang verdrängt wird. Er ist deswegen so entscheidend, weil er gleichermaßen zum Krieg treiben wie zum Frieden führen kann. Man sieht dies heute besonders bitter an Somalia. Die Kriegszustände in Somalia sind fast ausschließlich durch Clanbindungen zu erklären, also durch Gruppenbindungen. Eine Gruppe verteidigt sich gegen eine andere; dadurch kommt ein verwirrendes Geflecht von Kriegshandlungen zustande. Hier haben wir es mit einem Beispiel von Gruppenbindungen zu tun – einer »Liebe zum Clan«, wenn man so will. Daß solche Gruppenbindungen zum Frieden beitragen und nicht zum Krieg führen, hängt unter anderem davon ab, ob es gelingt, diese Gruppenbindungsform, die letztlich der Liebe zur Mutter entspringt und auf intensiven wechselseitigen Identifikationen und sublimierter Sexualität beruht, *auf die gegnerische Gruppe auszuweiten.* Wo dies geschieht, wird Krieg unmöglich. Sofern sie sich jedoch auf die eigene engere Gruppe beschränkt, führt sie – vielleicht als mächtigste Kraft – zum Krieg.

Kern dieser Bindung ist die Mutter-Kind-Beziehung, die sich auf die Familienmitglieder ausweitet und durch einen Übertragungsprozeß schließlich die eigene Gruppe und die Nation umfaßt. Wenn »alle Menschen Brüder werden«, oder besser Geschwister, stünde diese erotische Kraft ganz im Dienste des Friedens. Leider sind wir weit von einer solchen Weltgemeinschaft entfernt. Im Gegenteil: Wenn wir uns in Not und Bedrohung für diejenigen einsetzen, die wir lieben, oder wenn wir die Ideale der menschlichen Gemeinschaft verteidigen, der wir zugehören, erwerben wir uns heute am ehesten die Lizenz zum Töten. Die große Legierung von Krieg und sexueller Libido liegt also in der schlichten Tatsache, daß es keinen Krieg ohne Gruppenbindung gäbe, daß jeder Krieg insoweit der Liebe dient, als er wirklich oder vorgegeben sich für jene einsetzt, zu denen die Bindung am stärksten ist.

Darüber hinaus darf auch nicht aus dem Blickfeld geraten, daß Kriege auch aus diesem Grunde die kollektive Identität schützen und verstärken. Eben deshalb ist es in ernsten Krisen zwischen Nationen hochbedeutsam, den Gegner nicht zu demütigen, wenn man den Krieg vermeiden will. Wir brauchen dazu nur an die Kubakrise 1962 zu denken. Kennedys entscheidender Gedanke, dem wir wahrscheinlich verdanken, daß wir heute alle so ungestört hier sitzen können, war, dem Gegner gegenüber keinerlei Äußerung zu machen, die irgendwie als Demütigung oder Kränkung hätte aufgefaßt werden können. Wenn man die Protokolle von damals liest, hat man den Eindruck, als ob sich auf diese Weise in die Beziehung zwischen Kennedy und Chruschtschow ein Moment von Humanität einmischte, der verhinderte, daß der Krieg zwischen den USA und Rußland zum Ausbruch kam.

Zugespitzt formuliert, dient also der Krieg in dieser Perspektive dazu, die bedrohte erotische Bindung, die sexuelle Chance, ja die Fruchtbarkeit und die Selbsterhaltung der Gruppe zu garantieren. Im gleichen Maße aber scheint der Krieg ursprünglich – und heute noch in der unbewußten Phantasie – nicht nur einzusetzen, um die bestehenden erotischen Ressourcen zu bewahren, sondern um sie auch noch zu mehren. Der Kriegsakt diente wie erwähnt häufig direkt sexuellen Zielen, wenn es darum geht, den Feinden die Frauen zu rauben – wie es etwa den Yanomami als ausschließliches Kriegsziel gilt. Frauen aber waren allgemein stets eine wesentliche Beute der Sieger. Noch am Ende des Zweiten Weltkrieges wurden den Soldaten der Roten Armee die deutschen Frauen zur Vergewaltigung freigegeben. Umgekehrt war es genau so, das wird hier in Deutschland oft vergessen, daß nämlich auch die Deutschen die Freiheit zur Vergewaltigung der Russinnen hatten. Heute sehen wir das gleiche bei den Serben, aber auch im Blick auf Japan: Japan hat im Krieg in großem Stil systematisch Vergewaltigungen an Koreanerinnen und Chinesinnen organisiert, auch wenn es dies jetzt vermutlich am liebsten verleugnen würde.

Die Grausamkeit einer Vergewaltigung ist jedoch nicht der entscheidende Gehalt eines Frauenraubes. Alle Frauen der gegnerischen Parteien hatten ein offenes oder latentes Wissen um die sexuelle Bedeutung der Auseinandersetzung. Kampfstarke Männer sind, wie gesagt, nicht zufällig erotisch anziehend. Das Geschlechterverhältnis ist hier als Jäger-Beute-Beziehung festgelegt, also als Jagd. »Jagd auf Frauen machen«, heißt es noch heute umgangssprachlich, wenn es auch im Zuge der Emanzipation mehr und mehr abgewehrt und verpönt wird. Bei vielen Völkern hat die Heirat sogar unmißverständlich diesen kriegerischen Boden: Das Hochzeitsritual wird als Brautraub konzipiert, manchmal verwandelt in einen kaum noch deutbaren Wettlauf zwischen Braut und Bräutigam. Ich habe gerade in Österreich gelesen, daß es als Hochzeitsbrauch dort einen solchen Wettlauf zwischen Mann und Frau gibt. Man könnte denken, daß es dabei darum geht, daß Mann und Frau ihre Kräfte messen. Wenn man diesen Brauch aber historisch zurückverfolgt, dann jagt der Mann die Frau und trägt sie nachher über die Schwelle des Hauses. Alle unsere Hochzeitsrituale besitzen in irgendeiner Weise diesen Zusammenhang zwischen Liebe und Krieg. Auch heute spricht man auf diesem kollektiven unbewußten Hintergrund noch gern von Geschlechterkampf und Geschlechterkrieg. Kämpferische Auseinandersetzungen werden dabei manchmal völlig verbalisiert. So gibt es ein ritualisiertes verbales Duell türkischer Jugendlicher. An einer besonderen Strategie wird ein Aspekt des Frauenraubes deutlich: Mutter oder Schwester des Gegners werden verbal in Verruf gebracht und phallisch bedroht. Der Angegriffene versucht seinerseits verbal zu parieren (Eibl-Eibesfeldt 1986, S. 670). Kampfziel ist also hier nicht direkt der Gegner, sondern sind seine Frauen. Völlig offenkundig wird der in Kriegen als offizielles Ziel oftmals entschwundene Frauenraub beim Friedensschluß: Für jeden Toten soll eine Frau gegeben werden. Das bedeutet im unbewußten Seelenleben, daß die Toten, und das, worum es im Kampf ging, Frauen waren. Darüber hinaus werden Frauen getauscht oder dem ehemaligen Feind wenigstens versprochen (a.a.O., S. 533).

Ich möchte an dieser Stelle meine Darstellung der »Erotik der Kriegsbereitschaft« beenden. Ich habe zu zeigen versucht, daß Liebe das Fundament nicht nur des Friedens, sondern auch des Krieges ist. Ich habe von den Bedingungen der Kampflust gesprochen, vom Kampfrausch und auch davon, wie Liebe und Sexualität mit in den Krieg ziehen. Sich mit diesen Phantasien zu konfrontieren, ist nur unter Widerstand möglich. Ich hoffe trotzdem, daß es mir gelungen ist, mit diesem kleinen Ausschnitt aus dem Gesamtpanorama der Kriegsbedingungen zu zeigen, daß es sinnvoll ist, über diesen Zusammenhang von Liebe und Krieg nachzudenken.

Literatur

Anders, G. (1956, 1980): Die Antiquiertheit des Menschen. I. und II. Band. München (Beck).

Eibl-Eibesfeldt, I. (1986): Die Biologie des menschlichen Verhaltens. Grundriß der Humanethologie. München (Piper).

Elias, N. (1937, 1969, 1977): Über den Prozeß der Zivilisation. 2 Bände. Frankfurt a.M. (Suhrkamp).

Erdheim, M. (1982): Die gesellschaftliche Produktion von Unbewußtheit. Eine Einführung in den ethnopsychoanalytischen Prozeß. Frankfurt a.M. (Suhrkamp).

Freud, A. (1936, 1964): Das Ich und die Abwehrmechanismen. München (Kindler).

Freud, S. (1915, 1990): Wir und der Tod. Vortragsmanuskript in: DIE ZEIT vom 20.7.1990. Hamburg (Gruner & Jahr).

Freud, S. (1932): Warum Krieg?, GW Bd. XVI. Frankfurt a.M. (Fischer).

Freud, S.; Abraham, K. (1965): Briefe 1907-1926. Frankfurt a.M. (Fischer).

Fromm, E. (1973): Anatomie der menschlichen Destruktivität. Stuttgart (Deutsche Verlagsanstalt) 1974.

Haug, F. (1991): Der Eintritt der Frauen in den Krieg. In: »Das Argument« 187. 33,3, S. 335-348.

Lifton, R.J. (1979): Der Verlust des Todes. Über die Sterblichkeit des Menschen und die Fortdauer des Lebens. München/ Wien (Hanser Verlag) 1986.

Möller, M.L. (1992): Der Krieg, die Lust, der Frieden, die Macht. Reinbek (Rowohlt).

Rapoport, A. (1990): Ursprünge der Gewalt. Darmstadt (Darmstädter Blätter).
Rapoport, A. (1991): Frieden: Eine Idee, deren Zeit gekommen ist. Darmstadt (Darmstädter Blätter).
Russell, B. (1987): Sieg ohne Waffen. Darmstadt (Darmstädter Blätter).
Sabet, H. (1991): Die Schuld des Nordens. Der 50-Billionen-Coup. Frankfurt a.M. (Horizonte).

Marina Gambaroff

Angst und Macht im Dialog der Geschlechter*

»Die Tatsache, daß die Menschheit aus Männern und Frauen besteht, ist niemals als irreduzibles Faktum, das nun einmal gegeben ist, akzeptiert worden. Diese Tatsache wurde vielmehr, soweit die menschlichen Zeugnisse – einschließlich der Mythen – zurückreichen, als Angstquelle erfahren« (Devereux 1967).

Devereux spricht von Mythen. Ein Teil dieses Aufsatzes wird sich mit Mythen befassen. Man kann dies vielleicht als eine gewisse sentimentale psychoanalytische Tradition ansehen; mir ist sie jedoch lieb und teuer und ich empfinde sie nach wie vor als außerordentlich inspirierend. Und ich möchte noch eine weitere Warnung an den Anfang dieses Artikels setzen. Der Titel mag Umfassendes versprechen. Ich will mich jedoch auf einen bestimmten Aspekt von Angst und Macht im mehr oder weniger unterschwelligen Dialog der Geschlechter beschränken, der mir allerdings als sehr bedeutsam erscheint. Dies ist die Angst vor der Macht der Frau im unbewußten Zusammenspiel der Geschlechter, und zwar sowohl der Angst des Mannes vor der Frau und ihrer Macht, als auch der Angst der Frau vor sich selbst und ihren verborgenen Machtpotentialen. Letzteres ist ein beklagenswertes, aber geradezu ubiquitär anzutreffendes Phänomen. Dieser Aufsatz ist auch der Versuch, dieses Phänomen unter Zuhilfenahme verschiedener Zugangswege zu ergründen oder sich ihm wenigstens anzunähern.

* Dieser Beitrag faßt mehrere Publikationen und Vorträge zusammen.

Der amerikanische Familientherapeut NAPIER unterscheidet hinsichtlich der Machtverteilung *symmetrische und egalitäre Paarkonstellationen* von *asymmetrischen Paarkonstellationen:* Ist die Partnerschaft »mann-dominiert«, entspricht dies mehr den traditionellen gesellschaftlichen Vorstellungen vom Zusammenleben von Mann und Frau und scheint weniger Konflikte zu bereiten als eine »frau-dominierte« Paarbeziehung. Bei diesen Paaren kommt die Frau im Laufe der Zeit in die psychologische Haltung der »älteren Generation«, also der Mutter. Dies

> »erlaubt dem Partner nicht nur, von ihr als Elternsurrogat abzuhängen; es macht sie auch zur unvermeidlichen Zielscheibe für die Wut des Mannes auf die kontrollierende oder abweisende Mutter« (NAPIER 1990).

Und weiter:

> »Wenn die Frauen mehr gesellschaftliche Macht erobern und Macht zuhause ausüben, sehen wir das Kind im Mann auftauchen. Wir Männer fühlen uns in der Tat durch die neugewonnene Selbstsicherheit unserer Frauen bedroht, und wir reagieren darauf mit verschiedenen kindlichen Verhaltensweisen, von der Regression über die Depression zur direkten Einschüchterung« (a.a.O.).

Ich möchte diesen Reaktionen noch etwas tiefer auf den Grund gehen und zu diesem Zweck einige psychoanalytische Überlegungen heranziehen.

FREUD spricht von der fundamentalen Scheu des Mannes vor der Frau, die durch das Anderssein der Frau, ihre scheinbar feindselige Fremdheit ausgelöst werde. Der Mann fürchte, durch die Frau geschwächt, von ihrer Weiblichkeit angesteckt zu werden (FREUD 1918 b, S. 168). Doch diese Angst vor dem ansteckend Weiblichen ist nichts, was sich in den ersten Jahrzehnten dieses Jahrhunderts erledigt hätte. Eine neue Untersuchung an nordamerikanischen Grundschulen von BARRIE THORNE (1993) zeigt den immer noch als beschmutzend-ansteckend *(»polluting«)* gefürchteten Effekt des Weiblichen. Die Autorin untersuchte Fangspiele *(»catch and kiss games«)* von Schülern, in denen Küsse eher aggressiv denn mit Zuneigung verteilt werden. Küsse von Kindern, vor allem Mädchen, die weit unten in der Hackordnung rangieren, gelten als besonders kontaminierend, also anstekkend. Dieses Infektiöse wird *»cootie«* genannt, in dieser Hinsicht besonders gefährliche Mädchen sind *»cootie queens«*. Sogar Gegenstände, die mit diesen Mädchen assoziiert werden, wie Täschchen, Püppchen, Schleifen etc. können gefährlich werden, haben *»cootie power«*. Und so gibt es an den untersuchten Schulen deutliche Rituale, wie die Kinder sich von Cootie-Infektionen reinigen können.

FREUD sieht einen Teil der Ängste des Mannes auch in der durch den Beischlaf erfolgenden Erschlaffung des Gliedes begründet. Aber auch die Anziehung, mit der eine Frau einen Mann immer wieder fesseln könne, erhalte diese Ängste am Leben (FREUD 1918 b, S. 168).

JEAN MARKALE (1987) sagt es noch prononcierter:

»Der Mann wird instinktiv von der Frau angezogen, aber er weiß aus Erfahrung, daß er trotz seiner Lust, trotz seiner Potenz im Liebesakt der Verlierer sein wird. Für ihn wird es fast ein Tod sein, in dem der Orgasmus für einen kurzen Moment seine Kräfte auf ein Nichts reduziert, während die Frau triumphierend regeneriert aus dem Akt hervorgeht« (S. 70, Übers. v. Verf.).

ESTHER HARDING (nach MARKALE 1992) spricht davon, daß die sexuelle Faszination, die eine Frau auf einen Mann ausüben kann, viele Männer dazu bringe, Frauen gegenüber eine herablassende Haltung zu entwickeln, die eigentlich nur beweise, daß es sich um den Versuch handele, eine Situation zu beherrschen, die von den Männern unbewußt als nachteilig erlebt werde. Mit anderen Worten, hier soll eine unkontrollierbare Situation oder ein unkontrollierbares Wesen unter Kontrolle gebracht werden.

Eine weitere Beunruhigung durch die Frau beschreibt FREUD so:

»Es kommt oft vor, daß neurotische Männer erklären, das weibliche Genitale sei ihnen etwas Unheimliches. Dieses Unheimliche ist aber der Eingang zur alten Heimat des Menschenkindes, zur Örtlichkeit, in der jeder einmal und zuerst geweilt hat« (FREUD 1919, S. 258 f).

Also die Regression in vorpersonale Stadien, in die potentielle Auflösung des Ich hinein. So hat nach SIMONE DE BEAUVOIR (1949) die Frau und Mutter das Antlitz der Finsternis: sie sei das Chaos, aus dem alles entstanden sei und in das eines Tages alles zurückkehren müsse. Sie sei das Nichts. »La femme n'existe pas«, wie LACAN (1986) sagt.

Aber die Beängstigung erfährt noch eine Steigerung: FREUD (1940) interpretiert die mythologische Angst vor dem Medusenhaupt als männliches Grauen vor dem weiblichen, dem mütterlichen Genitale, vor der behaarten mütterlichen Vulva, wie sie vom Sohn gesehen werde. Der in den westlichen Industrieländern weitverbreitete Sextourismus nach Asien wird von einigen Analytikern als Versuch männlicher Angstentlastung interpretiert: die zierlichen Asiatinnen mit ihrer geringen Körperbehaarung erinnerten weniger an erwachsene Frauen denn an – ungefährlichere? – junge Mädchen (vgl. ZETTL 1990).

Der abgeschlagene Kopf des Medusenhauptes stehe für die Kastration, das Schlangenhaar symbolisiere den Penis in seiner Vielzahl, das Versteinern stehe für Tod und Erektion. Die Göttin Athene trage dieses Symbol des Grauens an ihrem Schild, werde dadurch die Unnahbare, die alle sexuelle Lust abweise. Sie zeige das Genitale der Mutter, FREUD zufolge also die »kastrierte« Frau; ihr schrecklicher Anblick schlage alle Feinde in die Flucht.

Die Kritik an diesem rein patriarchalen frauenfeindlichen Konzept der klassischen Psychoanalyse – durch den Feminismus in Gang gesetzt – ist dankenswerter Weise vielerorts inzwischen geleistet worden.

Die kastrierende Frau

Aber die Frau weckt nach FREUD nicht nur Ängste als Kastrierte – also als ein Lebewesen, bei dem das Befürchtete quasi Realität geworden ist –, sondern auch als Kastrierende, die den Knaben aktiv mit Kastration bedroht (FREUD 1918 a, 1924). Einen weiteren Grund für Kastrationswünsche seitens der Frau sieht FREUD in Racheimpulsen, die durch die Defloration ausgelöst werden (FREUD 1918 b, S. 172 ff).

Für diese ubiquitäre Angst vor der kastrierend erlebten Frau, oder noch genauer: vor dem kastrierenden Genitale der Frau, möchte ich ein Beispiel geben, und zwar auch deshalb, weil es gleichzeitig eine Kollusion beider Geschlechter hinsichtlich der Gefährlichkeit des weiblichen Genitales zeigt.

Während meiner Zeit an einer psychosomatischen Klinik sah ich mehrere Paare, die wegen Vaginismus der Frau die Klinik aufsuchten. Es handelte sich dabei um ein deutsches, ein italienisches und ein türkisches Paar. Alle drei Paare konnten den Geschlechtsverkehr nicht vollziehen, weil die Männer trotz ausreichender Erektion auf Grund eines Scheidenkrampfes ihrer Frauen nicht in sie eindringen konnten. Was mich bei diesen Gesprächen verblüffte, war die Tatsache, daß alle drei Frauen dieselbe Hintergrundgeschichte, wenn man so will, denselben Mythos berichteten, obwohl sie aus verschiedenen Kulturen stammten und verschiedenen sozialen Schichten angehörten. Alle drei wußten von einer jungen Frau zu berichten, die vor der Ehe mit ihrem Verlobten sexuell verkehrt habe und die, nachdem sein Glied in sie eingedrungen sei, einen Krampf in der Scheide entwickelt habe, so daß der junge Mann sich nicht mehr aus ihr habe lösen können und wie in einer Falle festgesteckt habe. Das junge Paar habe um Hilfe gerufen, und als nach stundenlangem Beistand durch Freunde der Mann immer noch nicht befreit gewesen wäre, habe man die Entscheidung getroffen, die junge Frau zu töten.

Soweit ich mich erinnere, unterscheiden sich die Erzählungen nur in der Tötungsart: die Frau wurde einmal erschossen, dann wieder erstochen oder es wurde ihr die Kehle durchgeschnitten.

Kaum sei sie tot gewesen, habe sich der Mann befreien können. Alle drei Frauen meinten im Beratungsgespräch, sie hätten große Ängste, daß ihnen dasselbe passieren könnte – und alle drei Männer nickten dazu, der türkische Architekt, der italienische Restaurantbesitzer und der deutsche Bauarbeiter.

Es scheint ein unbewußtes Einverständnis zwischen Männern und Frauen zu geben, daß diese »Innenräume« in der Tat gefährlich sind und deshalb gemieden werden müssen. Die Frau fürchtet ihr gefährliches, »raubtierhaftes« Innere und will sich und den Mann verschonen. Vielleicht handelt es sich, wenn es um das Erleben von Lust geht, um ein unbewußtes Zusammenspiel von Mann und Frau mit dem Ziel, allzu tiefgreifende Lustgefühle zu vermeiden.

Männliche Körperphantasien

Lust, erschütternde, auflösende, wegspülende Lust bedeutet ein Eintauchen in körperliche wie seelische Innenräume. Vor diesen scheint sich der Mann noch weit mehr als die Frau zu fürchten. Er verleugne seine Innenräume, wie JUDITH KESTENBERG (1968) sagt, und behaupte, keinen Innenraum zu haben. Wenn er glaubt, einen zu haben, dann fürchte er, es müsse eine so grausige Blutkammer wie die Blaubarts sein, in der wiederum nur die Kadaver gemetzelter Frauen zu finden sind. Blutkammern sind offenbar stets mit dem Weiblichen, vor allem dem erschreckend Weiblichen, assoziiert. Diesen Innenraum, der vom Mann gemieden und dadurch zum Symbol des blutigen Versehrtseins, der fauligen Kloake wird, muß verschlossen gehalten oder – noch besser, weil noch abgesicherter durch die Mechanismen von Abspaltung und Projektion – in der Frau lokalisiert werden. Und der Mann muß seine Lust an der Oberfläche halten. Dann muß sich die Kammer nicht öffnen. Je weniger der Mann seine Lust nach innen, in seinen Körper hinein orientiert, desto mehr wird sie auf Eichel und Penisschaft konzentriert und gerichtet sein. Und dieser läßt sich, wie wir wissen, besonders gut umfunktionieren in eine Waffe, eine lustspendende, Verteidigung und Angriff – Angriff ist die beste Verteidigung! – ermöglichende Waffe, einen Pfeil, eine Lanze, ein Schwert, ein Gewehr, ein Projektil, ein Marschflugkörper (GAMBAROFF u. WALKER 1994, S. 108 f).

Für Melanie Klein (1960) ist nicht die Vagina, sondern die Brust der entscheidende Ort am Körper der Mutter. Von einem hungrigen, wütend schreienden Baby nimmt sie an, daß es phantasiere, die mütterliche Brust tatsächlich anzugreifen und zu zerstören, und daß es seine eigenen Schreie, die es zerreißen, erlebe als die zerstörte Brust der Mutter, die das Baby in seinem eigenen Körper attackiere. Dadurch entstehe das Bild der »bösen Brust«, der zerstörerischen, todbringenden, verfolgenden Mutterimago. Denken Sie bitte an den Film »La Grande Bouffe« von Ferreri, in dem sich die Protagonisten zu Tode fressen. Ich glaube, es war Philippe Noiret, der nach dem Genuß eines Puddings, der die Form einer Brust hatte und der ihm von der üppigen Andrea Fereol kredenzt wurde, starb.

Einen weiteren, stets wirksamen Mechanismus sieht Melanie Klein in der Neidreaktion des Babys auf die »gute« Brust, die als Quelle alles Guten und aller Vollkommenheit erlebt werden und deshalb zerstört werden müsse. Etwas später in der Entwicklung des Kindes mag der Neid sich auch auf die Tatsache erstrecken, daß die Mutter ein eigenes Leben habe, zu dem das Kind keinen Zugang habe. Am meisten ausgeschlossen sei das Kind vom elterlichen Geschlechtsverkehr; der kindliche Haß darauf lasse nach Melanie Klein die Alpträume entstehen.

Ebenso wie Freud und Klein sieht Karen Horney (1932, S. 89) die Ursache dafür, daß Mütter häufig als strafend erlebt werden, in der Tatsache begründet, daß es die Mütter sind, die als erste dem Kind gegenüber Triebverbote äußern.

Aber sie sieht noch weitere Angstquellen: zum einen die Entwertung, die ein kleiner Junge erfahren könne, wenn ihm bewußt werde, wie klein sein Penis sei, verglichen mit dem mütterlichen Genitale. Diese Angst, unzureichend ausgestattet zu sein, beschäftigt viele Männer aufs intensivste bis ins Erwachsenenleben hinein (a.a.O., S. 90). Zum anderen betont K. Horney das angstinduzierende Geheimnis der

Mutterschaft und belegt dies mit vielfältigem Mythen- und Legendenmaterial (HORNEY 1926).

Flucht vor der Herrschaft der Mutter

Eine Arbeit neueren Datums von der französischen Psychoanalytikerin CHRISTIANE OLIVIER (1980) weist auf eine besondere Schwierigkeit in der männlichen Entwicklung hin, die mit der Beziehung der Mutter zu ihrem Sohn zu tun hat: im Sohn habe die Mutter die einzigartige Gelegenheit, sich in männlicher Gestalt zu sehen, sich den alten Menschheitstraum der ganzheitlichen Androgynität zu erfüllen. Im Laufe seiner Entwicklung werde sich der kleine Junge mehr und mehr gegen das Ganzheits-Phantasma seiner Mutter wehren, um seine Unabhängigkeit zu erlangen, die die Mutter »nur halbherzig« wünsche.

»Der kleine Junge muß da eine (von Freud nicht beschriebene) zusätzliche Schwierigkeit überwinden, denn er muß sich aus dem Ödipus herausretten, gegen seine Mutter, die weder möchte, daß er sich entfernt, noch daß er sie verläßt« (OLIVIER 1980, S. 74). Hier beginnt der Junge den ödipalen Krieg der Geschlechter. »Das männliche Kind durchlebt da einen schwierigen Zeitabschnitt, dessen Spuren es immer tragen wird, in Form der Furcht vor der weiblichen Herrschaft« (S. 75).

Die Symbiose mit der Mutter ist eine Falle.

»Sich nie mehr am gleichen Ort verschmolzen wiederfinden, im gleichen Begehren wie dem der Frau: das wird die hauptsächliche treibende Kraft hinter der Frauenfeindlichkeit des Mannes sein« (OLIVIER, a.a.O.).

Flucht, also Flucht vor dem Begehren der Mutter.

Der nordamerikanische Analytiker GREENSON (1968) betont einen anderen Aspekt in der schmerzhaften Auflösung der Symbiose mit der Mutter. Der kleine Junge muß eine viel radikalere Beendigung seiner Identifizierungen mit der Mutter vornehmen als das kleine Mädchen. GREENSON nennt diesen Prozeß »Entidentifizierung von der Mutter« *(»disidentifying with mother«)*, ein Prozeß, der sehr viel Wut und Haß hinterlassen kann. Nach REICHE (1990) ist dies verantwortlich für den starken, verdeckten Neid des Mannes auf die Frau. Außerdem fühlten sich die Männer aus diesem Grund im allgemeinen ihrer Männlichkeit viel weniger sicher als Frauen ihrer Weiblichkeit, worin einige Psychoanalytiker das ungleich häufigere Vorkommen von Perversionen bei Männern als bei Frauen begründet sehen (z.B. den Fetischismus oder den Exhibitionismus; beim Transsexualismus ist das Verhältnis 5:1, das heißt auf fünf Männer, die eine Geschlechtsumwandlung wünschen, kommt eine Frau – erstaunliches Faktum, wenn man die gesellschaftliche Lage der Frau bedenkt).

Der Verführung widerstehen

Nach soviel Theorie möchte ich jetzt eine Reihe von Geschichten erzählen, wie Männer sich über die Jahrtausende hinweg gegen die Verführung durch die Frau zur Wehr gesetzt haben. Deutlich wird in allen Beispielen, daß es der Körper der Frau ist und die Sexualität der Frau, die in ihrer Verlockung besonders gefürchtet werden und darum dämonisiert, entwertet, gemieden und zur Strecke gebracht werden sollen.

a) Die Abweisung der Frau im Gilgamesch-Epos

Im babylonischen Gilgamesch-Epos finden wir die erste schriftlich dokumentierte Abweisung einer Frau, damals noch Göttin, denn wir befinden uns etwa im Jahre 2400 v. Chr. Ischtar, die Göttin der Liebeslust, hat ein Auge auf Gilgamesch geworfen:

»Komm, Gilgamesch, sei mein Geliebter! Schenke mir Deinen Samen, ach, schenke ihn mir! Du, sei mein Mann, ich sei Dein Weib! ... Unter dem Duft der Zeder tritt ein in mein Haus!«

So lockt sie ihn und macht ihm noch tausend wunderbare Versprechungen. Doch Gilgamesch läßt sie voller Ingrimm und Feindseligkeit abblitzen:

»Trügerisch ist das Gewand, das dich umhüllt. Bei deiner Tücke will ich dich packen! Heiß ist dein Werben, aber im Herzen ist Kälte, eine heimliche Hintertür, die eisigen Wind hineinläßt, ein schimmerndes Haus, das die Starken erschlägt ...
... Wo ist ein Geliebter, den du beständig wirst lieben? Wo ist dein Hirte, dem du immer geneigt bist? Deine Schandtaten alle sollst du zu hören bekommen. Abrechnung will ich dir halten: Tamuz, dem jugendlichen Geliebten, dem Frühlingsgott, hast du Jahr für Jahr bittere Klage bestimmt. In einen buntgefiederten Allalu-Vogel verliebtest du dich; du schlugst ihn, zerbrachst seine Flügel ...« .

Solch triefenden Haß kann vielleicht nur der abgewiesene Sohn entwickeln, der eifersüchtig beobachten muß, wie die Mutter sich wieder und wieder dem anderen zuwendet. Spricht hier ein enttäuscht Liebender oder vielleicht auch einer, der die weibliche Verführung als Schwächung seiner männlichen Kraft fürchtet, die er für andere, wichtigere, erobernde, kriegführende oder politische Tätigkeiten braucht? Oder spricht hier einer, der die weibliche Verführung als vernichtenden Mahlstrom erlebt, in dem alle seine Vorgänger bereits untergegangen sind?

b) Der Umgang mit der entfesselten Frau: Lilith und die Folgen

Wieviele den Mann entgrenzende, in den Strudel des Verderbens ziehende, Vernichtung und Tod bringende Feen, Elfen, Circen, Undinen und Loreleyen die männliche Phantasie hervorgebracht hat, läßt sich nicht aufzählen. Als ein Beispiel aus früher Zeit sei die Geschichte von Lilith, der ersten Frau Adams, erzählt: Alle Tiere im Paradies hatten Gefährtinnen, nur Adam war allein. So bat er Gott um eine Gefährtin, und Gott gab ihm Lilith. Adam wollte sogleich mit ihr kopulieren, wie er es bei den Tieren beobachtet hatte, von hinten vielleicht, wahrscheinlich aber so, daß er zuoberst kam. Doch Lilith verweigerte sich. Ihr gefiel diese Position nicht, vielleicht auch nicht die vermutlich ungehobelte Zudringlichkeit des unerfahrenen Adam. Doch Adam hörte nicht auf sie. Er bedrängte sie weiterhin stürmisch mit seinem Wunsch. Das versetzte Lilith in ungeheuren Zorn, und indem sie den geheimen Namen Gottes aussprach, erhob sie sich in die Lüfte und entschwand. So mußte sich Gott noch einmal bemühen und Adam eine weitere Frau schaffen, die vielleicht schon etwas weniger unbeherrschbar war, die aber interessanterweise auch darauf bestand, zuerst vom Baum der Erkenntnis zu essen, bevor die beiden einander erkannten. Lilith aber wurde zum nächtlichen Sukkubus, der während der Nacht Adam heimsuchte und ihm seinen Samen stahl, um Dämonen zu zeugen. Lilith wurde dämonisiert, weil sie eine Vertreterin der Frauenmacht war. Sie war im Besitze großen Wissens; sie kannte den geheimen Namen Gottes, was darauf hinweist, daß sie vom Logos erfüllt war. Und sie bestand auf Gleichrangigkeit im Geschlechtsverkehr.

Lilith wurde zur Schlange im Paradies. Und bei der Austreibung aus dem Paradies ist es auffällig, daß der Fluch des patriarchalen Gottes vor allem Evas prokreative Funktionen und ihr Begehren traf: »Zahlreich werde ich machen die Beschwerden deiner Mutterschaft, in Schmerzen sollst du Kinder gebären und doch wirst du nach deinem Manne verlangen, der dich beherrschen wird.«

Um nicht nur in biblisch-mythologischer Vorzeit nach Illustrationen männlichen Hasses auf die Frau und damit männlicher Ängste vor der Frau zu suchen, will ich einen großen Schriftsteller der Jahrhundertwende, nämlich STRINDBERG, zitieren:

»... ich möchte den Herren Gesetzgebern einschärfen, sorgfältig die Konsequenzen zu überdenken, die es mit sich bringt, wenn man Halbaffen, niederen Lebewesen, kranken Kindern, die zur Zeit der Menstruation dreizehnmal im Jahr krank und verrückt, während der Schwangerschaft vollkommen wahnsinnig und für den Rest ihres Lebens für ihr Tun nicht verantwortlich sind, wenn man solchen unbewußten Verbrechern, Kriminellen aus Instinkt, solch unwissentlich bösen Tieren die vollen Bürgerrechte zugesteht« (zit n. ZETTL 1990).

Gegen solche vertierten Lebewesen erscheint jedes Mittel der Domestikation und Unterdrückung nur recht. Die durch besondere Angst vor dem Weiblichen gekennzeichneten Werke AUGUST STRINDBERGS sind bekannt.

Ein weiteres Beispiel für die bedrohliche Frau aus unseren Tagen ist der mit so großem Erfolg laufende Film »Eine verhängnisvolle Affäre« mit Glenn Close und Michael Douglas, in dem ein ganz durchschnittlicher, bürgerlicher Ehemann an den Rand seiner Existenz gebracht wird durch eine im Verlaufe des Geschehens völlig entfesselte Frau.

c) Der Kampf Marduks gegen Tiamat

Diese »weibliche Entfesselung« muß um jeden Preis unter Kontrolle gebracht werden. Wobei »unter Kontrolle« ein geradezu harmloser Ausdruck ist für die destruktiven Gewalten, die zu diesem Zwecke aufgewendet werden. Paradigmatisch sei dafür der babylonische Mythos »Enuma Elish« genannt, der den Kampf von Marduk gegen Tiamat schildert (vgl. DALLEY 1989). Es ist ein Schöpfungsmythos, der den Anfang allen Seins erklären will. Andere Schichten des Mythos repräsentieren den Kampf gegen das weiblich-mütterliche Element, das vom Mann niedergerungen werden muß, was ein möglicher Hinweis auf den Übergang von einer matrilinearen zu einer patrilinearen Gesellschaftsform sein könnte, sozusagen die Kodifizierung der patriarchalen Revolte gegen eine bis dahin von Frauen stärker bestimmte Weltform. Und, last noch least, erscheint es mir zur Erhellung innerpsychischer Realitäten von Nutzen. Was mich am »Enuma Elish« so berührt und aufgewühlt hat, sind die konkreten Details, wie Marduk sich der Tiamat bemächtigt. Es entspricht exakt dem, was uns an grausigen Fakten über die Untaten an bosnischen Frauen erreicht hat. Aber nicht nur an bosnischen Frauen: ich brauche dazu nur an die seitenlangen Aufzählungen HANS PETER DÜRRS über all die furchtbaren Verbrechen zu denken, die von frühester Zeit bis zum Zweiten Weltkrieg, von Vietnam bis zum Balkan, an Frauen und ihren Körpern immer wieder begangen wurden und werden (vgl. DÜRR 1993).

Marduk erschafft das Universum – Himmel und Erde – aus Tiamats Körper, indem er sie in zwei Teile schlitzt. Er durchsticht ihre Augen, um Euphrat und Tigris daraus fließen zu lassen; aus ihren Brüsten läßt er die Zuflüsse strömen; ihre Blutbahnen lenkt er um und läßt daraus Bewässerungssysteme entstehen. Das Aufschlitzen von Tiamats Körper, das Herausreißen ihrer inneren Organe, die Aneignung ihrer prokreativen Funktionen, ihrer Gebärfähigkeit, das alles zeigt, wie eines vollkommen unverändert geblieben ist: der Haß des Mannes auf den Körper der Frau. Nicht umsonst spricht die Psychoanalytikerin BRIGIT BARTH (1990) vom »Uterusneid« der Männer. Übrigens verwendet sie auch zur Illustration ihrer These den Mythos von Marduk und Tiamat, der ja wahrlich eine kaum noch zu überbietende Schilderung des sich vor Neid auf die Gebärfähigkeit der Frau verzehrenden Mannes ist, der genau diese Potenz der Frau zerstört, sich aneignet und sich selbst zum alleinigen Schöpfer der Welt aufwirft. Die Frau bleibt zurück als entwerteter, verstümmelter, verblutender Kloß.

Ich sprach von den bosnischen Frauen, die paradigmatisch stehen für die Greuel an Frauen, die offensichtlich in Zeiten gesellschaftlicher Auflösung sprunghaft ansteigen. Es fällt aber auf, gleich wo, durch welche Nation und von den Anhängern welcher Religion auch immer solche Grausamkeiten verübt werden: wenn sie gegen Frauen gerichtet sind, dann geht es in besonders sadistischer Weise um die Geschlechtsmerkmale und die Fortpflanzungsfähigkeit der Frau (vgl. GAMBAROFF u. WALKER 1994, S. 19 f).

Quellen weiblicher »Macht«

Ich bin der Überzeugung, daß der männliche Gebärneid oder »Uterusneid« eines der gewichtigsten und mächtigsten Motive in der brutal-offenen oder subtil-verschleierten Unterdrückung der Frauen durch das Patriarchat darstellt.

In einer therapeutischen Gruppe, die nur aus Frauen bestand, wurde im Zusammenhang mit Fehlgeburt und Abtreibung deutlich, was für eine primäre, durch und durch körperlich-sinnliche Nähe Frauen zu *Leben-geben* und *Leben-nehmen* haben. Ich denke, nicht umsonst werden die Debatten über Abtreibung mit einer solchen Heftigkeit geführt, oft ja im wesentlichen von Männern, die die Gesetze machen und bezeichnenderweise meist die strikteren Gegner von Abtreibung sind. Denn hier ist ja tatsächlich genau der Punkt, an dem die Frau über Leben und Tod entscheidet, an dem sie wieder anknüpft an eine vom Patriarchat verdrängte Tradition archaischer weiblicher Macht, als die Frau eine ganz andere Verfügungsgewalt über Leben-gewähren und Leben-auslöschen hatte. Durch die Abtreibungsgesetze sollte die Macht der Frau, die Beschützendes und Bedrohliches repräsentiert, unter Kontrolle gehalten werden.

Unbewußte kannibalistische Impulse und Schuldgefühle

Für uns alle ist Schwangerschaft auch mit Tod verbunden, und die entsprechenden Phantasien können wirksam werden oder sogar eine Verführung darstellen. So haben etwa Frauen, die während ihrer Schwangerschaft oder nach der Geburt eine Psychose entwickeln, oft Ängste, vom Kind zerstört oder aufgefressen zu werden oder selber das Kind zu zerstören oder es sich kannibalisch einzuverleiben. Eine Erklärung für die Einverleibungswünsche ist sicher der oral-regressive Versuch, die Trennung vom Kind, die gewaltsame Sprengung der Symbiose mit dem Fötus durch die Geburt, wieder rückgängig zu machen.

Aber vielleicht könnte man auch sagen, daß in einem sehr regressiven seelischen Zustand wie dem der Psychose allgemein zur conditio der Frau gehörende Impulse die Oberhand gewinnen und zu einer äußerst bedrohlichen inneren Realität werden. Vielleicht zollen manche Tabus bei Naturvölkern dieser spezifisch weiblichen Gefährdung oder Gefahr Tribut, wenn sie – wie die Mohave-Indianer es tun – der jungen Mutter verbieten, für einen bestimmten Zeitraum nach der Geburt Fleisch zu essen. Die durch das Neugeborene mobilisierten kannibalistischen Wünsche der Mutter sollen offenbar durch rituelle Vorschriften unter Kontrolle gebracht werden (GAMBAROFF u. WALKER 1994).

Interessant ist in diesem Zusammenhang, daß gelegentlich in der alternativen Frauenszene – wie ich von einer Gynäkologin hörte – die Geburt eines Kindes mit dem Verspeisen der gebackenen Plazenta gefeiert wird. Entwickelt sich hier nicht ein Ritual, mit dessen Hilfe kannibalistische Impulse integriert werden sollen?

Weibliche Schuldängste und Anpassung an negative Zuschreibungen des Patriarchats

Meine Hypothese ist also, daß es vor allem die geheimen kannibalistischen Impulse sind, die Frauen vor sich selbst so zurückschrecken lassen, und die so tiefe Schuldgefühle auslösen, daß Frauen immer wieder bereit sind, dem Druck der negativen männlichen Projektionen nachzugeben und sich dem von ihnen entworfenen Bild entwerteter Weiblichkeit masochistisch anzupassen. Eine Reihe von Psychoanalytikern – und ich zähle mich dazu – betonen die bei Frauen besonders deutliche Verlötung von oralen und genitalen Anteilen, was unter anderem mit der Fähigkeit der Frau, in ihren Brüsten Milch zu produzieren und Kinder zu nähren, zusammenhängt.

Eine Frau berichtete mir, wie sehr sie erschrocken war, als sie zum ersten Mal ihr Genitale austastete und den Muttermund berührte. Sie fühlte sich bewohnt von einem gefährlichen, womöglich menschenfressenden, ihr völlig unbekannten Monster, von dem sie nicht wußte, mit welcher Methode es zu beschwichtigen wäre. Zeigt nicht auch das Wort Mutter-Mund, wie sehr im Unbewußten Oralität und Genitalität verbunden werden? Vielleicht ist dies tatsächlich der Bereich, wo die archaischsten weiblichen Aggressionen und Schuldängste zu finden sind.

Wie ich schon sagte: Diese Schuldängste sind es vielleicht, die Frauen so gut wie überall in der Welt dazu bringen, sich all den negativen Zuschreibungen, allen rabiaten Unterstellungen des Patriarchats klaglos anzupassen, diese Projektionen anzunehmen und in ihre Selbsteinschätzung und -bewertung einfließen zu lassen. Dies ist in meinen Augen auch ein mächtiges unbewußtes Motiv, das es Frauen schwer macht, die Opferrolle zu verlassen. Der Mut zur »Täterin« ist ihnen auch wegen dieser Schuldängste verstellt. Die »Tat« wird als so ungeheuerlich destruktiv bewertet, daß sie vermieden werden muß (GAMBAROFF u. WALKER 1994).

Die grandioseste Form der blutrünstigen schrecklichen Großen Mutter dürfte die indische Göttin Kali in ihrer Manifestation als Schwarze Kali Durga sein. Sie ist geschmückt mit den bluttriefenden Köpfen und Gliedmaßen ihrer Opfer und trinkt Blut aus einem menschlichen Schädel. Ihr Körper ist geschmeidig und schön, die Brüste prall von Milch. Sie ist die Gottheit im Hindukult, deren Verehrung am weitesten verbreitet ist. Noch heute wird ihr im berühmten Kali-Tempel in Kalkutta täglich geopfert; zu ihrem Fest im Herbst sind es bis zu 800 Ziegen in drei Tagen. Bis 1835 wurde ihr wöchentlich ein männliches Kind geopfert; danach wurde dieser Brauch durch die britischen Kolonialherren verboten.

Dennoch – oder gerade deshalb – hören wir immer wieder von der entrechteten und ausgelieferten Position indischer Frauen, vor allem der unteren Kasten. Ein außergewöhnliches Beispiel ist die jüngst freigelassene indische Banditin Phoolan Devi, die ihre unausdenkbaren Demütigungen durch die patriarchale Gesellschaft mit Gewalttaten beantwortet hat.

Die Auswirkungen des Geburtstraumas

Mir ist es sehr wichtig, nach dem eben Gesagten auf einen Erfahrungskomplex im Leben von Männern und Frauen zu sprechen zu kommen, der im psychoanalytischen *Mainstream* relativ unbeachtet bleibt, meines Erachtens aber tiefgreifenden Einfluß auf beide Geschlechter sowie ihr Verhältnis zueinander haben muß. Ich spreche vom Trauma der Geburt, von den Erkenntnissen der perinatalen und pränatalen Psychologie, die unter dem Begriff des »fötalen Dramas« zusammengefaßt werden könnten.

Ich meine, daß man sich diesem Bereich spätestens seit den Forschungen STANISLAV GROFS zu den Erlebnissen intrauteriner Existenz und den perinatalen Phasen, also den

Abläufen kurz vor, während und nach der Geburt, nicht verschließen darf (Grof 1985).

Grof verwendet neben vielen anderen die besonders eindrucksvolle Zeichnung eines Patienten nach einer psychedelischen Sitzung zur Illustration dessen, wie im Unbewußten die Begegnung mit der Mutter im Augenblick der Geburt erlebt werden kann: die Mutter als blutrünstige Kali, mit einer blutenden Vagina, die von einem kleinen, sich unterwerfenden Menschen geküßt wird (Grof 1985, S. 52).

Dies scheinen mir alles Hinweise darauf zu sein, warum das Weiblich-Mütterliche ersehnt, aber auch so gefürchtet wird, und zwar von Männern wie von Frauen. Denn schließlich werden wir alle von Müttern geboren. Die Angst vor dem gebärenden Schoß und der damit verbundene Haß auf ihn ist uns allen eingraviert. Nur dürfte die Tatsache, daß Männer diese Situation immer nur als passiv Ausgelieferte erleben, einen entscheidenden Unterschied machen, während Frauen – zumindest potentiell – dies ins Aktive wenden können, indem sie selbst Kinder gebären. Und stachelt dies den Gebärneid der Männer nicht noch zusätzlich an? Nicht nur ist ihnen die neun Monate währende körperliche Produktion realer Kinder aus Fleisch und Blut verwehrt: darüber hinaus sind sie stets nur »Opfer« des traumatisierenden Geburtsvorganges.

Ich wage die Hypothese, daß dieser unbewußte »doppelte« Gebärneid mit verantwortlich ist für all die Greueltaten, die von Männern an Frauen begangen werden. Es mag unbewußte Rache sein für das exklusive Privileg der Frau, Kinder in ihrem Körper entstehen zu lassen, denn das Scherflein, das die Männer dazu beizutragen haben, ist zwar unabdingbar, doch vergleichsweise gering. Darüber hinaus könnte es Rache für all die Torturen sein, denen sie durch die Geburt, personifiziert in der Mutter und – in einer regressiven Verallgemeinerung – in allen Frauen, unterworfen werden (vgl. Gambaroff u. Walker 1994).

Männer haben eine ganze Reihe von Fluchtmechanismen entwickelt, um sich ihren Müttern und Frauen zu entziehen. Denken wir an alle Formen männerbündischer Gruppierungen: Militär, das Paradigma exklusiv männlicher Ordnung; Kirche, Sportvereine und sonstige dezidiert männliche Veranstaltungen. In der Gruppe, unter sich, sind sie stärker und fühlen sich weniger verfolgt von den Frauen. Hier ist auch der Ort, an dem kollektiv die Entwertung der Frau geschieht.

Der Don Juanismus könnte ebenfalls als eine Variante der Angst verstanden werden: hier steht die Eroberung der Frau als Trophäe im Vordergrund, eine wirkliche Beziehung würde Furcht einflößen, der man sich jedoch durch die Eroberung der nächsten Trophäe entziehen kann, usw. Aber auch sexueller Entzug, Impotenz, vorzeitige Ejakulationen, Interesselosigkeit können wirksame Methoden sein, die Frau »am langen Arm verhungern« zu lassen, sie »auf dem Trockenen sitzen zu lassen«, sprich: sich der Machtsphäre der Frau zu entziehen.

Als Gegenposition zu dem eben Gesagten wäre der Machismo zu verstehen, eine ständige Betonung der Virilität, die manchmal geradezu den Charakter der Beschwörung von Schutzgeistern annehmen kann. Für mich gilt inzwischen die Faustregel: je mehr ein Mann auf seine Männlichkeit pocht, je wichtiger ihm die reine Demonstration seiner Männlichkeit mit welchen Mitteln auch immer ist, desto mehr fürchtet er die Frauen, das Weibliche.

Auch in unseren Intimbeziehungen als Erwachsene werden immer wieder tiefe Gefühlsschichten mobilisiert, die der frühen und frühesten Beziehung zur Mutter entstammen, vermutlich aber auch pränatalen und perinatalen Erfahrungen.

Die Angst vor dem Mutterleib und die Sehnsucht nach ihm – gültig für Mann und Frau – lassen den FREUD-Schüler SANDOR FERENCZI (1924) in seinem »Versuch einer Genitaltheorie« von dem Wunsch nach der endgültigen Rückkehr in den Mutterleib sprechen, dessen amniotische Flüssigkeit den Ozean repräsentiere, aus dem alles Leben stamme und in den sich alles Leben zurücksehne. Daß Wunsch und Angst, Sehnsucht nach Ich-Verlust und Befürchtung irreversibler Ich-Auflösung hier besonders nah beieinander liegen, scheint evident und gilt für Männer wie für Frauen.

Um im fließenden und alles verflüssigenden Ozean einen festen Halt zu finden, wurde das Gesetz des Phallus errichtet. Aber auch, wie LUCE IRIGARAY (1988) sagt, um das Begehren der Mutter zu kontrollieren und zu verdrängen. Werde nun der Phallus aber nicht zur Demonstration seiner Allmacht verwendet, sondern quasi als »männliche Version der Nabelschnur«, dann könne die lebendige Verbindung zur Mutter in der Frau, zur Frau in jeder Mutter wiederholt werden. Dann würde der Penis, der die Körper wieder verbindet, im Verschmelzen für beide Partner etwas von dem intrauterinen Leben in Erinnerung rufen und ein erneutes Zur-Welt-Kommen ermöglichen.

Dies ist aber nur möglich, wenn die Frau von den auf sie gerichteten Projektionen befreit wird und in der Kultur eine autonome und positive Repräsentanz ihrer Sexualität existiert. Und diese Repräsentanz kann nach IRIGARAY erst entstehen, wenn es auch einen weiblichen Gott gäbe. »Gott ist der Spiegel des Menschen« zitiert sie FEUERBACH. Der Frau fehlt eben dieser Spiegel, um Frau zu werden, denn ihr erscheint im Spiegel der männliche Gott unserer Tradition. »Die Frauen haben nichts Diabolisches – es sei denn ihre Gottlosigkeit« (IRIGARAY 1988). Zutreffender läßt sich die geistige Situation der Frau im Patriarchat nicht beschreiben. Nun wissen wir ja, daß dieser Gott im Vergleich zur gesamten Menschheitsgeschichte erst seit kurzer Zeit – nur einige tausend Jahre – in männlicher Gestalt erscheint. Erinnern wir uns an die dreifaltige Göttin, nicht im Sinne eines vielerorts aufscheinenden Neo-Archaismus, nicht im Sinne der bloßen Reinstitution weiblicher Macht, sondern als Veränderung unserer Weltwahrnehmung.

Denn daß die Erde unter dem Gesetz des Phallus unbewohnbar wird, hat sich schon längst erwiesen.

BARTH, B. (1990): Die Darstellung der weiblichen Sexualität als Ausdruck männlichen Uterusneides und dessen Abwehr. Jahrbuch der Psychoanalyse 26 (S. 64-101). Stuttgart (Bad Cannstatt).

BEAUVOIR, S. DE (1949): Das andere Geschlecht. Eine Deutung der Frau. Hamburg (Rowohlt) 1960.

DALLEY, S. (1989): Myths from Mesopotamia, Oxford/New York.

DEVEREUX, G. (1967): Angst und Methode in den Verhaltenswissenschaften. Frankfurt a.M. (Suhrkamp-Verlag), 2. Aufl., 1988.

DÜRR, H.P. (1993): Obszönität und Gewalt – Der Mythos vom Zivilisationsprozess. Frankfurt a.M. (Suhrkamp).

FERENCZI, S. (1924): Versuch einer Genitaltheorie. In: Schriften zur Psychoanalyse, Bd. II. Frankfurt a.M. (Fischer) 1972.

FREUD, S. (1918 a): Aus der Geschichte einer infantilen Neurose, GW Bd. XII, S. 27-157. Frankfurt a.M. (Fischer).

FREUD, S. (1918 b): Das Tabu der Virginität, GW Bd. XII, S. 159-180. Frankfurt a.M. (Fischer).

FREUD, S. (1919): Das Unheimliche, GW Bd. XII, S. 227-268. Frankfurt a.M. (Fischer).

FREUD, S. (1924): Der Untergang des Ödipuskomplexes, GW Bd. XIII, S. 393-402. Frankfurt a.M. (Fischer).

FREUD, S. (1940): Das Medusenhaupt, GW Bd. XVII, S. 45-48. Frankfurt a.M. (Fischer).

GAMBAROFF, M.; WALKER, M. (1994): AngstLust. Das furchtbar Weibliche. Hamburg (Klein).

GILGAMESCH-EPOS (nach G. BURCKHARDT, Insel Bücherei Nr. 203, Hamburg 1958).

GREENSON, R.G. (1968): Die Beendigung der Identifizierung mit der Mutter und ihre besondere Bedeutung für den Jungen. In: Psychoanalytische Erkundungen. Stuttgart (Klett-Cotta).

GROF, ST. (1985): Geburt, Tod und Transzendenz. Neue Dimensionen in der Psychologie. München (Kösel).

HORNEY, K. (1926): Flucht aus der Weiblichkeit. Der Männlichkeitskomplex der Frau im Spiegel männlicher und weiblicher Betrachtung. In: Die Psychologie der Frau. Frankfurt a.M. (Fischer) 1984, S. 26-42.

HORNEY, K. (1932): Die Angst vor der Frau – Über den spezifischen Unterschied in der männlichen und weiblichen Angst

vor dem anderen Geschlecht. In: Die Psychologie der Frau. Frankfurt a.M. (Fischer) 1984, S. 81-95.
IRIGARAY, L. (1988): Genealogie der Geschlechter. Freiburg i.Br. (Kore).
KESTENBERG, J.S. (1968): Outside and Inside, Male and Female. J Amer. Psycho-Anal. Assoc. 16 (457-520).
KLEIN, M. (1960): Über das Seelenleben des Kleinkindes. In: Das Seelenleben des Kleinkindes und andere Beiträge zur Psychoanalyse. Reinbek (Rowohlt) 1972, S. 144-173.
LACAN, J. (1986): Encore (Das Seminar, Buch XX, 1972-73), Weinheim/Berlin (Quadriga) 1986.
MARKALE, J. (1992): La Femme Celte. Mythe et Sociologie. Paris (Payot).
NAPIER, A. Y. (1990): Alle Macht für beide. In: Psychologie heute, 17,7, S. 20-26.
OLIVIER, CH. (1980): Jokastes Kinder. Die Psyche der Frau im Schatten der Mutter. Düsseldorf (Claassen) 1984.
REICHE, R. (1990): Geschlechterspannung. Frankfurt a.M. (Fischer).
THORNE, B. (1993): Gender Play: girls and boys in schools. Rutgers Univ. Press.
ZETTL, S. (1990): Weil wir sie begehren, fürchten wir sie. Unveröffentl. Mskrpt.

Christina von Braun

Die »Dunkle Kammer« und der »Helle Kontinent«

Geschlechterbilder und visuelle Medien

Wie Sie wissen, wurde Frauen noch Ende des letzten Jahrhunderts der Zugang zur Universität und zu geistig anspruchsvollen Berufen verwehrt – mit physiologischen Begründungen verwehrt. Mal mußte das Gewicht des weiblichen Gehirns herhalten, ein anderes Mal die weibliche Gebärfähigkeit, die die Frau für geistige Arbeit untauglich mache. In wieder einem anderen Fall war es die erotische Anziehungskraft, die unter der weiblichen Bildung und Intelligenz zu leiden hatte. Über diese Fragen entbrannte um die Jahrhundertwende in Deutschland – das von allen Ländern am längsten zögerte, den Frauen den Zugang zur Universität zu eröffnen – eine heftige Diskussion, an der sich alle angesehenen Wissenschaftler der Zeit beteiligten. Einer von ihnen schrieb:

> »Bei der Vorstellung einer Medizinstudentin laufen mir Schauder über den Rücken. Eine Frau, die über die Anatomie der Geschlechtsteile nicht nur der Frau, sondern auch des Mannes orientiert ist, und über das Mysterium des Geschlechtsakts ohne Erröten sprechen kann, wird den Mann immer kalt lassen, wenn nicht gar abstoßen.«

(Auf dieses Ideal des Errötens komme ich noch mal zurück. Es taucht nicht zufällig in diesem Kontext auf.) Er wurde sekundiert vom Münchner Professor der Anatomie Theodor L.W. v. Bischoff, der die Tatsache, daß »der wahre Geist der Naturwissenschaften (...) dem Weibe stets verschlossen bleibe«, auch damit begründete, daß ihre Stimme höher, ihre Magen kleiner und ihre Beine nicht so lang seien wie die des Mannes.

Dennoch bevölkern Frauen inzwischen die Universitäten, machen sich als Ärztinnen, Anwältinnen oder Geisteswissenschaftlerinnen einen Namen, so daß man wohl sagen muß: Entweder hat die biologische Beschaffenheit der Frau in weniger als hundert Jahren eine radikale Mutation erfahren, oder aber das Hirn der »Naturwissenschaftler«, die diese Theorien nun nicht mehr vertreten. Entscheidend ist aber wohl die Frage: Welcher kultur- oder geistesgeschichtliche Wandel des »kollektiven Imaginären« liegt dieser »Mutation« der Geschlechterrollen zugrunde?

Dazu möchte ich einige Thesen formulieren, in deren Zentrum der Übergang von einem Gedächtnis, das von den Gesetzen der Schriftkultur bestimmt ist, zu einem Gedächtnis, das den Rezeptionsmustern einer visuell bestimmten Kultur unterliegt – ein Übergang, der zum Wandel von Selbst- und Fremdbildern geführt hat. Denn jede Identität konstituiert sich durch das, was das Gedächtnis ihr als Kontinuitätsmöglichkeit anbietet. (Der Begriff der »Identitätsverunsicherung« wurde zum ersten Mal im Zweiten Weltkrieg benutzt, um die psychischen Störungen von Menschen zu beschreiben, denen das Gefühl abhanden gekommen war, in einer kulturellen Kontinuität zu stehen.) Mit dem Übergang von einem Gedächtnis, das den Gesetzen der Schriftkultur unterliegt, zu einem Gedächtnis, das von den Rezeptionsmustern einer visuell bestimmten Kultur bestimmt wird, hat sich ein Wandel vollzogen, der nicht nur die Vermittlung anderer Gedächtnis*inhalte,* sondern auch die Entstehung neuer Selbst- und Fremdbilder zur Folge hatte. Dabei übt das »kollektive Imaginäre« einen prägenden Einfluß auf die individuelle Erinnerung wie auch Selbstwahrnehmung aus – ein Vorgang, der wiederum prägend ist für die Geschlechterbilder.

Zunächst zum Begriff des »kollektiven Imaginären«: Der Begriff hat nichts mit den von C.G. Jung entworfenen »Archetypen« zu tun, die sich durch Unveränderbarkeit auszeichnen; noch ist damit das »kollektive Unbewußte« gemeint, in das sich die Spuren einer gemeinsamen kulturellen Tradition oder die Traumata einer Nation eingraben. Der Begriff des »kollektiven Imaginären« ist eher dem verwandt, was BENJAMIN als »Wunschbilder«[1] oder »Bilder« bezeichnet hat, die »einer bestimmten Zeit angehören« und denen eigen ist, »daß sie erst in einer bestimmten Zeit zur Lesbarkeit kommen«.[2] Das »kollektive Imaginäre«, so würde ich es formulieren, besteht aus den historisch *wandelbaren* Leitbildern oder Idealentwürfen, die jede Epoche hervorbringt und die dazu beitragen, das Selbstbild und Gesicht der Gesellschaft dieser Epoche zu prägen. Dabei sind den unterschiedlichen Idealentwürfen des kollektiven Imaginären drei Charakteristika gemeinsam:

1. Auf die eine oder andere Weise transportieren sie immer eine Heilsbotschaft, die die Aufhebung menschlicher Versehrtheit beinhaltet, und in der die Sehnsucht nach einer Auslösung der Vergänglichkeit ihren Ausdruck findet.

2. Anders als eine individuelle Phantasie oder eine gesellschaftliche Utopie, deren imaginäre Qualitäten unbestritten sind, werden die phantasmatischen Entwürfe des kollektiven Imaginären von ihren Trägern als *Wirklichkeit* begriffen. (Sie bleiben also »unlesbar«.)

3. Da aber das Kollektiv über kein körperlich abgeschlossenes »Ich« verfügt, bleiben seine phantasmatischen Entwürfe dennoch eine Imagination. So bedarf das imaginäre kollektive »Ich« zu seiner Selbstdefinition der Abgrenzung gegen ein Fremdbild: das »andere Geschlecht« oder die »andere Rasse« zum Beispiel.

Die neuen Medien haben nun einen erheblichen Wandel bei der Entstehung der Selbst- und Fremdbilder des kollektiven Imaginären bewirkt: Das Netz der modernen Kommunikationsmöglichkeiten eröffnet einerseits den vielfältigen Aus-

1 WALTER BENJAMIN (1982): Gesammelte Schriften, hg. v. ROLF TIEDEMANN und HERMANN SCHWEPPENHÄUSER, Frankfurt a.M. (Suhrkamp), Bd. V/2, 1226.

2 Ebd., Bd. V/1, 577.

tausch von Informationen untereinander, verleitet andererseits aber auch zur Schöpfung eines Spiegelbildes, das sich unabhängig von den Reflexionen der anderen Gemeinschaften entfaltet. Paradoxerweise schuf so das moderne Kommunikationsnetz, das die einzelnen Gemeinschaften miteinander verbindet, zugleich die Möglichkeit (wenn auch nicht die Notwendigkeit), sich dem Austausch mit den anderen zu entziehen. Mit anderen Worten: die neuen Medien – oder genauer: die phantasmatische Welt, die sie entstehen lassen – erlauben die kollektive Herstellung eines »selbstgeschaffenenen Anderen«, in dem das kollektive Ich sein Gegenbild sehen und mit diesem zugleich seine Omnipotenzphantasien befriedigen kann.

Die »unsichtbare Religion« der Moderne ist eine Religion der Sichtbarkeit, und sie verkündet ihre Heilsbotschaft auf sehr unterschiedliche Weisen. Im deutschen Sprachraum fand sie u.a. in der Entwicklung der antisemitischen Rassenlehren ihren Ausdruck. Durch die Abgrenzung gegen das *Gegenbild* eines *physiologisch* definierten »Juden« versuchten die Rassentheoretiker, dem »arischen Volkskörper« – also dem phantasmatischen *Selbst*bild – den Anschein biologischer Wirklichkeit zu verleihen.[3] Statt einer geistigen und religiösen, wiesen sie dem christlichen Feindbild des »Juden« eine rassische – also sichtbare – Andersheit zu. (Das geschah in einer Zeit, in der dank der Assimilation alle sichtbaren Merkmale jüdischer »Andersheit«, wie der »gelbe Fleck« oder der Kaftan ihrerseits verschwunden waren oder verschwanden.) In anderen Ländern – vor allem Frankreich – trug die neue »Religion des Sichtbaren« eher zur Entwicklung der technischen Sehgeräte bei. Mit anderen Worten: Es erscheint mir nicht ein Zufall zu sein, daß das kollektive Phantasma eines »nationalen Volkskörpers« oder das einer »arischen Rasse« in eben jenem historischen Moment auftauchte, in dem auch die Photographie geboren

3 Vgl. Christina von Braun (1990): ... Und das Wort ist Fleisch geworden. In: Der Ewige Judenhaß, hg. v. Christina von Braun und Ludger Heid, Stuttgart/Bonn (Burg Verlag) 1990.

wurde.[4] In dieser Epoche, so könnte man sagen, entsteht in allen nachchristlichen Gesellschaften ein Kult des Sichtbaren, das auf die eine oder andere Weise die Erbschaft des Christentums antritt. Für die antisemtischen Rassenlehren ist das evident. Daß es auch für die Entwicklung der modernen Sehtechnologien gilt, werde ich darzustellen versuchen.

Die Selbst- und Frembilder des kollektiven Imaginären üben einen prägenden Einfluß auf das Selbst- und Fremdbild des einzelnen aus: zunächst deshalb, weil sich das individuelle Ich nur in der Erkenntnis von der Existenz des anderen als existent (damit freilich auch als »unvollständig«) erfährt. So bieten die Bilder des kollektiven Imaginären vom »Wir« und von den »anderen« dem Individuum die Möglichkeit, das eigene (als sterblich erlebte) Ich in ein anderes, imaginäres (und eben deshalb unsterbliches) Ich einzubinden. Die Möglichkeit einer Überlagerung von Ich und Wir hat sich mit den neuen Medien verstärkt, weil diese andere Formen psychischer Einbindung des einzelnen in das kollektive Ich schufen.

Zwischen dem Subjekt und den Phantasmen des kollektiven Imaginären besteht eine ähnliche Wechselwirkung, wie LACAN sie für die Individualpsychologie beschrieben hat. LACAN unterscheidet zwischen den Strukturen des *Imaginären* und des *Symbolischen*. Mit dem Imaginären bezeichnet er das Verhältnis des Individuums zur Umwelt, in dem es keinen Unterschied zwischen dem Ich und dem Du macht; das sprachlose Kleinkind identifiziere sich mit der Gestalt des anderen – zumeist der Mutter –, die es deshalb auch gar nicht als »verschieden« wahrnehme. Nun besteht laut LACAN die Faszination des Ichs für den anderen aber gerade in dessen ganzheitlicher körperlicher Geschlossenheit: Die eigene ganzheitliche Geschlossenheit, die als Gefühl von Unversehrtheit oder Allmacht erfahren wird, findet im anderen einerseits ihr Spiegelbild, wird von diesem andererseits aber auch in Frage gestellt. Somit wird in der Ganzheitlichkeit des anderen die eigene Unvollständigkeit

4 Vgl. DAVID GREEN (1985): Veins of Resemblance: Photography and Eugenics. In: The Oxford Art Journal 7, no. 2, 5-16.

sichtbar – eine Erfahrung, die auch der Erkenntnis der Geschlechterdifferenz dient. Zu einem sexuellen Subjekt – zu einem Subjekt überhaupt – kann das Individuum, laut LACAN, deshalb erst werden, wenn es die eigene Endlichkeit (in jedem Sinne des Wortes) anzunehmen fähig ist, ein Prozeß, der niemals vollständig gelingt und der nur dank der Sprache ertragen werden kann. LACAN spricht deshalb vom Eintritt in die »symboblische Ordnung«.

In der modernen Kommunikationsgesellschaft erscheint das Verhältnis des Individuums zum *kollektiven Imaginären* wie eine Reaktivierung dieser primären Bindung und Trennungserfahrung: Um Subjekt zu werden, muß das Individuum unterscheiden lernen zwischen dem *kollektiven* und dem *individuellen* Selbst- und Fremdbild. Diese Unterscheidung fällt um so schwerer, als das moderne kollektive Ich immer als imaginäres Konstrukt zu erkennen ist. Das liegt an den Bildmedien selbst, die Anspruch darauf erheben, die Wirklichkeit selbst abzubilden. Es liegt aber auch an dem Anschein körperlicher Geschlossenheit der modernen Gemeinschaften, die – sei es in den primären Bildern des »Volkskörpers« oder in den subtileren Bildern des sozialen Wohlfahrtsstaates mit seinem engmaschigen Netz von Kommunikationsfäden – eine scharfe Grenze zwischen denen drinnen und denen draußen ziehen. Indem dieses Kollektiv die *leibliche* Beschaffenheit (oder das leibliche Wohl) derer, die drinnen sind, ins Zentrum seines Interesses rückt, verschafft es seiner Geschlossenheit den Anschein von Leiblichkeit. Das Kollektiv nimmt die Rolle einer »phantasmatischen Mutter« an – einer omnipotenten Mutter, die eben deshalb auch nie gelernt hat, den Mangel oder die Trennung zu ertragen. So entsteht nicht durch Zufall zeitgleich mit dem modernen Wohlfahrtsstaat (und anderen Erscheinungsformen dieser phantasmatischen »Mutter«) der Hungerstreik als Waffe der innenpolitischen Auseinandersetzung: Durch den Hungerstreik wird der kollektiven »Mutter« eben jenes Fürsorgerecht verweigert, dessen sie zu ihrer Beleibung bedarf. Gegen diese Ablösung erscheint sie machtlos. Denn das Kommunikationsnetz, das sie zusammenhält, wird zugleich zum Träger des Protestes. Der Hungerstreik, die Waffe des Verschwindens, bedarf und bedient sich der optischen Medien, um wirksam zu werden.[5] Es ist übrigens interessant, daß der Hungerstreik zeitgleich mit der großen »Frauenkrankheit« der Moderne – den Eßstörungen – auftaucht, in denen sich dieser Konflikt auf individueller Ebene widerspiegelt und deren Aufkommen engstens auch im Zusammenhang mit der Entwicklung der technischen Sehgeräte zu sehen ist.[6]

Schrift

Die Entstehung der neuen Heilsbotschaft (und deren christliche Herkunft) ist nur aus der Geschichte der Schrift zu verstehen. Das ihr inhärente Phantasma der Unversehrtheit ist schon in der Schriftkultur verankert und von ihr gleichsam vorgegeben: Unsere Alphabet-Schrift, bei der Phoneme in Zeichen übertragen werden (die also keinen Bezug zur sichtbaren Wirklichkeit herstellt), schuf eine Denkstruktur im christlichen Abendland, die sich in zwei Richtungen bewegte: Die eine Richtung bestand in der Abstraktion vom Sichtbaren, die andere in einer »Beleibung« oder Sichtbarmachung des Abstrakten. Ich möchte diese Denkstruktur mit sechs Punkten charakterisieren (die in verschiedenen Epochen von unterschiedlicher Bedeutung waren):

1. das Denken in einer Sprache, die für ihre Vermittlung keines lebendigen Leibes, keines sprechenden Körpers bedarf. In diesem Sinne nennt Simmel die Schrift »die Sprache des Abwesenden«;[7]

2. der eng damit verbundene Glaube an die Existenz eines unsterblichen Geistes;

3. die davon abgeleitete Hoffnung auf *menschliche* Unsterblichkeit. Will der Mensch die Sterblichkeit überwinden,

5 Vgl. Christina von Braun (1991): Die Angst der Satten. Über Hungerstreik, Hungersnot und Überfluß. Filmessay. Köln.

6 Vgl. Christina von Braun (1985): Nicht ich. Logik Lüge Libido, Kapitel: Inkarnation und Desinkarnation. Frankfurt a.M. (Neue Kritik).

7 Werner Sombart (1901): Der Moderne Kapitalismus. Berlin.

so muß er werden wie die Schrift: Er muß zum »Abwesenden« werden und einen »verklärten Leib« annehmen;

4. das Phantasma eines unsterblichen Geistes führte zur Vorstellung einer *Überlegenheit* des Geistes über die sichtbare, sinnlich wahrnehmbare Wirklichkeit. Von diesem Phantasma leitet sich die für das Abendland charakteristische Dichotomie zwischen Geist und Materie, Kultur und Natur ab;

5. in dieser Dichotomie wurde die Frau zur Symbolträgerin menschlicher *Natur*bestimmung, damit aber auch der Vergänglichkeit. Das »Mensch-Sein« wurde gleichsam zweigeteilt: auf der einen Seite die sterbliche »Materie«, verkörpert durch die Frau; auf der anderen der unsterbliche »Geist«, verkörpert durch den Mann. Das heißt, die Gegensätzlichkeit von Geist und Materie, die vorschriftlichen Gesellschaften fremd ist, suchte in der sichtbaren Geschlechterdifferenz ihr Spiegelbild und eine Anbindung an die Wirklichkeit: Die Geschlechterdifferenz, der ohnehin die Erfahrung des Mangels eignet, wurde gleichbedeutend mit der Dichotomie Leben und Tod. (Dieser Aspekt spielt, in verwandelter Form, auch in den Photo- und Filmtheorien eine wichtige Rolle.)

6. durch die Schrift entstand schließlich auch das Phantasma, daß die Heilsbotschaft der Vergeistigung ihre Erfüllung finden wird, wenn die sichtbare Wirklichkeit nach den Gesetzen des Logos, die die Unberechenbarkeit und den Zufall ausschließen, gestaltet ist – wenn also das göttliche »Wort Fleisch geworden« ist. Die technischen Sehgeräte sollten diesen Aspekt einer »Beleibung« des Abstrakten erheblich verstärken: »die Fotografie«, so hat es FLUSSER ausgedrückt, »wurde als erstes technisches Bild im 19. Jahrhundert erfunden, um die Texte wieder magisch zu laden.«[8]

Während einige der zuerst genannten Charakteristika auch auf andere Schriftkulturen zutreffen, erscheint mir dieser letzte Aspekt, der sich auch als Verwirklichung der Uto-

8 VILÉM FLUSSER (1991): Für eine Philosophie der Fotografie. Göttingen (European Photography), S. 16.

pie umschreiben ließe[9], bezeichnend für das Christentum. Keine andere Kultur ist *diesem* mit der Schrift einhergehenden Phantasma so bedingungslos gefolgt wie die christlich-abendländische. Nur hier ist das entstanden, was ALEIDA ASSMANN eine »volle Schriftkultur« nennt.[10] Von der Entstehung dieser »vollen Schriftkultur«, die sich auch als Sichtbarwerdung der Schriftgesetze definieren läßt, leitet sich wiederum die für die Neuzeit charakteristische Dominanz des Auges über die anderen sinnlichen Wahrnehmungsformen ab.

Bevor ich darauf eingehe, möchte ich zum Vergleich noch kurz auf die Entwicklung in anderen Schriftkulturen hinweisen. Natürlich gab es und gibt es auch andere hochentwickelte Kulturen, deren Entstehung engstens mit der Schrift zusammenhängt. Dennoch steht nicht das Phantasma menschlicher Unsterblichkeit in deren Mittelpunkt. Das antike Ägypten zum Beispiel zeichnete sich durch eine ganz bedeutende Schriftkultur aus, aber das Phantasma einer Erlösung durch die Entleibung des Geistes war ihr fremd. Dabei spielte die Schrift gerade im Totenkult eine wichtige Rolle: Das Grab (mit seinen Inschriften), so schreibt JAN ASSMANN, »hat dem Verstorbenen zur ewigen Ruhestätte zu dienen, es hat aber vor allem diese Ewigkeit zuallererst zu ermöglichen, indem es das *Andenken* an den Verstorbenen wachhält«.[11] Es handelt sich also um einen *Gedächtniskult*, bei dem die Vorstellung von Ewigkeit eng an die physische Existenz nachkommender Generationen gebunden war: Ein Kult, der sich natürlich von der zyklischen Zeitvorstellung nicht-schriftlicher Kulturen, mit ihrer Ritualisierung von

9 Vgl. CHRISTINA VON BRAUN (1984): Vom Wunschtraum zum Alptraum. Zur Geschichte des utopischen Denkens. Filmessay. München.

10 Vgl. ALEIDA ASSMANN (1992): Schrift und Gedächtnis – Allianz oder Rivalität? Vortrag im Kulturwissenschaftlichen Institut Essen vom 4.5.1992.

11 JAN ASSMANN (1983): Schrift, Tod und Identität. Das Grab als Vorschule der Literatur im alten Ägypten. In: ALEIDA und JAN ASSMANN, CHRISTOF HARDMEIER (Hg.), Schrift und Gedächtnis. Beiträge zur Archäologie der literarischen Kommunikation. München, S. 66.

Untergang und Wiederkehr, zutiefst unterschied, dem aber das Phantasma einer Unsterblichkeit durch Vergeistigung gleichermaßen fremd war. Dieser Kult-Charakter hing eng mit dem Schriftsystem selbst zusammen: Anders als das griechische Alphabet, von dem sich die lateinische Schrift ableitet, entsprach die Schrift des antiken Ägyptens keiner rein phonetischen, abstrakten Zeichensetzung. Vielmehr bestand sie aus Lautsilben-Zeichen, denen Piktogramme beigegeben wurden, die den Zeichen erst ihre inhaltliche Bedeutung verliehen. Es handelte sich also um eine Schrift, die eine Anbindung an die sichtbare Wirklichkeit einforderte. So ist in diesem Schriftmodell kaum Platz für ein Unsterblichkeitsphantasma, das die Entkörperung voraussetzt.

Ein anderes prägnantes Beispiel ist die hebräische Schriftkultur. In der hebräischen Schrift werden die Vokale nicht geschrieben. Das heißt, die hebräische Schrift kann nur lesen, wer sie auch laut zu sprechen vermag. Diese Schriftform spiegelt sich in der jüdischen Religion selbst wider, die durch das gekennzeichnet ist, was der Judaist ARNOLD GOLDBERG das »Dogma einer mündlichen Tora«[12] nennt. Auch wenn die geschriebene Form unverändert bleibt und jede Schriftrolle bis ins kleinste Detail mit den anderen identisch ist, muß die Tora laut gelesen werden: »Sofern die Rezeption nicht ein bloßes Auswendiglernen ist«, so GOLDBERG, »kann der Text nur *produktiv* rezipiert werden.«[13] Dementsprechend vollzieht sich das Vortragen und das Verstehen des Textes nicht in individueller Lektüre, sondern öffentlich: In der Synagoge oder im Gespräch mit einem Lehrer.[14] Die hebräische Schriftform und die aus ihr hervorgegangene Religionsform vermittelt also nicht das Phan-

12 ARNOLD GOLDBERG: Der verschriftete Sprechakt als rabbinische Literatur. In: ASSMANN, ASSMANN, HARDMEIER (Hg.), Schrift und Gedächtnis (s. Anm. 11), S. 124.

13 Ebd., S. 133.

14 Dazu ALEIDA ASSMANN: »Der Grundsatz all dieser Institutionen ist, daß Wahrheit nicht ausschließlich schriftförmig werden darf, sondern personalisiert bleiben muß und von der ›wahren und lebendigen Rede des Wissenden‹ nicht ablösbar ist.« (ALEIDA ASSMANN, Schrift und Gedächtnis, 1983, s. Anm. 10)

tasma einer Sprache ohne Sprecher, eines zur reinen Schrift gewordenen, entleibten Geistes. Unter diesem Aspekt müssen auch einige jüdische Ritualgesetze gesehen werden, wie etwa die Beschneidung, die sich als symbolische Einschreibung der menschlichen Versehrtheit in den *männlichen* Körper interpretieren läßt, das heißt als Einschreibung der Sterblichkeit in *den* Körper, dem die Religion zugleich die Verkündung der Schrift anvertraut.[15] Der unsichtbare Gott der hebräischen Bibel offenbart sich einzig durch die Schrift, aber die hebräische Schrift und die mit ihr einhergehende religiöse Vorstellungswelt sind so beschaffen, daß der Gläubige kaum auf den Gedanken kommen kann, durch Vergeistigung und Entleibung die Vollständigkeit Gottes zu erringen.

Anders die Rolle der Schrift im Abendland. In dem Maße, in dem sich die christliche Gesellschaft zu einer »vollen Schriftkultur« entwickelte (und Europa wurde mit der Erfindung der Druckerpresse zu einer »vollen Schriftkultur«), hielt eine neue Religion der Sichtbarkeit ihren Einzug, die zugleich den Untergang der Heilsbotschaft der Schrift beinhaltete.[16]

15 Auch die Ritualgesetze, die sich auf den weiblichen Körper beziehen – etwa im Zusammenhang mit Menstruation und Geburt –, sind keineswegs nur als ein Sinnbild für die Herabsetzung des weiblichen Geschlechts zu deuten (wie das heute, gerade von feministischer Seite, oft geschieht). Vielmehr sind sie als Ausdruck der rituellen Zuordnung zu dem *einen* Geschlecht zu verstehen. Frauen können versucht sein, in ihrer Gebärfähigkeit, Männer in der Überbewertung ihrer Geistigkeit die Grundlage für ein Phantasma der Vollständigkeit zu suchen. Die Ritualgesetze – beim Mann die Beschneidung, bei der Frau die Reinheitsgesetze – betonen jedoch die Geschlechterdifferenz auf symbolischer Ebene und stärken somit auch das Bewußtsein der eigenen Unvollständigkeit und Sterblichkeit.

16 Auch die Musik, die sich als besonders resistent gegen die Dominanz des Auges erwies, geriet im 19. Jahrhundert, als die Photographie geboren wurde, in den Bann der Bildlichkeit. So bezeichnete NIETZSCHE die Musik RICHARD WAGNERS als die »Überwindung des Begriffs ›Literatur‹« (vgl. FRIEDRICH NIETZSCHE, Sämtliche Werke, Kritische Studienausgabe, München/Berlin/New York [Deutscher Taschenbuch Verlag/de Gruyter] 1980, Bd. 7, S. 509) und sah in ihr die »Erlösung vom Buch« (ebd., Bd. 6, S. 326) – eine Erlösungshoffnung, in der er sich freilich später enttäuscht sah. (NIETZSCHE 1888: »Typisches

Die Kritik an der Schrift setzt schon in der frühen Neuzeit ein. Sie verstärkt sich im Laufe der folgenden Jahrhunderte und führt um 1800, also praktisch zeitgleich mit der Einführung der Schulpflicht und der allgemeinen Alphabetisierung, zu einer regelrechten Schriftlichkeitsdebatte, deren Einzelheiten ich hier nicht weiter ausführen kann. *Bemerkenswert* an den unterschiedlichen Schriftkritiken ist die immer wiederholte Gleichsetzung der geschriebenen Sprache mit dem Tod, mit Zersetzung und Unheil. Daß heißt, mit der allmählichen Durchsetzung der vollen Schriftkultur im christlichen (und säkular-christlichen) Abendland vollzieht sich ein Paradigmenwechsel, bei dem die Schrift, die am Ursprung eines Phantasmas von *Unversehrtheit* stand, für die Verletzlichkeit des Menschen zunehmend *verantwortlich* gemacht wird. Diese Vorstellung wirkt sich auch auf den politischen Diskurs aus. So klagt Anfang des 19. Jahrhunderts der Staats- und Gesellschaftstheoretiker ADAM MÜLLER, daß die schriftliche Kommunikation die Entstehung einer nationalen Gemeinschaft, die durch Einheit und Einheitlichkeit gekennzeichnet sei, verhindere. Die »gegenwärtige Gesellschaft« sei »zersplittert in sich selbst«, und das sei der Schrift zu verdanken, deren »Charakterlosigkeit« darin läge, Abwesenheit und Mangel zu verkörpern.[17] Die Diffamierung der Schrift wird gegen Ende des 19. Jahrhunderts mit der Entstehung des Schimpfworts »Intellektueller« ihren Höhepunkt erreichen – vor allem in Deutschland, wo der Begriff »Intellektueller« *in allen politischen Lagern*[18] Kon-

Telegramm aus Bayreuth: *bereits bereut.*« Ebd., Bd. 6, S. 44). NIETZSCHES Gedanken weiterführend, betrachtet NORBERT BOLZ das Gesamtkunstwerk WAGNERS als die »erste technische Implementierung des in Traum und Rausch medienproduzierenden Körpers«. (NORBERT BOLZ (1990): Theorie der Neuen Medien. München [Raben], S. 29).

17 ADAM MÜLLER (1983): Zwölf Reden über die Beredsamkeit und deren Verfall in Deutschland, hg. v. JÜRGEN WILKE, Stuttgart, S. 31.

18 Die Geschichte des Begriffs »Intellektueller« beginnt 1895 mit der Dreyfus-Affäre und nimmt in Frankreich und Deutschland einen sehr unterschiedlichen Verlauf. Vgl. DIETZ BERING (1978): Die Intellektuellen. Geschichte eines Schimpfwortes. Stuttgart/Berlin/Wien (Klett-Cotta/Ullstein) 1978/1982.

notationen annimmt, die ihn zur Gefahr für die »Einheit« (des Volkes, der Rasse oder der Klasse) stempeln: *disziplinlos* zum Beispiel oder *wankelmütig, heimatlos, charakterlos, identitätslos, blutleer, steril,* und schließlich sogar *krankhaft* und *zersetzend.*[19]

Das heißt, *der* »Intellektuelle« – Verkörperung der Schrift und des »unsterblichen Geistes« – wurde zum »versehrten Menschen« und zum Träger von Versehrtheit erklärt. Es wurde ihm mit der Moderne jene Weiblichkeit zugeschrieben, die im Schriftdenken des Abendlandes mit dem Mangel und der Sterblichkeit gleichgesetzt worden war. Gegen Ende des 19. Jahrhunderts vollzieht sich also ein Paradigmenwechsel: »Geist« und »Männlichkeit« sind nicht mehr identisch; und der »entleibte Geist«, der einst Unsterblichkeit verhieß, wird mit der Konnotation des Mangels und der Versehrtheit behaftet.

Parallel zu diesem Paradigmenwechsel setzt sich aber ein neues Phantasma der Unverletzlichkeit durch, das sich ebenfalls in den Geschlechterrollen widerspiegelt. Dieses Phantasma hängt engstens mit der Entstehung der technischen Sehgeräte und Bilder zusammen. Es ließe sich an den neuen elektronischen Medien darstellen; seine *Grundstruktur* tritt aber schon in den »klassischen« Bildträgern Film und Photographie zutage. Ich werde seine Struktur deshalb auch an Theoriebildungen aus diesen beiden Medienbereichen darzustellen versuchen, wobei es zugegebenermaßen schwer zu entscheiden ist, ob eine Theorie das Phantasma analysiert oder überhaupt erst produziert.

19 Zu den sexuellen Implikationen dieser Umschreibungen des »Intellektuellen« vgl. Christina von Braun: Der Mythos der »Unversehrtheit« in der Moderne. Zur Geschichte des Begriffs »die Intellektuellen«. In: Rudolf Maresch (Hg.) (1993), Zukunft oder Ende. Standpunkt, Analysen, Entwürfe. München (Klaus Boer).

Eine grundlegende Theorie über die Photographie, die in verschiedenen Varianten auftaucht, besagt, daß das Auge des Betrachters immer ein »herrschendes« sei. Seine »Aktivität« und »Wirklichkeitsmacht« äußere sich in zwei Hinsichten: Auf der einen Seite nehme es den anderen in sich auf. Es verschlinge ihn »mit Haut und Haaren«, um sich seiner zu bemächtigen – eine Form von optischer Aneignung, auf die schon OTTO FENICHEL in seinem Aufsatz von 1935 *Schautrieb und Identifizierung* hingewiesen hat: »das gesehene Objekt fressen, ihm ähnlich werden (es nachahmen müssen), oder umgekehrt es zwingen, einem selbst ähnlich zu werden.«[20] Das »gefräßige Auge«[21] findet also gleichsam durch die visuelle Einverleibung des anderen seine »Unversehrtheit« oder »Vollständigkeit« – eine Erlösungsmetapher, bei der sich eine Verlagerung der christlichen Eucharistie auf die Augen zu vollziehen scheint: Ißt der Christ den Leib des Herrn, um das Ewige Leben zu erringen, so verschafft sich der säkulare Christ die Unsterblichkeit, indem er sich den anderen *mit den Augen* einverleibt. (Einige der medientheoretischen Debatten über die »virtuellen Realitäten« weisen übrigens eine bemerkenswerte Ähnlichkeit mit den kirchlichen Disputationen über die Lehre der »Transsubstantiation« auf.)

Das photographische Auge bemächtigt sich des anderen auch, indem es dessen Zeit zum Stillstand bringt. (Eben deshalb verbieten einige Kulturen das Abbilden von Menschen, für die Leben identisch ist mit fortlaufender Zeit.) ROLAND BARTHES erscheint deshalb das Photographiert-Werden wie »im kleinen das Ereignis des Todes. (...) Wenn

20 OTTO FENICHEL (1972): Psychoanalyse und Gesellschaft. Frankfurt a.M. (Fischer), S. 149.

21 GERT MATTENKLOTT (1982): Das gefräßige Auge oder: Ikonophagie. In: DERS., Der übersinnliche Leib. Beiträge zur Metaphysik des Körpers. Reinbek b. Hamburg (Rowohlt), S. 78-102.

ich mich auf dem aus der Operation hervorgegangenen Gebilde erblicke, so sehe ich, daß ich *ganz und gar* Bild geworden bin, das heißt der *Tod* in Person.«[22]

Zugleich vermittelt die Photographie dem Photographierenden die Vorstellungen einer Herrschaft über den Verfall, vergleichbar der Dorian Gray-Parabel von OSCAR WILDE, die nicht durch Zufall in dieser Epoche entstand. So phantasmiert sich das photographische Auge auch als *Erzeuger* des oder der anderen: ein Phantasma, das den »selbstgeschaffenen anderen« des kollektiven Imaginären widerspiegelt. Auf der Photoplatte oder dem Zelluloidstreifen »schenkt es dem anderen die Unsterblichkeit und macht ihn (für immer) reproduzierbar«.

Natürlich entstand die Phantasie einer zeugenden Macht des Blicks schon lange vor der Geburt der Photographie, im perspektivischen Blick der Renaissance, der eine Neuordnung der Welt aus der Sicht des allmächtigen Subjekts herstellt, zeigt sie bereits ihre Wirkungsmacht, aber die Verlagerung von Phantasie zu Phantasma vollzieht sich erst mit der Entstehung der technischen Bilder. Die Auswirkungen dieser zeugenden Macht des Blicks auf die Geschlechterrollen spiegelt sich im Wandel des Begriffs der »Scham« wider, ein Begriff, der engstens sowohl mit Sehen wie mit der Geschlechterordnung zusammenhängt.

Ursprünglich bezeichnet das Wort »Scham« die sichtbaren Geschlechtsmerkmale beider Geschlechter. Das Gefühl der Scham leitete sich vom Bedürfnis ab, die sichtbaren Geschlechtsmerkmale »unsichtbar« werden zu lassen – hinter Kleidungsstücken oder durch eine Körpersprache, die Zurückhaltung signalisiert. Schon ab der Renaissance wird Sehen zunehmend mit »Unzucht« gleichgesetzt.[23] Das *Erblicken* der weiblichen Scham versetzte den Mann angeblich in einen Zustand der Ohnmacht – ein Bild, in dem sich die

22 ROLAND BARTHES (1985): Die helle Kammer. Bemerkungen zur Photographie, übers. v. Dietrich Leube. Frankfurt a.M. (Suhrkamp), S. 22f.

23 Vgl. THOMAS KLEINSPEHN (1989): Der flüchtige Blick. Sehen und Identität in der Kultur der Neuzeit. Reinbek b. Hamburg (Rowohlt), S. 109.

frühere Vorstellung vom »bösen Blick« der Frau oder dem tödlichen Blick der Medusa umzukehren scheint.[24]

In der zweiten Hälfte des 18. Jahrhunderts, also mit der allgemeinen Verbreitung der Schriftkritik und dem Übergang zum »Glauben ans Sichtbare«, nimmt die »Scham« jedoch eine neue Bedeutung an, die auf einen Wandel des Blicks im Geschlechterverhältnis verweist. Der Wandel zeigt sich besonders deutlich bei JEAN-JACQUES ROUSSEAU, der in seinem Erziehungsroman *Emile* die Schamesröte zu einem Zeichen von Weiblichkeit und dem einzig zulässigen Symptom weiblichen Begehrens erklärt.[25] Für ROUSSEAU, dem an der Frau nichts anziehender erscheint als eben diese Scham, tritt in gewisser Weise das *sichtbare Erröten* der Frau an die Stelle ihrer *sichtbaren Geschlechtsmerkmale.*

Das Erröten der Frau, so ROUSSEAU, wird aber erst durch die »eindringlichen« Blicke des Mannes erzeugt. Hatte sich also schon in den vorhergehenden Jahrhunderten ein »normativer Blick auf die Frau« durchgesetzt, der »ihren Körper im Kern als eine Inszenierung männlicher Phantasien erscheinen«[26] ließ, so führt ROUSSEAU diese Phantasie weiter:

24 Zum »bösen Blick« vgl. KLEINSPEHN (s. Anm. 23), S. 42f. Waren es zunächst die Frauen, denen unterstellt wurde, mit ihren Blicken zu töten, so verlagert sich mit der Renaissance diese Machtphantasie auf den Blick des Mannes. Mit den technischen Sehgeräten, die die Unmöglichkeit eines Blicks zurück einführen, geht diese Phantasie in den Bereich des »Realen« – oder Phantasmatischen – über. Dabei vollzieht sich auch ein anderer Paradigmenwechsel: Hinter der Vorstellung vom tödlichen Blick oder Anblick der Frau steht die Angst vor der Ohnmacht, die das Wahrnehmen der Geschlechterdifferenz beinhaltet; die Photographie hingegen vermittelt die Vorstellung einer (männlichen) *Herrschaft* über Leben und Tod.

25 Emiles und Sophies Verlobung vollzieht sich nach folgendem Muster: »Kaum hat sie ihn geküßt, als der entzückte Vater in die Hände klatscht und *noch einmal, noch einmal* ruft, und Sophie, ohne sich bitten zu lassen, ihm sofort zwei Küsse auf die andere Wange gibt; aber fast im gleichen Augenblick flieht sie in die Arme ihrer Mutter und birgt ihr von Schamröte entflammtes Gesicht an diesem mütterlichen Busen, erschreckt über alles, was sie getan hat.« (JEAN-JACQUES ROUSSEAU: Emile oder Über die Erziehung [1762]. Aus dem Französischen v. Elenore Sckommodau, hg. v. MARTIN RANG, Stuttgart [Reclam] 1980, S. 880f).

26 THOMAS KLEINSPEHN (s. Anm. 23), S. 123.

Bei ihm offenbart sich eine Interpretation des Blicks, die den Mann dazu befähigt, mit seinen Augen die weibliche Scham, und damit ihre sichtbare Geschlechtlichkeit, *zu erzeugen.*[27]

Parallel zu diesem Wandel des Begriffs der »weiblichen Scham« vollzieht sich ein Wandel in der Vorstellung von der *männlichen* Scham, die sich nun ebenfalls von den sichtbaren Geschlechtsmerkmalen fort und hin zum Blick verlagert. Für den Mann besteht, laut ROUSSEAU, die »Scham« darin, *beim Sehen ertappt* zu werden. In seinen *Bekenntnissen* beschreibt er seine Verehrung für eine junge Frau, an der er »mit gierigen Augen alles verschlang, was er unbemerkt sehen konnte«. Er folgt ihr heimlich in ihr Zimmer, wo er entdeckt wird. »Tief beschämt« sinkt er auf die Knie. Dieses Schamgefühl hindert ihn jedoch nicht daran, den Moment in lustvoller Erinnerung zu behalten: »Vielleicht«, so schreibt er, »hat sich gerade darum das Bild dieser liebenswürdigen Frau meinem Herzen so reizvoll eingeprägt.«[28]

Kurz: Der Wandel der »Scham« – und die unterschiedliche Zuschreibung des Begriffs an das männliche und an das weibliche Geschlecht – offenbaren, daß sich mit der Aufklärung eine von den Augen bestimmte Ordnung im Verhältnis der Geschlechter durchgesetzt hat: Eine Ordnung, bei der der Sexualakt durch das Sehen und Betrachtetwerden ersetzt zu werden scheint und gleichsam in der Erzeugung der Weiblichkeit – oder Andersheit – besteht.

Film

Solchen theoretischen Überlegungen über die Wirkungsweise der *Photographie,* in denen sich die »Herrschaft« des

27 Die sogenannten »Schwangerschaftsmerkmale« haben hohen Kurs in dieser Zeit (vgl. KLEINSPEHN, Anm. 23, S. 170f). Sie sind ein Zeichen dafür, daß der weibliche Körper als »durchsichtig« phantasiert wird; die Blicke dringen in ihn ein.

28 JEAN-JACQUES ROUSSEAU: Die Bekenntnisse (1782-89), München 1981, S. 77f.

Betrachters mit der Ohnmacht des oder der Betrachteten paart, stehen Theorien über den *Film* gegenüber, die in gewisser Weise genau das Gegenteil behaupten. Sie leiten sich zum Teil aus psychoanalytischen Erklärungsmustern ab, die im übrigen zeitgleich mit dem Film entstehen. Zur Darstellung dieser Theorien zitiere ich aus HANS-THIES LEHMANNS Aufsatz *Das Kino und das Imaginäre*, in dem er folgendes über die Ich-Erfahrung des Betrachters im Kino schreibt:

»Der Zuschauer, dessen Blick in den imaginären Raum fällt, verfällt dem Geschehen. In einer faszinierenden, Lust und Angst mischenden Bewegung erfährt der Blick in Travelling, Zoom oder Schnitt passiv ohnmächtig und lustvoll diesen Raum. Die Kamera, das Instrument, das beherrscht und gesteuert wird, kann der Zuschauer kaum vom eigenen Blick unterscheiden. Die Herrschaft, die ein anderer ausübt (der Regisseur, der Kameramann) wird als eigene erfahren, das technische Gerät wird zur Realfigur des menschlichen Blicks. Man kann das wesentliche Kennzeichen jener Wunschbefriedigung, die das Filmbild vorspie(ge)lt, in einer *ambivalenten Allmachtserfahrung* erblicken. Hier liegt jedoch zugleich das Kernproblem des Kinos, denn der Allmachtstraum ist potentiell aggressiv, da er die ihm widersprechenden Realitäten fortwährend unterdrücken und ausschließen muß. Das Phantasma der Allmacht ist kindlicher Kompensation radikaler Ohnmacht entsprungen, und das Subjekt neigt dazu, zwanghaft zu verleugnen, was an Abhängigkeit erinnert, an einen Bruch im Ich, an jede Form von Spaltung, an alles, was in uns Schwäche ist, ohnmächtige Ausgeliefertheit, kurzum: an Tod.«[29]

Das Kino ist also zugleich Ort der Allmachts- *und* der Ohnmachtserfahrung: Dabei paare sich das Gefühl von Herrschaft, das durch die Identifizierung mit dem Blick der Kamera entsteht, mit einem Gefühl von Ohnmacht, weil der Blick der Kamera von einem *Anderen* bestimmt wird. In ihrem Aufsatz *Schaulust und masochistische Ästhetik* führt die amerikanische Filmtheoretikerin GAYLYN STUDLAR diesen Gedanken weiter, sagt aber, daß die Erfahrung der Passivität keineswegs verleugnet werde. Im Gegenteil: Das Lusterleb-

29 HANS-THIES LEHMANN (1990): Das Kino und das Imaginäre. In: Kino und Couch. Zum Verhältnis von Psychoanalyse und Film, Arnoldshainer Filmgespräche, Bd. 7. Frankfurt a.M., S. 78.

nis im Kino bestehe gerade darin, daß der Zuschauer und die Zuschauerin die Möglichkeit haben, Macht *und* Ohnmacht zu erfahren. Diese Möglichkeit werde ihnen nicht nur durch die Identifizierung mit dem Kamerablick eröffnet, sondern auch durch die freie Wahl der Identifizierung mit den männlichen *und* den weiblichen Rollen. Tatsächlich sei die »aktiv-allmächtige« Rolle keineswegs immer an die männliche Hauptfigur gebunden, ebensowenig wie die passiv-ohnmächtige an die weibliche. STUDLAR führt als Beispiel die klassischen Filme von JOSEF VON STERNBERG an, in denen Marlene Dietrich den »aktiven Blick«, ihre männlichen Partner aber das Muster der Passivität verkörpern. Die Attraktivität dieser Filme – und des Mythos um Marlene Dietrich –, so sagt sie, bestand in eben diesem Undeutlichwerden der geschlechtlichen Muster und der Möglichkeit, die sie Männern wie Frauen boten, beliebig in die Rolle des einen oder des anderen Geschlechts hineinzuschlüpfen.[30]

Laut dieser Filmtheorie besteht die Anziehungskraft des bewegten Bildes also darin, in der Ohnmacht selbst die Allmacht zu verspüren und dabei die Grenze zu überschreiten, die die symbolische Ordnung zwischen den Geschlechtern gezogen hat. Nun hat die symbolische Ordnung der Schrift dem einen Geschlecht aber die Rolle zugewiesen, »verschieden« zu sein (in jedem Sinne des Wortes: anders und verstorben). Sich freiwillig in die Rolle der Ohnmacht oder des Betrachtetwerdens, kurz: der Weiblichkeit, zu versetzen, hieße demnach: sich der Erkenntnis der eigenen Sterblichkeit auszusetzen. Diese Theoriebildung impliziert also, daß die Zuschauer im Kino genau den Mangel erfahren, den der photographische Blick zu überwinden vorgibt.

Aus der Perspektive des *Ich-Bildes* gesehen, widersprechen sich die beiden Theoriebildungen allerdings keineswegs so sehr, wie das auf den ersten Blick erscheinen mag. Denn wenn das Subjekt beliebig zwischen der Identifizierung mit dem Mann oder der Frau, zwischen der Erfahrung

30 GAYLYN STUDLAR (1985): Schaulust und Masochistische Ästhetik. Aus dem Amerikanischen v. Annette Brauerhoch. In: Frauen und Film, Heft 39, Frankfurt a.M./Basel, S. 15-35.

der »Unversehrtheit« und der des »Mangels« *wählen* kann, so stehen dahinter nur unterschiedliche Phantasmen von »Vollständigkeit«: Vermittelt die Photographie das Phantasma einer Allmacht über die Auslöschung und Erzeugung des *anderen*, so offenbart sich hier eine Vorstellung von »Vollständigkeit«, die dem Ich alle *Seins*möglichkeiten zugesteht: die Möglichkeit, Subjekt *und* Objekt, Ich *und* Du, Leben *und* Tod, Mann *und* Frau zu sein.

Virtuelle Versehrtheit

Mit dem *filmischen* Vollständigkeitsphantasma eröffnet sich eine zusätzliche Perspektive auf die neue Heilsbotschaft: Wenn sich das Subjekt im Kino beliebig mit der Ohnmacht identifizieren kann, so doch nur deshalb, weil es diese Erfahrung nicht als reale Gefährdung, sondern als Fiktion wahrnimmt. Das heißt, die Berührung mit der Angst und die Erfahrung der eigenen Sterblichkeit gehen mit der beruhigenden Gewißheit einher, daß »das alles gar nicht wahr ist«.[31] Der Mensch der modernen Medien kann sich im Kino – und erst recht in den seine Wahrnehmung noch tiefer einschließenden Welten des *cyber-space* – als Opfer oder als Täter, als »untergehend« oder als »auferstehend« phantasmieren. Die Tatsache, daß es sich um ein »Medium« handelt, erlaubt es ihm, solche Gefühle ohne Schuld und ohne tiefgehende Bedrohung zu erfahren: Die eigene Verletzlichkeit (und die der anderen) werden zu einem Nervenkitzel, zu einer lustvollen »Selbstentzweiung«.[32] Um die religiöse Di-

31 «Die Welt selbst«, so schreibt Niklas Luhmann, »wird in den Nachrichten nur als Kontingenz aktuell, und zwar als eine dreifache Negation: als Bewußtsein, daß die übermittelten Ereignissen gar nicht hätten passieren müssen; und als Bewußtsein, daß sie gar nicht hätten mitgeteilt werden müssen; und als Bewußtsein, daß man gar nicht hinhören braucht und es gelegentlich, zum Beispiel in den Ferien, auch nicht tut« (Niklas Luhmann (1972): Soziologische Aufklärung. Opladen, Bd. III, S. 315).

32 Nietzsche hat den Zustand des Bayreuth-Pilgers als »wunderbare Selbstentzweiung« umschrieben. Norbert Bolz, der in Richard Wagner den eigentlichen Erfinder dieses medialen Erlebnisses sieht,

mension dieser Erfahrung deutlich zu machen, könnte man auch sagen: Die Psyche tritt zu einem transzendenten Erlebnis an, bei dem sie die eigene Zerstörung und Erneuerung durchläuft. Sie macht die dionysische Erfahrung der Zerstückelung und *kommt dennoch ungeschoren davon*. Daß es sich wirklich um ein »religiöses« Phantasma handelt, zeigen Visionen wie die des Bewußtseinsforschers STANISLAV GROF. GROF sieht in den durch die Elektronik ermöglichten »virtuellen Realitäten« die revolutionäre Möglichkeit, mit technischen Mitteln den »anderen Bewußtseinszustand« zu erlangen. Im Gegensatz zu anderen Kulturen habe das christliche Abendland der Erfahrung der Mystiker oder Esoteriker immer eine große Skepsis oder gar Ängstlichkeit entgegengebracht. Dank der neuen Medien könne nun aber auch der abendländische Mensch zum Mystiker werden.[33] Mit anderen Worten: Dank einer Technik, die er den Anstrengungen seines Bewußtseins (Berechnung, Planung) verdankt, kann der abendländische Mensch es nun fertigbringen, den Zustand des wachen Bewußtseins zu verlassen. Die in diesem Zustand erfahrene Verletzlichkeit wird also als technisch beherrschbar und damit letztlich auch als Zeichen der eigenen Allmacht begriffen.

Nun könnte man einwenden, daß sich der Einfluß der »neuen Medien« auf das Selbst- und Fremdbild des einzelnen vielleicht im Spielfilm oder in den »virtuellen Realitäten« der Elektronik zeigt, für die optische Darstellung der sozialen und politischen Wirklichkeit aber ohne Bedeutung bleibt. (Ich komme auf den Begriff der Wirklichkeit im folgenden noch zurück.) Tatsächlich überträgt sich aber die Wahrnehmungsweise, die im Spielfilm die Überschreitung

schreibt dazu: Das Individuum »inkarniert sich in anderen Leibern, schüttelt seine bürgerliche Vergangenheit, seine soziale Stellung ab; es genießt die ›wunderbare Selbstentzweiung‹ dessen, dem Zerstörung zum Luxus, Schmerz zur Lust und der Untergang zum Genuß ersten Ranges wird.« (NORBERT BOLZ: Theorie der Neuen Medien, s. Anm. 16, S. 36)

33 STANISLAV GROF (1992): Consciousness, Research and Electronic Media, Vortrag auf dem Symposion »Expedition 92«, München 10./11. Sept. 1992. Die Vorträge des Symposions erscheinen 1993 im Passagen Verlag Wien.

aller Grenzen erlaubt, auch auf den Dokumentarfilm, und hier zeigt sich die Bedeutung dieses Unversehrtheitsphantasmas vielleicht besonders deutlich. Auch im Dokumentarfilm werden die Abbildungen des Realen als »Bilder« wahrgenommen und damit auch ihres Bezugs zur Wirklichkeit enthoben. Das galt schon für die ersten Filmstreifen der Lumières, die Szenen aus dem Alltagsleben wiedergaben und eben deshalb ihr Publikum faszinierten: Nicht der gewohnte Anblick von Arbeiterinnen, die die Fabrik verlassen, fesselte die Menschen, sondern die Tatsache, daß dieser Vorgang »verewigt« und damit in ein Bild verwandelt worden war.[34] Das heißt, auch der Dokumentarfilm stellt beim Betrachter keineswegs das Phantasma der eigenen Unversehrtheit in Frage – im Gegenteil: er verstärkt noch das Gefühl, daß die Wirklichkeit nur eine »als-ob-Wirklichkeit« sei. Die Annäherung von Dokumentation und Spielfilm wird von vielen Regisseuren sogar bewußt vorangetrieben. Das zeigt der zunehmende Einsatz von Stilmitteln, die aus dem Dokumentarfilm übernommen sind (wie etwa die »unsicheren« Kamerabewegungen, die WOODY ALLAN wiederum in den Eingangseinstellungen seiner »Eheleute« gekonnt persifliert hat). Es zeigt sich aber etwa auch daran, daß STEVEN SPIELBERG insistierte, seinen Film am Originalschauplatz Auschwitz zu drehen. Die Präsenz des tatsächlichen Lagers verschuf seinem Film den »Mythos des Realen«, aber es ist schon jetzt der Tag absehbar, an dem dieser Ort des realen Grauens in der Erinnerung einiger Zuschauer zur Kulisse fiktiver Schreckerlebnisse geworden ist.

Daß sich mit den neuen Medien überhaupt ein Wandel der Wahrnehmungs- und Erinnerungsfähigkeit vollzieht, hat der Golfkrieg deutlich gezeigt. Es lag nicht nur an der Medienpolitik der amerikanischen Armee, daß sich vom Golf-Krieg eher die »simulierten Bilder« als die Dokumentaraufnahmen der Erinnerung eingeschrieben haben. Gewiß, es gab in diesem Krieg überhaupt sehr wenige Bilder

34 Vgl. auch SIEGFRIED ZIELINSKI (1989): Audiovisionen, Kino und Fernsehen als Zwischenspiele in der Geschichte. Reinbek b. Hamburg (Rowohlt), S. 78.

von den Zerstörungen und den Vernichtungen, die die Bombardements anrichteten. Aber allein die Bilder, die am 13. Februar 1991 vom zerbombten Zivilluftschutzbunker und den verkohlten Leichen gezeigt wurden, hätten genügen können, das Auge zu treffen – das innere Auge, das wahrnehmende, »mitleidende« Auge. Daß sich diese Bilder dem Gedächtnis *nicht* eingruben, zeigt die Untersuchung des Stuttgarter Soziologen FRANZ WILLICH: WILLICH führte im Frühsommer 1991 eine Befragung unter zwanzig Studenten durch, die während der sechs Kriegswochen mindestens 120 Stunden vor dem Fernseher verbracht hatten (wie hunderttausende von Menschen). Er stellte fest, daß sich alle ganz genau an den in der ersten Kriegswoche gezeigten Videofilm der Amerikaner erinnerten, der durch ein Fadenkreuz hindurch den Zielflug einer lasergesteuerten Bombe vorführt, die zentimetergenau ein ebenso abstraktes Ziel trifft. Keiner hingegen habe die Bilder von dem Luftschutzbunker in Bagdad erwähnt.[35] Ähnliches berichtete auch die US-Fernsehanstalt NBC acht Wochen nach Kriegsende, als die Bilder von den Kurden-Massakern um die Welt gingen:

> »Den meisten war das Grauen, das der Krieg unter der Zivilbevölkerung angerichtet hatte, irgendwie entfallen. Doch praktisch jeder konnte sich an die High-Tech-Videos der amerikanischen Waffenkunst erinnern.«[36]

Offenbar schreibt sich der Wahrnehmung – und damit auch der Erinnerung – eher das ein, was der *Bestätigung* der Unversehrtheitsphantasmen dient und nicht das, was diese in Frage stellt. Das bedeutet aber, daß die Erinnerung, der konstituierende Faktor unserer »Identitätsbildung«, nach

35 Zit. n. MICHAEL HALLER: Das Medium als Wille und als Vorstellung. In: DIE ZEIT, Nr. 27 v. 28.6.1991. (Ich bin übrigens der Überzeugung, daß sich diese Ergebnisse – soweit sich eine Differenz feststellen läßt – eher bei den Gegnern als bei den Befürwortern des Golfkrieges finden lassen: Der Pazifismus dieser Zeit offenbarte ein starkes Bedürfnis nach »Eindeutigkeit«, das wiederum diesen Rezeptionsmustern entspricht.)

36 Ebd.

Bildern sucht, die sich der Erinnerung von Realtiät, und damit auch der Konstitution eines Ich widersetzen.

Nun könnte man natürlich sagen: Wozu brauchen wir die Wirklichkeit, wenn es auch so schön ohne sie geht? Können wir nicht auch ohne die Wahrnehmung unserer Verletzlichkeit leben? Ohne eine Erinnerung auskommen, die die Traumata der Vergangenheit in Fiktionen verwandelt? Tatsache ist jedoch, daß die menschliche Verletzlichkeit die einzige unbestreitbare Gewißheit ist, über die wir überhaupt verfügen. So definiert VILÉM FLUSSER »Wirklichkeit« als das, »wogegen wir auf unserem Wege zum Tode stoßen«.[37] Auf diese Gewißheit verzichten, hieße auf den Eintritt in die symbolische Ordnung verzichten, auf dem nicht nur die Subjektwerdung, sondern auch jegliches Begehren und jegliche Form ethischen Verhaltens beruht: Nur wer seine eigene Verletzlichkeit kennt, wird Rücksicht auf die der anderen nehmen können.[38] Es geht also letztlich um die Gefahr eines Verlustes von Wirklichkeit, der durch die Aufhebung der Unterscheidung zwischen den Geschlechtern, zwischen dem Ich und dem Du, und schließlich zwischen Kollektiv und Individuum entsteht.

So stellt sich heute die Frage, ob und wie es möglich ist, daß sich ein Subjekt konstituiert, das seinen »Mangel« erträgt – namentlich die schwierig zu ertragende Tatsache, zwischen den individuellen Repräsentationen des Ichs und

37 VILÉM FLUSSER: Für eine Philosophie der Fotografie, s. Anm. 8, S. 77.

38 Ein Teil der neueren rechtsradikalen Gewalt scheint mir auf dem Bedürfnis zu beruhen, den Tod und die Verletzlichkeit »als Wirklichkeit« zu erfahren: als Wirklichkeit, die dem *anderen* zugefügt wird, versteht sich. Das erklärt vielleicht, warum sich diese Gewalt vor allem gegen die richtet, die eine reale existentielle Bedrohung in der Vergangenheit erfahren haben oder heute erfahren – die Juden in den nationalsozialistischen Vernichtungslagern, Asylsuchende heute: hier wird das, was FLUSSER als »Wirklichkeit« definiert hat, am ehesten greifbar; diese Bedrohung hat nichts mit »simulierter« oder »virtueller« Realität zu tun. Es bleibt sogar zu befürchten, daß ausgerechnet diese Bedrohung zu einer neuen Form von Antisemitismus nach Auschwitz führt – ein Judenhaß, der vom Neid auf die »Wirklichkeit« (im Sinne von Verletzlichkeit) jüdischer Existenz getragen wird.

den phantasmatischen Selbstbildern des kollektiven Imaginären unterscheiden zu müssen. Daß das Überleben eines solchen »unvollständigen« Subjekts keine Frage der individuellen Willensentscheidung sein kann, versteht sich von selbst. Wenn es sich dennoch konstituiert, so deshalb, weil die Bilder und damit auch die Heilsbotschaft des kollektiven Imaginären – ihrer Lesbarkeit zugeführt werden. Das bedeutet freilich nicht die Rückkehr zur Schrift oder die Verschriftlichung der Bilder (wie es die Medientheorie heute im Großen und Ganzen noch tut). Der Weg zurück in die Schriftlichkeit ist schon deshalb verschlossen, weil die Schriftkultur selbst am Ursprung der neuen Heilsbotschaft stand. »Die technischen Bilder«, so FLUSSER, sind nichts als »Abstraktionen dritten Grades (...): Sie abstrahieren aus Texten, die aus traditionellen Bildern abstrahieren, welche ihrerseits aus der konkreten Welt abstrahieren. Historisch sind traditionelle Bilder vorgeschichtlich und die technischen ›nachgeschichtlich‹ «.[39]

Aber dieses Paradoxon gibt auch Anlaß zur Zuversicht. Denn so wie der Prozeß einer allgemeinen Verbreitung des Schriftdenkens zugleich den Untergang des Mythos der Schrift mit sich brachte, also den Übergang zur »Verwirklichung der Utopie«, zur Beleibung der Schriftgesetze und damit zur Aufhebung der »reinen Abstraktion«, dürfte auch die neue »Religon des Sichtbaren« die Werkzeuge zur eigenen Dekonstruktion gleich mitliefern. Es ist übrigens ein Paradoxon, das der christlichen Religion überhaupt eigen ist: Keine andere Religion der Welt hat die Erkenntisse der Wissenschaft so erbittert bekämpft und keine andere soviele Wissenschafter und wissenschaftliche Neuerungen hervorgebracht wie diese. Daß sich auch die Heilsbotschaft der »neuen Medien« auf einem ähnlichen Weg befindet, darauf verweist schon die Medientheorie selbst, die sich auf einer permanenten Gratwanderung zwischen Mission und Entzifferung der neuen Heilslehre befindet und die mit der

39 VILÉM FLUSSER: Für eine Philosophie der Fotografie, s. Anm. 8, S. 13.

Verbreitung der technischen Bilder auf die Alphabetisierung des Blickes vorantreibt.

So bleibt die Frage nach der Form, in der sich die Dekonstruktion der visuellen Konstrukte durch die visuellen Medien vollziehen wird. Um nur einige denkbare Beispiele aus dem Bereich des Films zu nennen: MARGUERITE DURAS, die in ihren Filmen die »Wirklichkeit der Dinge über den Mangel« beschreibt, sagt (und so filmt sie auch):

»Man zeigt das Licht über das Fehlen von Licht, das Begehren über den Mangel an Begehren, die Liebe über das Fehlen von Liebe.«[40]

Bei ihr dient das Bild der Abwendung des Blicks vom Bild und der Hinwendung zu dem, was man vielleicht die »inneren Bilder« nennen könnte. Auf eine völlig andere Weise werden die Bilder in den Filmen von PETER GREENAWAY ihrer Lesbarkeit zugeführt: Hier erschlägt der Bilderreichtum den Zuschauer, wenn er sie nicht zugleich auf einer zweiten Ebene – einer philosophischen, politischen, kunstgeschichtlichen Ebene – »liest«, also gerade durch den Bilderreichtum zur Abstraktion gezwungen wird. Daß nicht nur das »intellektuelle« Kino einer DURAS oder eines GREENAWAY ein solches »Subjekt« zu konstituieren vermag, hat die Filmtheoretikerin TERESA DE LAURETIS am Beispiel der Hollywood *soap opera* »Voyager Now« gezeigt. Sie stellte dar, wie sich die Gespaltenheit der Hauptdarstellerin, die durch Distanzierung vom eigenen Ich ihre »Rettung« findet, in den Rezeptionsmustern des Zuschauers wiederholt.[41]

Interessanterweise, und das halte ich nicht für einen Zufall, deckt sich das Pseudonym der Hauptfigur des Films, Miss Beauchamp, mit dem Namen eines berühmten psychiatrischen Falls der Jahrhundertwende: Bei der Miss Beachamp aus den Psychiatrielehrbüchern handelte es sich um eine junge Frau, die an einer Ich-Spaltung litt. Bei ihrer

40 Aussage im Dokumentarfilm »Duras filme« v. JÉROME BEAUJOUR und JEAN MASCOLO über die Autorin und die Dreharbeiten zu ihrem Film »Agatha«.

41 Vortrag im Kulturwissenschaftlichen Institut, Essen, am 14.12.1992.

Behandlung trat eine dritte Ich-Figur zutage, die die Inszenierungen der beiden anderen Ichs beobachtete und durch diese Distanzierung das Ich vor dem Absturz in die psychotische Katastrophe bewahrte. Der Fall wurde zum klassischen Beispiel für den *borderline*:[42] Hätte es sich bei Miss Beauchamp um eine schizophrene Persönlichkeit gehandelt, so wäre kein drittes Ich, kein Beobachter zum Vorschein gekommen.

Um diesen Beobachter – oder diese Triangulation der Ich-Wahrnehmung – geht es aber in den Filmen und Kunstwerken, die die »Bilder ihrer Lesbarkeit zuführen«: »Genau dies ist ein Merkmal moderner Individualität«, so schreibt LUHMANN in seinem Aufsatz über *Wahrnehmung und Kommunikation an Hand von Kunstwerken,* »sich selbst als Beobachter beobachten zu können.«[43]

42 Vgl. MORTON PRINCE: The Dissociation of a Personality: A Biographical Study in Abnormal Psychology, New York, 1906 (deutsch: Die Spaltung der Persönlichkeit. Stuttgart 1932); s. a. CHRISTINA VON BRAUN: Nicht ich, s. Anm. 6, S. 32 u. 78.

43 NIKLAS LUHMANN: Wahrnehmung und Kommunikation an Hand von Kunstwerken. In: HARM LUX und PHILIP URSPRUNG (Hg.), Stillstand switsches. Ein Gedankenaustausch zur Gegenwartskunst. Shedhalle Zürich 8.-24.6.1991, S. 71.

Mark M.W. Richartz

Psychodynamische Überlegungen über Kreativität

Pablo Picasso: eine künstlerische Entwicklung ohne Latenzzeit

Ein proteusartiges Genie

»Alle Menschen haben das gleiche Potential an Energie. Der Durchschnittsmensch verschwendet die seine in einem Dutzend Kleinigkeiten. Ich verschwende die meine auf eine einzige Sache: meine Malerei. Alles andere wird ihr geopfert – du und jeder andere – einschließlich meiner selbst« (Gilot u. Lake 1980, S. 294).

Als dieser Meister des Energiehaushaltes, dessen große Stärke es also war, im Verhältnis zum Aufwand für seine schöpferische Arbeit, nur sehr wenig von sich selbst an die Gewohnheiten des Alltags zu verschwenden, am 8. April 1973 verstarb, hinterließ er nahezu 50.000 Werke mit einem damaligen, aus steuerlichen Gründen minimalisierten Schätzwert von 260 Milionen Dollar. Der Nachlaß gliederte sich wie folgt: 1.885 Gemälde, 1.228 Skulpturen, 2.880 Keramiken, 18.095 Radierungen, 6.112 Lithographien, 3.181 Linolschnitte, 7.089 Zeichnungen und zusätzlich noch 4.659 Zeichnungen und Skizzen in 149 Notizbüchern. Der Löwenanteil bestand im produktiven Surplus des späten Picasso etwa der letzten 20 Lebensjahre, der vom Kunsthandel nicht auf natürliche Weise absorbiert werden konnte und den wir vor einigen Jahren in den Retrospektiven über den späten Picasso zu sehen bekamen. Der restliche, aber ebenfalls auch quantitativ eindrucksvolle Teil des Nachlasses bestand aus Werken aus allen Epochen, die er primär für sich selbst zurückbehalten oder zuweilen noch nach Jahren über den Kunsthandel zurückgekauft hatte.

Fügt man zu der rein quantitativ kaum für möglich gehaltenen, erdrückenden Masse seiner Werke die formale Vielgestaltigkeit der von ihm meisterlich beherrschten und erweiterten künstlerischen Techniken, vergegenwärtigt man sich, daß diese Techniken, waren sie im Laufe seines Lebens einmal aufgegriffen, praktisch ständig beibehalten und mehr oder weniger simultan mit den anderen angewandt wurden, und macht man sich schließlich bewußt, daß es bei diesem Künstler bis heute nicht so recht möglich war, eine kontinuierliche Entwicklung von den frühen Jahren bis zum gereiften Alterswerk auszumachen, wächst das Rätsel, was ein Mensch wie Picasso mit seiner Lebensenergie alles bewirken konnte, noch um ein Vielfaches. Schon 1955 – Picasso wurde damals 74 Jahre alt – schrieb der Kunsthistoriker Wilhelm Boeck in seiner Monographie über Picasso, die auch heute noch als eine der ersten Oeuvre-Übersichten und Werkbeschreibungen zitiert wird:

»Die Biographen Picassos haben es wiederholt ausgesprochen – und er selbst hat ihnen gelegentlich recht gegeben –, daß in seiner Kunst keine Entwicklung zu beobachten sei. Das heißt nicht, wie bei manchen anderen Künstlern, daß er sich zeit seines Schaffens ziemlich gleichgeblieben sei. Bei Picasso bedeutet diese Feststellung vielmehr, daß man zwischen seinen außerordentlich verschiedenen Stilperioden keinen sinnvollen, aus einer persönlichen Mitte abzuleitenden Zusammenhang herstellen könne. Vor seinen Bildern kann tatsächlich der Eindruck entstehen, als seien hier viele verschiedene Künstler in einer Person vereinigt, während die Wirkung einer einheitlichen Persönlichkeit nicht zustande kommt. Dieser Auffassung widerspricht allerdings die kaum bestreitbare Tatsache, daß Picasso als Mensch das Bild einer sehr geschlossenen und ausgeprägten Persönlichkeit bietet, deren Äußerungen aus den verschiedensten Zeiten und bei den verschiedensten Anlässen durchaus zusammenstimmen« ... «Was auf der einen Seite das Verständnis des Werkes erschwert, seine scheinbar charakterlose Vielgestaltigkeit, ist andererseits ein Beweis für die beispiellose Begabung dieses Künstlers, der in der Lage ist, auf sämtlichen Instrumenten seiner Zeit gleich meisterhaft zu spielen« (Boeck 1955, S. 71).

Die Art, wie er *mit* der Natur arbeitet, sieht BOECK in der nicht objektiven, höchst personalen Beziehung zu ihr begründet, wobei die Kunst die »Vergegenständlichung einer Erregung« bezwecke, die sich von der natürlichen Gestalt des auslösenden Gegenstandes unabhängig mache (a.a.O., S. 72).

Der Kunsthistoriker führt uns mit diesen Betrachtungen in eine Welt der Phantasie, eine Welt eines zeitlosen Werdens, in dem die Gesetze der Logik und der linearen zeitlichen Abfolge außer Kraft zu sein scheinen, in der alles noch unbestimmt und in der Bewegung einer unendlichen Vielfalt von Transformationen zu sein scheint. Wir fühlen uns erinnert an SIGMUND FREUDS Beschreibung der Zeitlosigkeit, des simultanen Wirkens des Unbewußten mit seinen Primärprozessen (FREUD 1930), und an WINNICOTTS Beschreibung der kindlichen Welt der Übergangsobjekte und -funktionen, in der die Trennung zwischen Subjekt und Objekt noch nicht endgültig vollzogen ist und das Kind in einem »facilitating environment« noch die magischen Kräfte besitzt, die Welt selbst zu erzeugen, nach Belieben zu verwandeln, aber auch zu zerstören. Bei Picasso läßt sich zeigen, daß der kreative Prozeß nicht mit einem Sekundärprozeß identisch sein kann, in dem jene primärprozeßhaften Antriebe durch vielfache Verwandlungen und Ablenkungen aufgehoben bzw. verdrängt werden. Vielmehr gibt sich bei ihm der kreative Vorgang als ein ganz eigener Prozeß zu erkennen, in dem sich gerade das sonst Verdrängte Geltung gegen das herrschende Realitätsprinzip verschafft, es zugunsten einer magisch erneuerten Wirklichkeit sprengt. Es ist daher nicht verwunderlich, daß dem Geschehen psychotische Züge anhaften, ohne daß aber im klinischen Sinne von einer Psychose die Rede sein kann. Im Falle Picassos stoßen wir auf die unauflösbare Paradoxie eines Menschen, der in sich einerseits vielfältig gebrochen, zerspalten und zerrissen erscheint, aber andererseits in seiner Umgebung das Bild »einer sehr geschlossenen und ausgeprägten Persönlichkeit« mit einer unwiderstehlichen Ausstrahlung entstehen läßt. Es wundert uns nicht, daß seine Kreativität und seine Energie sich durch das Blut der anderen, vor allem seiner

Frauen erneuerten und in diesem Sinne die Fähigkeit zur Schaffung eines ›facilitating environment‹ mit Menschenopfern verbunden war, wobei man sich an die von Picasso immer wieder dargestellten mythischen Szenen vom Minotaurus, dem antiken Ahnherrn von Blaubart und Jack the Ripper, erinnert fühlt.

»Jedesmal, wenn ich eine neue Frau nehme, sollte ich ihre Vorgängerin verbrennen. Dann wäre ich sie los, es gäbe sie dann nicht mehr, und sie könnte mein Leben nicht mehr komplizieren. Vielleicht würde mir das auch meine Jugend zurückgeben. Man tötet die Frau und löscht damit die Vergangenheit aus, für die sie steht« (Gilot et al., a.a.O., S. 295).

Zur Gewinnung von pathographisch womöglich belangvollem Material möchte ich nun etwas ausführlicher auf einige markante Eigenarten im Verhalten dieses Künstlers eingehen. Die Reihenfolge, in der ich diese Auffälligkeiten in seinem Verhalten und seiner Person behandele, folgt den verschiedenen Stufen der Libido-Organisation und damit dem psychoanalytischen Modell der Persönlichkeitsentwicklung in umgekehrter Richtung.

Beispiel I: Genitale Sexualität inter urinas et faeces

Im April 1965 malte Picasso das Bild einer urinierenden Frau. Das vernichtende Urteil eines Schöngeistes über dieses Bild könnte etwa lauten: die häßliche Vergröberung eines senil werdenden Voyeurs, eine zynische Herabsetzung der Frau. Das Bild mit klassischen Bildthemen wie Botticellis »Geburt der Venus aus dem Meer« oder Rembrandts »Badender« in Zusammenhang bringen zu wollen, würde der von uns vorgestellte Schöngeist als weit hergeholt und anstößig empfinden. Wir sehen aber, daß Picassos »la pisseuse« eine deutliche Anspielung auf eben Rembrandts »Badende« ist. Auch Rembrandt hat sich wiederum in einer Radierung mit dem Thema einer urinierenden Frau auseinandergesetzt. Welcher seelische und situative Zusammenhang könnte nun hinter diesem Bildmotiv stehen? Wir wissen, daß Picasso sich im Herbst 1965 auch wegen eines

Prostatakarzinoms operieren lassen mußte. Das bedeutete damals wie teilweise noch heute eine transvesicale totale Prostataresection, wobei beide nervi pudendi durchgetrennt werden müssen. Daher bleiben diese Männer nach der Operation erektionsunfähig. Es ist überliefert – und wen wird es wundern –, daß Picasso die Operation und ihre Folgen als höchste Bedrohung seiner leiblich-sinnlichen Intaktheit und seinen offengeschnittenen Körper als den Leib eines von einem Stier aufgespießten Toreros erfahren hat. Seine Erektionsunfähigkeit aber erlebte er als schiere Katastrophe, als die größte Bedrohung seiner Vitalität, seiner Ausstrahlung und seiner Macht als Mann. In diesem Bild der urinierenden Frau von April 1965 kann eine neidvolle und ängstliche Antizipation seiner Kränkung als Mann gesehen werden, die er schließlich in einer ebenso egozentrischen wie grandiosen Weise verarbeitet, indem er den Mythos von der Geburt der Venus aus dem Genitale des von den Titanen entmannten Uranos aufgreift und in vielfältiger Weise variiert. Die Sexorgien kulminieren nun – während die eigene Sexualität rein biologisch einen genitalen Vollzug nicht mehr gestattet – in obsessiv hervorgebrachten voyeuristischen Szenen. Er selber fühlt sich auf die Rolle des hilflosen passiven Voyeurs, dem sich die weiblichen Schenkel vergeblich öffnen, festgenagelt. Man kann sich darüber streiten, ob die Bilder und Graphiken, die jetzt mit ihren vaginalen, analen und phallischen Details entstehen, eine Bestätigung oder Überwindung von FREUDS Feststellungen über die Häßlichkeit der menschlichen Genitalien sind.

»Die Genitalien selbst haben die Entwicklung der menschlichen Körperformen zur Schönheit nicht mitgemacht, sie sind tierisch geblieben, und so ist auch die Liebe im Grunde heute ebenso animalisch, wie sie es von jeher war« (FREUD 1912).

Nur die erzwungene passive Position erscheint hier relativ neu, während sich unverhüllte sexuelle Darstellungen im Werk Picassos bis in seine Kinderjahre zurückverfolgen lassen und ihm die Nähe zwischen Staffelei und Liebeslager immer eine selbstverständliche Voraussetzung seines künstlerischen Schaffens war. Die acht Jahre, die ihm seit der

Erschaffung des Gemäldes der urinierenden Frau genau noch zum Leben bleiben, scheinen in seinem Werk von einer haßerfüllten, narzißtischen Entwertung der Frau und des Lebens überhaupt, aber auch von einer Wiedergewinnung eines neuen, zuweilen fast zärtlichen Interesses am anderen als Anderem gekennzeichnet zu sein. Letzten Endes gewinnt aber die narzißtische Wut und der Ekel vor dem Verlust der eigenen Grandiosität und Intaktheit die Oberhand; der Tod triumphiert. Denn:

»Ein starker Egoismus schützt vor Erkrankung, aber endlich muß man beginnen zu lieben, um nicht krank zu werden, und muß erkranken, wenn man infolge von Versagung nicht lieben kann. Etwa nach dem Vorbild, wie sich H. Heine die Psychogenese der Weltschöpfung vorstellt:

›Krankheit ist wohl der letzte Grund
Des ganzen Schöpferdrangs gewesen;
Erschaffend konnte ich genesen,
Erschaffend wurde ich gesund‹«
(FREUD 1914).

Beispiel II: Ödipale und andere Rivalitäten

Mit seinem Malerkollegen George Braque verband ihn seit den frühen kubistischen Tagen eine Rivalität, die mit eigenartigen Ritualen und, von der Seite Picassos, mit höchst sensitiven Deutungen von allerlei Zeichen ausgetragen wurde. »Siehst du, Braque ist zuerst zu mir gekommen, er merkt, daß ich bedeutender bin als er« (GILOT, a.a.O., S. 122). Braque erhielt von Picasso den Spitznamen Madame Picasso. Noch als der über siebzigjährige Picasso unangemeldet in Paris bei seinem Freund vorbeischaute, wußte George Braque ganz genau, daß er Pablo nicht zu früh oder womöglich überhaupt nicht zum Essen einladen durfte, wollte er den Respekt des Freundes nicht verlieren. War hier trotz des lauernden Mißtrauens noch die Rede von gegenseitiger Wertschätzung, so war das Verhalten Picassos gegenüber dem liebenswürdigen Juan Gris, dem Miterfinder des synthetischen Kubismus, geradezu gekennzeichnet durch Eifersucht, Mißgunst, Verschlagenheit und Niedertracht. Fast wäre es Picasso während des Ersten Weltkrieges gelungen, ihn physisch zu vernichten, indem er eine Intrige einfädelte, die den armen Juan Gris um seinen letzten Vertrag mit einem Kunsthändler brachte. Als Juan Gris 1927, kaum 40-jährig, starb, gehörte Pablo Picasso zu den Ersten, die auf die Todesnachricht hin nach Boulogne eilten, um dort zur Entrüstung seiner eigenen Freunde in tiefer Trauer den Sarg des Frühverstorbenen zu Grabe zu tragen (Stassinopoulos Huffington 1988).

Rivalitäten, die er geradezu sadistisch als Höhepunkte seiner Selbstbestätigung genoß, äußerten sich in Situationen, bei denen sich jeweils zwei von seinen Geliebten buchstäblich in die Haare gerieten und sich seinetwegen rauften. Überhaupt fällt auf, daß er fast zeit seines ganzen erwachsenen Lebens über längere Perioden mit jeweils mindestens zwei Frauen gleichzeitig lebte. In der kritischen Periode der Lösung einer alten Liebe und der Entwicklung einer neuen Liaison kam es immer wieder zu dramatischen Auseinandersetzungen zwischen den Rivalinnen: Fernand Olivier und Marcelle Humbert (vor dem ersten Weltkrieg), Olga Picasso-Targovla und Marie-Thérèse Walter (ab 1927), Dora Maar und Marie-Thérèse Walter (Mitte der dreißiger Jahre), Françoise Gilot und Olga Picasso (ab 1945), Françoise Gilot und Jacqueline Roque (um 1953). Diese immer wieder in Szene gesetzten Rivalitäten dürften bei Pablo Picasso übrigens eher eine narzißtische als eine ödipale Wurzel und Funktion gehabt haben.

Beispiel III: Magische Ängste und anale Zauberei

Jean Cocteau nannte Picasso schon kurz nachdem er ihn während des Ersten Weltkrieges kennenlernte, den »König der Abfallsammler«. Zeit seines Lebens sammelte er Abfall aller Art von leeren Zigarettenschachteln bis Altmetallen verschiedenster Herkunft. Seit der Erfindung der Kollagetechnik durch Picasso, die sich zu einem Zeitpunkt vor dem Ersten Weltkrieg ergab, als er schon weltberühmt war, war er buchstäblich imstande, Abfall zu Gold oder Papiergeld zu assemblieren. Im Laufe seines Lebens führten ihn seine stete Kreativität und sein schon erwähnter Sammeltrieb dazu, seine Wohnungen, Ateliers, sogar ein Schloß derart vollzustopfen, daß darin noch zu wohnen fast unmöglich wurde. Diese Behausungen wurden dann abgeschlossen und versiegelt und noch zu Lebzeiten Picassos gleichsam zu orientalischen Toten- und Schatzkammern. All das wurde wesentlich gefördert durch die Verschiebung seiner Interessen, durch die Beendigung oder die Krise einer Beziehung. So wurde z.B. im Jahr 1942 die vornehme Fin-de-Siècle Wohnung mit dazugehörendem Atelier in der Rue la Boétie, in der er mit seiner Frau Olga gewohnt hatte, verschlossen. Das geschah in einer Weise, als würde, wie im Märchen von Dornröschen, dem Leben von einem Moment zum anderen Einhalt geboten, um für einige Jahre in eine mausoleumsartige Leblosigkeit zu verfallen. Als Picasso einige Jahre danach mit seiner damaligen neuen Gefährtin Françoise Gilot die Wohnung wieder öffnete, bot sich den beiden ein gespenstisches Bild, das FRANÇOISE GILOT wie folgt beschreibt (a.a.O., S. 130 f):

»Wir öffneten unter Schwierigkeiten eine Tür und befanden uns auf der Schwelle eines weiteren Zimmers, das, wie ich schätze, etwa vier Quadratmeter groß war. Es war unmöglich, dies genau festzustellen, weil es, mit Ausnahme einer kleinen freien Fläche zum Öffnen der Tür, vom Fußboden bis fast zur Decke vollgestopft war. Es war Pablos Lagerraum, in dem er alles aufbewahrte, was er behalten wollte. Doch weil Pablo niemals etwas weggeworfen hatte – sei es auch nur eine leere Streichholzschachtel oder ein kleines Aquarell von Seurat –, war die Menge an Dingen, die es enthielt, ungeheuerlich. Alte Zeitungen und Zeitschriften, Skizzenbücher mit Zeichnungen, Dutzende von Belegen der Bücher, die er illustriert hatte, bildeten eine kompakte Mauer, die fast bis zur Decke reichte. Ich hob einen Stoß Briefe auf und sah, daß sich darunter einige von Freunden wie Guillaume Apollinaire und Max Jacob befanden, aber auch ein Brief seiner Waschfrau, den er einmal amüsant gefunden hatte. Oben auf diesem Berg thronte eine entzückende italienische Marionette aus dem 17. Jahrhundert, ungefähr 1,30 Meter groß, die mit Drähten zusammengehalten wurde und als Harlekin gekleidet war. Dahinter sah ich hier und da Bilder, eingekeilt in den Stapel. Ich schaute in eine Kiste hinein. Sie war gefüllt mit Goldstücken ...«

In einer Periode, in der Françoise Gilot ihre beiden Kinder Claude und Paloma schon geboren hatte, wurde Picasso von einem eigenartigen Gemisch von Verarmungsängsten und von auf ihre beiden Kinder gerichteten Katastrophenerwartungen gepeinigt. Während er eine Auswahl seiner Arbeiten aus seinen früheren Perioden im Tresorraum einer Bank zu verwahren pflegte, zog er mit zwei Lederkoffern umher, die mit Banknoten im Wert von etwa 5 bis 6 Millionen Francs angefüllt waren. In bestimmten Abständen mußten die Koffer geöffnet werden, und es fand ein rituelles Zählen der Banknoten statt, das erst beendet werden konnte, wenn der Ritus ohne Störung abgewickelt war.

In dieser Zeit – Picasso war damals etwa 68 Jahre alt – wurde er zugleich von der Angst gepeinigt, seine beiden Kinder könnten in der Nacht aufhören zu atmen. Bei der Äußerung seiner Befürchtungen passierte ihm wiederholt eine merkwürdige Fehlleistung. Statt ›l'enfant‹ (Kind) sagte er immer wieder ›l'argent‹ (Geld). So sagte er z.B. »das Geld (l'argent) ist tot. Ich höre es nicht mehr atmen«. Françoise Gilot hatte zunächst keine Ahnung, wovon er sprach.

»Als ich sah, daß er wach war und nicht etwa träumte, fragte ich ihn, was er meine. ›Du weißt sehr gut, was ich meine. Ich meine das Kind‹, sagte er. Ich sagte, das sei die seltsamste Verwechslung, die ich je gehört habe. ›Du weißt nicht, wovon du sprichst‹, sagte er. ›Es ist das Natürlichste von der Welt. Das sagt sogar Freud. Schließlich ist das Kind der Besitz seiner Mutter. Geld ist eine andere Form von Besitz. Du verstehst nur nichts von solchen Dingen.‹ Ich wandte ein, ich könnte die Atemgeräusche sehr deutlich aus dem anderen Zimmer hören. ›Das ist der Wind‹, sagte er. ›Mein Geld ist tot. Geh du nachsehen‹ (Gilot et al., a.a.O., S.211 f).

Ein ganzes Kapitel könnte noch gefüllt werden mit all seinen abergläubischen Ängsten und Befürchtungen, die einen atavistischen Kontrast zu seinem Selbstbild und Anspruch eines Aufklärers, Agnostikers und Kommunisten bildeten. Jemand, der unerlaubt in den Besitz von Körperteilen von ihm gelangen würde, wie z.B. Haaren, Nägeln oder auch nur Kleidungsstücken, könne magische Kraft über ihn bekommen, bzw. seine Kräfte könnten von ihm auf den anderen übergehen. Als er einmal seinen Gärtner beim Tragen einer seiner alten Jacken erblickte, verfiel er akut in eine sinnlose Raserei:

»›Das geht zu weit‹, schrie er. ›Diesmal werde ich es sein, der in diesen häßlichen alten Mann verwandelt wird‹ (der Gärtner war übrigens zwanzig Jahre jünger als er). ›Das ist schrecklich, ungeheuerlich! Mir das anzutun! Wenn du so weiter machst, gehe ich auf der Stelle fort‹« (GILOT ET AL., a.a.O., S. 191).

Beispiel IV: Täglicher Zyklus zwischen Urverstimmung und kreativem Überschwang

FRANÇOISE GILOT und Picassos Jugendfreund und Sekretär JAIME SABARTÉS beschreiben das tägliche Ritual seines Erwachens und Aufstehens am späten Morgen. Das Ganze mutet an wie ein feudales Hofzeremoniell für das Wecken und Ankleiden eines königlichen Kindes. Es beginnt jeden Morgen mit einer ersten Phase lauten Klagens, wobei Picasso eine Fülle von unangenehmen Leibesempfindungen und hypochondrischen Ängsten äußert. Auch seine Malerei sieht er jetzt als ein sinnloses und vergebliches Unternehmen. Nach dem Erscheinen des Dienstmädchens und des Sekretärs ist seine Geliebte, FRANÇOISE GILOT, an der Reihe:

»›Aber nein‹, sagte ich. ›Du bist doch gar nicht so krank. Natürlich hast du ein bißchen mit dem Magen zu tun, aber das ist wirklich nichts Ernstliches. Und außerdem mag ich deinen Arzt ganz gern‹ ... ›Es dauerte meistens eine Stunde, bis alle Argumente, die ihm wieder Mut machen konnten, erschöpft waren – und ich auch. Dann begann er, sich in seinem Bett zu rekeln, ganz als wolle er nun seinen Frieden mit der Welt machen. ›Mag sein, daß du recht hast. Vielleicht ist alles nicht so schlimm, wie ich dachte. Aber *glaubst* du wirklich, was du sagst. Bist du ganz sicher?‹ ... Nach dem Essen war sein Weltschmerz ganz und gar vergessen: Von zwei Uhr an dachte er nur noch ans Malen, und bis auf eine kurze Pause für das Abendbrot gab es dann bis zwei Uhr früh nichts anderes mehr für ihn. Er war um diese Zeit frisch wie eine Rose. Nur – am nächsten Morgen fing alles wieder von vorn an« (GILOT ET AL., a.a.O., S. 134 f).

Was FRANÇOISE GILOT hier beschreibt, könnte man zusammenfassend als einen bipolaren Stimmungszyklus beurteilen, der sich täglich rund um die Uhr erneuert: heftige Verstimmung und Überdruß am Morgen, allmähliche Stimmungsaufhellung durch das Ritual einer liebevollen mütterlichen Ermunterung, daraufhin bricht der Überschwang sich in der Einheit von leiblichem Wohlgefühl und grenzenlosem Tatendurst Bahn.

Beispiel V: Zwischen Allmacht, narzißtischer Wut und Abulie

»Als ich ein Kind war, hatte ich oft einen Traum, der mich sehr ängstigte. Ich träumte, daß meine Arme und Beine ins Riesenhafte wuchsen und gleich darauf zu zwergenhaften Ausmaßen zusammenschrumpften. Und um mich herum sah ich im Traum andere Menschen, die die gleichen Wandlungen durchmachten, einmal riesengroß, dann wieder winzig klein werden. Dieser Traum quälte mich jedesmal sehr« (Äußerung Picassos, wiedergegeben nach GILOT ET AL., a.a.O., S. 99 f).

»Als ich noch ein Kind war, sagte meine Mutter zu mir: ›Wenn du Soldat wirst, wirst du General werden. Wenn du Mönch wirst, wirst du schließlich Papst werden‹. Statt dessen habe ich es als Maler versucht und bin Picasso geworden« (Äußerung Picassos, wiedergegeben nach GILOT ET AL., a.a.O., S. 45).

1923 besuchte die Mutter Picassos, Doña Maria ihren Sohn und seine Familie in Antibes, wo sie den Sommer verbrachten. Dabei ergab sich ein Gespräch zwischen Gertrude Stein und Doña Maria über den jetzt bald 42jährigen Pablo:

»Gertrude erzählte, wie sie Picasso kennengelernt hatte: ›Er sah damals wunderschön aus. Er strahlte so, daß man meinen konnte, er trage einen Heiligenschein.‹ Worauf Doña Maria erwiderte: ›Das mag schon sein, daß er damals wunderschön war. Aber Sie hätten ihn damals als kleinen Jungen sehen sollen!‹ Picasso schaltete sich in das Gespräch ein und fragte, was sie *jetzt* über ihn dächten. Sie antworteten ihm übereinstimmend, dass seine Schönheit verblüht sei. Seine Mutter meinte aber, dass er sehr lieb sei und ein idealer Sohn. Damit mußte er sich zufrieden geben« (STASSINOPOULOS HUFFINGTON 1980, a.a.O., S. 187).

Gleichzeitig mit dem Gefühl der Einmaligkeit und Grandiosität, mit dem er sich selber als den Anstifter seiner Realität ausleben konnte, bestand bei Picasso eine eigenartige »Willensschwäche« (GILOT). Ortsveränderungen und Reisen waren ihm im Grunde zuwider, ängstigten ihn sogar. Hatte er sich vorgenommen, z.B. nun doch von Paris nach Süd-Frankreich zu reisen, konnte ihn dieses Vorhaben in eine mehrere Tage anhaltende Verstimmung versetzen. In zermürbenden nächtlichen Unterhaltungen mit seiner Partnerin versuchte er, diese davon zu überzeugen, daß eigentlich nicht *er*, sondern *sie* es sei, die zu verreisen wünsche. Erst nachdem seine Partnerin, zermürbt von den Auseinandersetzungen, bereit war zu erklären, daß sie den Willen habe, nach Süd-Frankreich zu reisen, konnte er sich beruhigen und die Reise als eine nun von ihm passiv erlittene Angelegenheit auch gut gestimmt antreten. Ähnliche Ich-Diffusionen und projektive Identifikationen kommen auch in den Kommentaren zum Ausdruck, die er anläßlich der Porträts, die er 1921/22 von seinem Sohn Paolo malte, formulierte:

»Dieses Kind bin ich selbst. Der, den Sie hier vor sich sehen, bin ich längst nicht mehr. Ich bin schon ein Anderer. Ich bin woanders. Ich verändere mich ständig...« (Äußerung Picassos, zitiert nach A. STASSINOPOULOS HUFFINGTON, a.a.O., S. 184).

Eine solche, übrigens keineswegs erschöpfende Zusammenstellung von Verhaltenseigenarten und Erlebnisweisen, die die Persönlichkeit dieses Künstlers charakterisieren können, wie ich sie hier in der umgekehrten Richtung der Libido-Entwicklung zu skizzieren versucht habe, kann meines Erachtens für eine tiefere Einsicht in die psychogenetischen Aspekte seiner Begabung und seiner kreativen Motivationen förderlich sein. Nach Françoise Gilot brachte es Picasso selber auf den Punkt mit der Formulierung (a.a.O., S. 221):

»Malerei ist kein ästhetisches Unterfangen, sie ist eine Form der Magie, dazu bestimmt, Mittler zwischen jener fremden feindlichen Welt und uns zu sein. Sie ist ein Weg, die Macht an uns zu reißen, indem wir unseren Schrecken wie auch unseren Sehnsüchten Gestalt geben. Als ich zu dieser Erkenntnis kam, wußte ich, daß ich meinen Weg gefunden hatte.« ... »Ich hasse das ästhetische Spiel des Auges und der

Gedanken.., das Spiel dieser Kenner, dieser Mandarine, die Schönheit ›goutieren‹. Was ist Schönheit überhaupt? So etwas gibt es gar nicht. Ich ›goutiere‹ nie etwas, genau so wenig, wie ich etwas gern habe. Ich liebe oder ich hasse. Wenn ich eine Frau liebe, dann sprengt das alles auseinander, besonders meine Malerei. Alle Welt kritisiert mich, weil ich den Mut habe, mein Leben in aller Offenheit zu leben, vielleicht mit mehr Zerstörung darin als bei den meisten anderen, sicher aber auch mit mehr Sauberkeit und Wahrheit« (a.a.O., S. 221 und 220).

Biographischer Hintergrund

Von dem hier vorgelegten pathographischen Material komme ich nun zu einer kurzen Skizze der frühen Lebensgeschichte. Pablo Picasso wurde am 25. Oktober 1881 als erstes Kind der Eheleute Ruiz in Malaga geboren. Sein Vater, Don José Ruiz, Maler und Kunstpädagoge, war während der kurzen Zeit der Kindheit Pablos der liebevolle Förderer seines begabten Sohnes. Von seiner Mutter, Doña Maria, kommt der Name Picasso, den Pablo sich in seiner Barcelona-Zeit, kurz vor seiner Übersiedlung nach Paris, definitiv zulegte. Nach der Familienüberlieferung sei Pablo tot zur Welt gekommen.

»Nachdem die Hebamme sich vergeblich bemüht hat, das Kind zum Leben zu erwecken, wandte sie sich schließlich von dem leblosen Wesen ab und kümmerte sich um Doña Maria. Don José, Doña Marias Mann, und die anderen Familienangehörigen, die sich zur Geburt des Kindes eingefunden hatten, gaben das Kind als totgeboren auf. Don Salvador jedoch, Josés jüngerer Bruder, ein Arzt von großem Können und Ansehen, beugte sich über das Kind und bließ ihm den Rauch seiner Zigarre in die Nase. Was der Hebamme nicht gelungen war, schaffte jetzt der Zigarrenrauch. Der erste männliche Nachkomme der Familie Ruiz, der Junge, den sie Pablo nennen wollten, kam ›mit wutverzerrtem Gesicht und mit Gebrüll auf die Welt« (Stassinopoulos Huffington, a.a.O., S. 17).

Der Säugling war alsbald der Liebling aller Frauen im Haus und der Abgott seiner Mutter. Um die Weihnachtszeit 1883 wurde seine Schwester Lola geboren. In den Tagen vor der Niederkunft seiner Mutter bebte die Erde in Malaga, und die Familie mußte sich wegen schwerer Nachbeben in das

Haus eines Onkels begeben, das auf einem Felsen stand. Hier kam die Schwester Lola zur Welt.

1887 wurde seine Schwester Conchita geboren, die 1895 an den Folgen eines diphtherischen Krupps verstarb. In seinem Schmerz über die tödlich erkrankte Schwester soll Pablo einen verzweifelten Pakt mit Gott abgeschlossen haben. »Er versprach, seine Kunst zu opfern und nie mehr einen Pinsel anzurühren, wenn Gott dafür Conchita rettete« (a.a.O., S. 31). Conchita starb aber; um so mehr bedeutete Malen für Pablo seitdem Auflehnung gegen Gott und die Welt. Indessen blieb er immer Mittelpunkt im Leben seiner Mutter, die offenbar ihr ganzes Selbstbewußtsein und die Freude ihres Daseins aus diesem Beschenktsein mit einem derart schönen Kind gewann, das auch die anderen Menschen mit seinem wachen Blick faszinierte. »Er war engelhaft und teuflisch in seiner Schönheit«....«Man mußte ihn immerzu anschauen!« (Ausspruch Doña Marias, a.a.O., S. 20). Im Oktober 1891 war die Familie wegen der in Malaga ungünstig gewordenen beruflichen Aussichten des Vaters gezwungen, vom sonnigen Andalusien nach La Coruña an der unwirtlichen Atlantikküste Galiziens zu übersiedeln. 1895 zieht die Familie dann weiter nach Barcelona, wo der Vater Dozent an der dortigen Kunstakademie wird. Die Schulzeit von Pablo war ein einziger Mißerfolg, nur durch Beziehungen gelangte er zu einem formalen Grundschulabschluß. Es zeigte sich, daß er nicht im Stande war, im Rahmen eines gebräuchlichen Lehr- und Stundenplanes irgend etwas aufzunehmen (es gibt einige Hinweise dafür, daß Pablo Picasso unter einer Dyslexie gelitten hat). Dagegen zeigte er sich überaus lernfähig, wenn er sich die Freiheit nahm, nur das zu tun, was ihn interessierte. Vom Beginn der Schulzeit an zeichnete er wie besessen Stunden hintereinander ohne Unterbrechung. Von ihm wird weiter berichtet, daß er zu keiner Zeit die charakteristischen Phasen der typischen Kinderzeichnung durchlaufen habe, sondern daß er von Anfang an »wie ein Erwachsener« zeichnen konnte.

»In der Schule kritzelte er nur herum, füllte die Ränder seiner Schulbücher mit Zeichnungen und verwandelte Tintenkleckse in Tiere und Menschen. Auf die letzte Seite seiner Ausgabe der Literatura Preceptica o Retoryca y Poetica malte er zwei Esel beim Liebesakt und schrieb einen obszönen Vers darunter:

Ohne viel Hallo
Hebt die Eselin ihren Schwanz
Ohne viel Pardon
treibt der Esel seinen Nagel ein«.

Als Pablo Picasso 1895 noch nicht einmal 14jährig zum Studium an der Kunstakademie in Barcelona zugelassen wurde, war er im Sinne seiner akademischen Ausbildung als Maler im Grunde schon ein Vollendeter. Kurz davor hatte sein Vater ihm seine Palette feierlich überreicht und zu erkennen gegeben, daß er nunmehr seine eigene Malerei aufgebe, sich verneigend vor der Meisterschaft des Sohnes.

Einige theoretische Schlußfolgerungen

Kein bildender Künstler hat in unserem Jahrhundert einen vergleichbaren Einfluß auf unsere Sehgewohnheiten ausgeübt wie Pablo Picasso (1881-1973) – gleichgültig, ob wir sein bildnerisches Werk lieben oder ablehnen. Seinem schon rein quantitativ riesenhaften Oeuvre aus Gemälden, Graphiken, Zeichnungen, Kollagen und Bildhauerwerken gleichgültig gegenüber zu stehen, dürfte kaum möglich sein. Trotz seiner Vereinnahmung durch den Kunstmarkt und den Kulturbetrieb bereits in jungen Jahren, trotz der sprichwörtlichen Gleichsetzung seines Namens mit moderner Kunst überhaupt, bleibt die schier unerschöpfliche Vielgestaltigkeit seines Werkes ebenso anstößig, wie sein unersättlicher Schaffensdrang bis ins zehnte Lebensjahrzehnt rätselhaft.

»Ich suche nicht, ich finde.« Was er so allenthalben »fand«, z.B. an anthropromorphen Gegenständen, an biomorphen Verzerrungen, an aufgesammelten, durch einfache Eingriffe nachträglich physiognomisierten industriellen Abfällen und sogar an versinnlichten leeren Bildräumen, – das ganze Pan-opticum nistete sich in unsere sichtbare Welt ein und verwandelte sie nachhaltiger noch als etwa die Landschaftsmalerei eines Corot, dessen Farben – nach einem Aperçu von OSCAR WILDE – gleichsam durch das Gewebe seiner Leinwände hindurch in die Landschaft sickerten. Der Satz »artis natura magistra« (die Kunst folgt der Natur) kehrte sich um in: »naturae ars magistra« (die Natur folgt der Kunst).

Die Verkörperung höchst subjektiver Erlebnisse in apotropäischen Bild-Fetischen mit einem widersprüchlichen Eigenleben zieht durch ihre *doppelte* Magie an und stößt zugleich ab: Einerseits beschwört sie das destruktive Potential, das hinter dem schönen Schein einer vermeintlich heilen, vorgeblich rational und daher konventionell naturalistisch wahrgenommenen Welt als Trugbilder bürgerlicher Vernunft und Fortschrittserwartung des ausgehenden neunzehnten Jahrhunderts liegt, dem die Ungeheuer des zwanzigsten entsprangen; andererseits entfesselt und bannt diese Magie gleichermaßen die archaischen Triebkräfte des Lebens und des Todes, die wir kulturell unterdrücken und individuell verdrängen müssen. Nach SIGMUND FREUD (1905, 1908, 1930) seien nur ihre zielgehemmten, verwandelten, unkenntlich gewordenen Abkömmlinge kultur- und gesellschaftsfähig und der Seele zuträglich – allerdings um den Preis der Erzeugung jenes ›gemeinen Elends‹, in das bestenfalls das individuelle Leid der Neurotiker durch ihre Heilung gewendet werden könne.

Leben und Werk Picassos stellen für die psychoanalytische Pathographie und Werkdeutung eine Herausforderung dar, die meines Wissens noch nicht einmal in Ansätzen angenommen und aufgegriffen worden ist. Wahrscheinlich wird sie *innerhalb* der Grenzen der von SIGMUND FREUD in seinen kunstpsychologischen Schriften (s. Übersicht H. BREUER 1985) entwickelten theoretischen Grundannahmen nicht zu bewältigen sein, wenn dabei die von ihm aufgezeigte Methodik nicht erweitert, fortentwickelt und gegebenfalls eingreifend modifiziert wird. »Verschwiegen werden soll nicht, daß die kunstpsychologischen Schriften SIGMUND FREUDS bei aller Eleganz und Hellsicht Züge des Vorläufigen tragen. Sie spiegeln nicht nur den unterentwickelten und objektivistischen Charakter der frühen Psychoanalyse, sondern auch die reduktionistische Ästhetik der

Jahrhundertwende wider« (BREUER 1985). Dabei wäre kritisch zu erörtern, ob im Falle Picassos die Annahme FREUDS zutreffend sein kann, daß Kreativität ein Sonderfall von Triebsublimation ist und nur in diesem Sinn womöglich ein »von der Kultur erzwungenes Triebschicksal«.

Die im Schaffensprozeß dieses Künstlers deutlich hervortretende und sich immer wieder erneuernde Funktionslust ist von den pathographisch aufweisbaren dynamischen und aus der Werkdeutung erschließbaren phänomenalen Gesichtspunkten her derart innig verschränkt mit den erotischen und destruktiven Seiten seines Trieblebens, daß eher die Rede ist von einer mächtigen, nicht dem Trieb abgerungenen, sondern vom Trieb geleiteten Ich-Erweiterung. In dieser mit der Kreativität identischen und durch sie erst möglichen Ich-Erweiterung kommt es gerade zur Erneuerung der Libido im Angesicht des Todes und des Schreckens, statt des »Abfließens« aus einem nur gedachten, durch Triebverzicht gefüllten »Triebreservoir«. In diesem Sinn könnte für Picasso seine Kunst tatsächlich ein Jungbrunnen gewesen sein:

»Er stand drei bis vier Stunden ununterbrochen vor der Leinwand. Er machte fast keine überflüssigen Bewegungen. Ich fragte ihn, ob es ihn nicht ermüde, so lange auf einem Fleck zu stehen. Er schüttelte den Kopf. ›Nein‹, sagte er. ›Deshalb leben die Maler ja so lange. Während ich male, lasse ich meinen Körper draußen vor der Tür wie die Moslems ihre Schuhe vor der Moschee‹« (GILOT u. LAKE 1964 bzw. 1980, S. 97).

Wollen wir nun zum Schluß unserer Betrachtungen wenigstens im Ansatz zu einem tieferen Verständnis des rätselhaften Schöpfungsdrangs gelangen, von dem Picasso mit seinem Werk und Leben Zeugnis ablegt, so müssen wir der Versuchung widerstehen, die von mir in vier Gruppen dargestellten typischen Verhaltens- und Erlebensweisen dieses Künstlers, allzu kurz greifend, ausschließlich als Folgen und Symptome einer neurotischen Entwicklung zu betrachten und ihn damit bloß diagnostisch ›psychopathologisch‹ oder ›neurosen-psychologisch‹ zu rubrizieren. Sein primärprozeßartiges Denken und Handeln, seine magischen Verschmelzungsängste und -wünsche, seine Umkehrungen von aktiven in passive Wünsche, beispielsweise in Form von Identitätsdiffusionen und projektiven Identifikationen, schließlich seine Eigenart, unaufgelöstes, stark aggressiv geladenes, ambivalentes Erleben durch Spaltungen auszuagieren, kurzum das Überwiegen archaischer Abwehrmechanismen würde ja die Diagnose einer ›Borderline‹-Persönlichkeit nahelegen. Gerade weil ihm kaum eines der bekannten neurotischen Symptome fremd zu sein scheint, gerade weil er nicht auf eine *bestimmte* psychische Verarbeitungstypologie festzulegen ist, ihm vielmehr zeitweilig auch einige psychotiforme Erlebnisweisen zugeschrieben werden könnten, scheint er in seinem Verhalten, wie auch in seiner Kunst, eine proteusartige Persönlichkeit zu sein. Hier drängt sich wohl der Begriff der Panneurose förmlich auf, der zuweilen zur Charakterisierung der Borderline-Persönlichkeit verwendet wird. Schon Carl Gustav Jung* sprach ja in seiner pathographischen Betrachtung, die er 1932 anläßlich einer großen Picasso-Ausstellung in Zürich für die Neue Züricher Zeitung schrieb, von einem »schizoiden Symptomenkomplex«, den er an diesem Künstler auszumachen glaubte. Meines Erachtens brachte er jedoch mit dieser ›Psychiatrisierung‹ des Künstlers, mit einer derartigen rationalisierenden Abwehr also, das Erschrecken eines Bourgeois épaté beim Betrachten dieser Bilder zum Ausdruck, um es gleichzeitig auch wieder zu verhüllen.

Statt mich weiter bei diesen unserem Gegenstand ungemäßen, da zu kurz greifenden, bloß diagnostischen Betrachtungen aufzuhalten, möchte ich mich nun wieder unserer zentralen Frage zuwenden: Kann Leben und Werk Pablo Picassos uns Aufschlüsse über das Rätsel menschlicher Kreativität geben oder zumindest zu einem erweiterten

* »Ich bezeichne Picasso sowenig wie Joyce als psychotisch, sondern rechne sie bloß zu jener umfangreichen Menschengruppe, deren Habitus es ist, nicht mit einer gewöhnlichen Psychoneurose auf eine tiefgehende seelische Störung zu reagieren, sondern mit einem schizoiden Symptomenkomplex.«

psychologischen (psychoanalytischen) Verständnis beitragen?

Erinnern wir uns noch einmal an die anfangs zitierten Worte des Kunsthistorikers Wilhelm Boeck von der unauflösbaren Paradoxie von Werk und Persönlichkeit: einerseits ein Werk, das uns in sich selbst und in den verschiedenen Epochen Eindrücke einer widersprüchlichen Vielförmigkeit, einer vielfachen Zerspaltenheit und Zerrissenheit vermittelt, andererseits das Bild einer in sich sehr geschlossenen und ausgeprägten Persönlichkeit, deren Äußerungen aus den verschiedensten Zeiten und bei den verschiedensten Anlässen durchaus zusammenstimmen.

Von hier möchte ich versuchen, eine Perspektive jenseits der Psychiatrisierung zu eröffnen, mittels der sich die bloße Reduktion auf Verrücktheit im Sinne von Abwegigkeit, wie ich hoffe, in einen etwas besser begründeten Begriff von »creative madness«, also einer kreativen, sich verwirklichenden Verrückung überführen läßt. Aus diesem Blickwinkel möge sich dann auch eine kritische Sicht auf unsere gängigen Begriffe von Normalität, Anpassung und Persönlichkeit ergeben. Damit werden wir zugleich mit der mehr oder weniger beschränkten Aussagekraft der aus den einschlägigen Studien destillierbaren psychoanalytischen Auffassungen über den kreativen Prozeß und seine psychischen Voraussetzungen konfrontiert.

Wenn wir uns, zurückkehrend zu den Mitteilungen über Picassos Lebensgewohnheiten, erinnern an seinen täglichen Lebenszyklus von Verstimmung nach dem Erwachen und darauf folgender liebevoller Ermutigungen durch seine Gefährtin, er solle gegen seine heftigen Unlustgefühle »seinen Frieden mit der Welt zu machen«, an die Weise, wie er nach der dyadischen Situation eines »facilitating environments« um die Mittagsstunde der Welt entgegen tritt, und wenn wir dann sehen, wie sich bei ihm am Nachmittag der kreative Überschwang Bahn bricht, so drängt sich die Frage auf: Wiederholt sich in diesem für ihn so charakteristischen täglichen Ablauf nicht die traumatische Urszene, und liegt hier nicht womöglich der Schlüssel zum besseren Verständnis seines Schöpfungsdrangs? Genauer: werden in diesem täglichen Zyklus Konfliktdynamik seines Individuationsdramas und Bedingungen seiner Bewältigung nicht immer wieder aufs neue inszeniert?

Auch Picassos Biograph JOSEPH P. J. FABRE (1981) berichtet die komplizierte Geburt Picassos:

»Man glaubte, das Kind sei bereits tot zur Welt gekommen. Dies meinte jedenfalls die Hebamme, die kurz danach das Kind auf einen Tisch legte, um ihre Aufmerksamkeit ganz auf seine Mutter zu konzentrieren. Nur dank der Geistesgegenwert von Salvador, seinem Onkel, der Arzt war, erwachte das Kind« (FABRE 1981, S. 32, zit. n. A. MILLER 1988, S. 95 f).

Dazu bemerkt Alice Miller:

»So war es auch Picasso nicht vergönnt, bei der Geburt von den Armen der Mutter empfangen zu werden, in ihnen Trost und Beruhigung nach dem überstandenen Kampf ums Leben zu finden und in diesem entscheidenden Moment Zärtlichkeit und Vertrauen zu speichern. Aber die spätere Zuwendung seiner Eltern, Tanten und Kusinen half ihm, den Schritt vom Tod zum Leben immer wieder neu zu vollziehen. Viele Zeitgenossen und Freunde Picassos erzählen übereinstimmend, daß er sich nur dann ganz lebendig fühlte, wenn er malte« (a.a.O., S. 96).

Um nun dem sequentiellen Ablauf in der Ausgestaltung der frühkindlichen traumatischen Erfahrungen zu ihrer für jeden einzelnen Menschen charakteristischen (bzw. zu rekonstruierenden) szenischen Grundstruktur auch im Fall Picassos gerecht zu werden, und um dabei gleichzeitig möglichen Mystifikationen um eine vermeintlich singulare Prägungskraft des Geburtstraumas zu begegnen, möchte ich nochmals – ALICE MILLER folgend – FABRE bezüglich weiterer für unseren Zusammenhang bedeutsamer Ereignisse aus Pablos Kindheit zitieren.

»An einem Spätnachmittag Mitte Dezember 1884, das heißt, als Pablo drei Jahre alt war, gab es ein Erdbeben in Malaga. José saß im Hinterraum einer Apotheke gemütlich mit einigen Freunden zusammen, als er die auf den Regalen aufgereihten Fläschchen zu Boden fallen sah. Sofort löste sich die Gesellschaft auf und jeder eilte heim. José stürzte nach Hause zu seiner Frau; ›Diese Zimmer sind zu groß, Maria, zieh dich schnell an, und du, Pablo, komm mit mir‹. Picasso erzählt SABAR-

TÉS: ›Meine Mutter trug ein Tuch auf ihrem Kopf; ich hatte sie nie so gesehen. Mein Vater nahm seinen Umhang, warf sich ihn um die Schultern, und wickelte mich in den Mantel ein, nur mein Kopf schaute heraus‹. So verließen sie ihr Haus und gingen zu Antonio Munoz Degrain, der an der Calle de la Victoria, 60, wohnte. Die Calle de la Victoria ist eine der längsten Straßen von Malaga und läuft parallel zu der westlichen Flanke des Gibralfaro-Berges. In Wirklichkeit ist die Straße nicht direkt an den Berg gebaut, wie man gesagt hat, sondern die Fundamente der Häuser sind auf seine Felsausläufer gesetzt. Das sind die evidenten Gründe, die José bewogen, für sich und die Seinen in jenem Haus Unterschlupf zu suchen. Antonio Munoz Degrain war damals mit Moreno Carbonero in Rom auf einer Kunstreise. Einige Tage nachdem sie sich dort eingerichtet hatten, genauer am 28. Dezember 1884, wie es in der Geburtsurkunde steht, wurde das zweite Kind von José geboren, ein Mädchen, dem man den Namen Lola (Kosename für Dolores) gab. Jenes Erdbeben dürfte ziemlich stark gewesen sein, weil König Alfons XII. wenige Tage danach Malaga besuchte, um sich ein Bild von den entstandenen Schäden zu machen«. (FABRE 1981, S. 29, zitiert nach A. MILLER, a.a.O., S. 84 f)

Von dem Kind Pablo wissen wir, daß es mit dem Zeichnen begann, noch bevor es laufen konnte, und daß ›Piz,Piz‹, das spanische Wort für Bleistift, das erste Wort war, das es gesprochen hat. In der Zeit, als er eingeschult wurde, wurde 1887 seine Lieblingsschwester Conchita geboren, die 1895 an einem diphtherischen Krupp verstarb. Während ihres Todeskampfes hatte er ja in seiner Verzweiflung, wie ich bereits erwähnte, Gott versprochen, das Malen völlig aufgeben zu wollen, wenn er sie überleben ließe. Seine Schulzeit und die Bewältigung seiner höchst unerfreulichen Erfahrungen beschreibt Fabre (1981) wie folgt:

»Wenn man ihn in die Schule brachte, verlangte Pablo vor allem von seinem Vater, daß er ein Lieblingsspielzeug mitnehmen durfte, sehr oft war es die Taube, die jenem als Modell diente. Und der Lehrer seiner Klasse (einer Kinderklasse) duldete es, daß Pablo seine Taube auf das Pult stellte und sie nach Lust und Laune zeichnete. Der kleine Junge zeigte sich in seinem Charakter so unabhängig und war so ungefügig, daß er, wenn es ihm paßte, aufstand, zum Balkon ging und an die Glasscheibe klopfte, damit die Passanten es merken und irgendeiner ihn besuchen sollte. Sein Onkel Antonio Suarez Pizarro, der im Haus gegenüber wohnte, beobachtete ihn und besuchte ihn nach einer Stunde. Diese Zahl – ein oder eine – schien Picasso entsprechend dem, was man ihn lehrte, das kleinste Maß zu sein, und sie wurde von ihm selbst verlangt... Aber, wie lang erschien ihm das Warten, wie lang war eine Stunde« (FABRE 1981, zit. n. A. MILLER, a.a.O., S. 97 f).

Wenn wir uns schließlich daran erinnern, daß Pablo als Kind von Anfang an zeichnen konnte, daß er die typischen Phasen der Kinderzeichnung nicht oder kaum bemerkt durchlaufen hat, daß er das Zeichnen von Anfang an als ein voyeuristisch/exhibitionistisches Geschehen zum Vergnügen und Erstaunen seiner Schwestern und Kusinen betrieben hat, daß auch während seiner Schulzeit seine sexuelle Neugierde erhalten geblieben ist und durch die vielen pornographischen »Illustrationen« in seinen Schulbüchern dokumentiert wird, und wenn wir uns noch einmal vergegenwärtigen, daß er bereits im Alter von dreizehn/vierzehn Jahren, als sein Vater ihm seine Palette gab, im akademischen Sinn ein »vollendeter« Maler war, meine ich genügend Beispiele angeführt zu haben, um belegen zu können, daß Picassos Entwicklung so kontinuierlich von der frühsten Kindheit bis zum sehr frühen Erwachsenenalter verlaufen zu sein scheint, daß bei ihm von einer Latenzzeit nicht die Rede sein kann. Ich meine deshalb Pablo Picasso einen im psychoanalytischen Sinne ›Latenzzeitlosen‹ nennen zu können. Damit wäre aufs Neue die von FREUD behauptete, vom Ethnologen MALINOWSKI aber schon in den zwanziger Jahren bestrittene Universalität oder Kulturunabhängigkeit dieser Phase in Frage gestellt, in der die infantile sexuelle Entwicklung bis zur Pubertät nahezu inaktiv sein soll.

Nach SIGMUND FREUD haben sich einige der sogenannten genetisch-strukturellen Schule zuzurechnende Ich-Psychologen, unter ihnen am bekanntesten wohl HEINZ HARTMANN und ERNST KRIS, mit dem Kreativitätsproblem befaßt. GÜNTER AMMON hat in einem Übersichtsartikel (1971) die bis dahin einschlägige psychoanalytische Literatur kritisch gesichtet und zu den vorgetragenen theoretischen Annahmen eigene Erwägungen angestellt. Auch HARTMANN und KRIS sprechen im Zusammenhang von Sublimationsvorgängen teilweise zwar noch von Neutralisierung von Triebenergien, aber nun eher im Sinne eines Verwandlungsprozesses innerhalb der Ich-Organisation, *in der* ein konfliktfreier Raum im Dienst kreativer künstlerischer oder wissenschaftlicher Produktion entsteht:

»We call neutralization the change of both libidinal and aggressive energy away from the instinctual and towards a non-instinctual mode. The process of neutralisation is essential in what we usually call sublimation« (HARTMANN 1964, zit. nach AMMON 1971).

Ähnlich wie FREUD sieht auch HEINZ HARTMANN in der Latenzphase eine Art von biologisch-anthropologischer Gegebenheit, welche eine wesentliche Bedingung für die Kulturfähigkeit (Kultivierbarkeit) des Menschen darstellt. Er sieht also den Neutralisierungsvorgang als die Resultante der Abwehr. Sublimation ist auch bei ihm Neutralisierung der für das Ich unverträglichen Triebbedürfnisse als Voraussetzung konfliktfreier Ich-Aktivitäten. ERNST KRIS dagegen beginnt sich hinsichtlich der Kreativitätsfrage allmählich von den traditionellen Sublimations- und Neutralisierungsbegriffen zu lösen und sie durch eine Begrifflichkeit der Interaktion und Kommunikation zu ersetzen:

»Art ... always consciously and unconsciously, serves the purposes of communication. We now distinguish two stages: one in which the artist's Id communicates to the Ego, and one in which the same intrapsychic processes are submitted to the others« (KRIS 1952, zit. nach AMMON 1971, a.a.O.).

Der schöpferische Künstler wird jetzt nicht mehr unter dem Gesichtspunkt von Kunst als Äußerung eines vermeintlich »höheren« Ich-Integrationsniveaus auf Kosten einer »niedrigeren«, stärker primärprozeßhaften Integrationsstufe gesehen. Nach Kris zeichnet sich der kreative Prozess aus durch die unbedingt notwendige Oszillation zwischen ganz verschiedenen Ich-Integrationszuständen: »... shifts on psychic levels in the degree of Ego control« (KRIS 1952, zit. nach AMMON 1971, a.a.O.), in einem Akt verbunden mit einer ständigen Fluktuation zwischen Selbst- und Fremdbezogenheit. Konstitutiv für den schöpferischen Prozess ist daher nach KRIS das Vermögen des Künstlers, ständig seine Ich-Integration im Dienste eines »continual interplay between creation and criticism ...« zu verändern (KRIS 1952, a.a.O.).

»We may speak here of a shift in psychic level, consisting in the fluctuation of functional regression and control« (KRIS 1952, a.a.O.). Trotz der beträchtlichen Erweiterung, eigentlich schon weitgehenden Überwindung des alten Sublimationsbegriffs bleibt bei ERNST KRIS die deutliche Dichotomisierung zwischen den an die Triebe gebunden Primärprozessen einerseits und den »höheren«, dem Trieb durch die Abwehr abgerungenen Sekundärprozessen. Die durch Triebverzicht und Neutralisierung gewonnene »sekundäre Ich-Autonomie« erlaubt erst eine kreative Regression, eine zeitweilige und kontrollierte Abwehrschwäche im Dienste des schöpferischen Prozesses.

Picassos Werk und Leben erlaubt es uns aber, begründete Zweifel an der theoretischen Stichhaltigkeit dieser strikten Zweiteilung zwischen dem »höheren«, mehr sublimen Niveau der Sekundärprozesse und dem »niedrigeren« der unbearbeiteten Primärprozesse vorzutragen. Diese strikte Zweiteilung im Rahmen einer modellhaften Anschauung der Ich-Organisation mag vielleicht für ein Verständnis neurotischer Probleme noch hinreichen. Unzulänglich ist sie meines Erachtens einerseits für ein tieferes Verständnis von Inspiration und Schöpfungsdrang, andererseits aber auch für das sozialpsychologische Verständnis mehr modaler Entwicklungs- und Sozialisationsprozesse im Dienste gesellschaftlicher Anpassung, die unter dem Firnis der sogenannten Zivilisation auch die Bedingungen für die individuellen und kollektiven Greueltaten, für die »Banalität des Bösen« (HANNAH ARENDT) schaffen kann.

Picassos aversive Reaktion auf die Schule, seine Fähigkeit, seine kindliche Phantasiewelt und seine Schöpferkraft gegen alle reglementierenden, dressathaften und rein reproduzierenden Formen des Unterrichtes zu aktivieren, lassen uns ahnen, welches schöpferische Potential verloren geht, wenn wir Ich-Entwicklung und Reifung als bloße Anpassung an, gar als Unterwerfung unter ein herrschendes Realitätsprinzip verstehen. Eine Möglichkeit, die Wirklichkeit neu zu erschaffen und Grenzen zu verlegen, besteht dann nicht mehr, und heranwachsende Menschen resignieren schließlich an dieser vermeintlich realistischen Einsicht.

Freilich, die Sprengung der Grenzen des gängigen Realitätsprinzips innerhalb unserer Ich-Organisation kann auch in die Psychose führen. Am Beispiel Picassos sehen wir, daß ein ebenso kritik- wie triebgeleitetes Oszillieren in einem intermediären Bereich zwischen verschiedenen Ich-Integrationszuständen und damit zwischen Phantasie und durch reale Eingriffe umgestalteter, erweiterter Wirklichkeit möglich ist. Bei ihm bedeutet das die ständige Wiederholung einer Urszene. In einem unendlichen Prozeß von Veränderung und Transformation, von Neuschöpfung und Vernichtung geht das symbiotisch Amorphe und Unbestimmte über in identifizierbare Figurationen, die darauf wieder durch Übermalung zerstört werden, um – wie durch einen Zauber – in einem nächsten Schritt sich wiederum aus dem Unbestimmten in neue kompositorische Strukturen oder thematische Gestaltungen zu verwandeln. Es ist, als ob es darum geht, das Hervortreten aus der symbiotischen Einheit und dem reflexiven Noch-Nicht-Sein in das unwiederbringliche Abgetrennt-Sein der äußeren Objekte ständig, aber in einer unendlichen Variation zu durchlaufen.

»Ästhetische Erfahrung soll jetzt nicht mehr der Sublimation der Triebe dienen – mit der indirekten Folge der Stabilisierung sozialer Identität –, sondern sie soll die rückhaltlose Bejahung des Lebens befördern, im Sinne der Lebenssteigerung zu einer von sozialintegrativen Zwekken befreiten Kultur. Diese Umstülpung der Schopenhauerschen Kunstmetaphysik steht bei Nietzsche im Zeichen des Dionysos-Mythos, wie auch bei Picasso, dem Freund begeisteter Nietzscheaner (während seiner Blauen Periode in den frühen Jahren in Barcelona; Ref.) die Begegnung mit archaischer Kunst zu einer Revolution in der Geschichte der europäischen Malerei führt« (Rippel 1990, S. 174 f).

In diesem Zusammenhang teile ich die radikalere Auffassung von Günter Ammon, daß es bei der kreativen Grundstimmung um »eine besondere Form der Ich- und Identitätsdiffusion handelt, welche die Grenzen der bisherigen Ich-Organisation auflöst und neue Zusammenhänge zwischen den verschiedenen Vorstellungsinhalten und Bewußtseinsebenen herstellt«. Dieser Zustand habe, so Ammon, »eine schuldfreie Sexualität« und »eine schuldfreie Kreativität« zur Voraussetzung. Solche kontrollierten Formen von »Ich- und Identitätsdiffusionen« sind nur ohne psychische Dekompensationen möglich, wenn sich das schöpferische Subjekt – wie wir in den Beispielen aus Picassos Leben gesehen haben – gerade durch seine Eingriffe in und vielgestaltige Kommunikation mit seiner sozialen Umgebung die Fähigkeit bewahrt hat, immer wieder die benötigten »facilitating environments« zu schaffen. Darin mag für seine Geliebten und Freunde einerseits die unwiderstehliche Faszinationskraft seiner Persönlichkeit, andererseits aber auch der zerstörerische Einfluß, der von ihm ausging, gelegen haben.

Picasso selber desintegrierte nicht in einer pathologisch zu nennenden Weise, wie wir das bei unseren ›Borderline‹-Patienten wenigstens episodisch beobachten können. Aber viele, die emotional an ihn gebunden waren, zumal einige seiner Geliebten, erlebten außer Zeiten starker Glückserfahrung Perioden tiefer Entzauberung, Verzweiflung und haßgeladener Trennung. Am 20. Oktober 1977, 5 Tage vor Picassos 96. Geburtstag, 50 Jahre nach ihrer ersten Begegnung nahm sich Marie-Thérèse Walter das Leben durch Erhängen. Am 15. Oktober 1986, 10 Tage vor seinem 105. Geburtstag, erschoß sich Jacqueline Roque, seine letzte Gefährtin.

Literatur

Ammon, Günter (1971): Kreativität und Ich-Entwicklung. Dynamische Psychiatrie / Dynamic Psychiatry, 4. Jahrg., 13; S. 269-295.

Berg van den, J.H. (1956): Metabletica of de leer der veranderingen. Nijkerk (Uitgever Callenbach N.V.), S. 59.

Boeck, Wilhelm (1955): Picasso. Stuttgart (Kohlhammer).

Breuer, Horst (1985): Freuds kunstpsychologische Methoden. In: Psyche 39/7, S. 577-591. Stuttgart (Klett-Cotta).

Fabre, Josep Paulu (1981): Picasso 1881-1907. München (Prestel).

Freud, Sigmund (1905): Drei Abhandlungen zur Sexualtheorie; Studienausgabe (*Stud.*) Bd. V, S. 43-146. Frankfurt a.M. 1972 (Fischer).

FREUD, SIGMUND (1908): Die »kulturelle« Sexualmoral und die moderne Nervosität. *Stud.* Bd. IX, S.13-32. Frankfurt a.M. 1974 (Fischer).

FREUD, SIGMUND (1912): Über die allgemeinste Erniedrigung des Liebeslebens; *Stud.*, Bd. V, S. 199-209. Frankfurt a.M. 1972 (Fischer).

FREUD, SIGMUND (1914): Zur Einführung des Narzißmus: *Stud.* Bd. III. S. 52, Frankfurt a.M. 1972 (Fischer).

FREUD, SIGMUND (1930): Das Unbehagen in der Kultur; *Stud.* Bd. IX, S. 197-270. Frankfurt a.M. 1974 (Fischer).

GILOT, FRANÇOISE und LAKE, CARLTON (1980): Leben mit Picasso. München (Diogenes).

HARTMANN, HEINZ (1964): Essays on Ego-Psychology. Int. Univ. Press, N.Y., S. 227. Deutsch: Ich-Psychologie. Studien zur psychoanalytischen Theorie, Stuttgart (Klett-Cotta) 1972.

JUNG, CARL GUSTAV (1932): Picasso. G.W. Bd 15, Über das Phänomen des Geistes in Kunst und Wissenschaft. Olten und Freiburg i.B. (Walter) 1971.

KRIS, ERNST (1952): Psychoanalytic Explorations in Art. Int. Univ. Press, N.Y.

MALINOWSKI, BRONISLAW (1962): Geschlechtstrieb und Verdrängung bei den Primitiven. Reinbek b. Hamburg (Rowohlt).

MILLER, ALICE (1988): Das Erdbeben in Malaga und die Maleraugen eines dreijährigen Kindes (Pablo Picasso). In: Der gemiedene Schlüssel. Frankfurt a.M. (Suhrkamp).

RIPPEL, PHILIPP (1990): Philosophie im Atelier. Picasso, Schopenhauer, Nietzsche. In: G. GAMM und G. KIMMERLE (Hg.), Ethik und Ästhethik. Nachmetaphysische Perspektiven. Tübingen (Edition Diskord).

SABARTÉS, JAIME (1955): Gedanken über Picasso. In: WILHELM BOECK, Picasso. Stuttgart (Kohlhammer) 1952.

SABARTÉS, JAIME (1956): Picasso. Gespräche und Erinnerungen. Zürich (Arche).

STASSINOPOULOS HUFFINGTON, ARIANNE (1988): Picasso. Genie und Gewalt. Ein Leben. (Droemer Knaur).

SYLVESTER, DAVID (1988): Late Picasso, Paintings, Sculptures, Drawings, Prints 1953-1972, Catalogue of the Exhibition in The Tate Gallery, London, 23 June – 18 September.

WINNICOTT, D.W. (1951): Übergangsobjekte und Übergangsphänomene. In: Vom Spiel zur Kreativität. Stuttgart (Klett-Cotta) 1973, S. 10-36.

Eugen Drewermann

Das Mädchen ohne Hände

Über psychoanalytische Märcheninterpretation

Märchen stellen eine Erzählgattung dar, die uns heute, da wir erwachsen sind, vermutlich weit mehr noch zu sagen hat als in der Zeit damals, da wir Kinder waren. Wir, die wir uns groß geraten dünken, bedürfen der Märchen, weil sie allein mindestens in zwei Fragen uns Wahrheiten zu vermitteln vermögen, die wir in anderen Erzählweisen der Menschheitsliteratur schmerzlich vermissen. Die erste Wahrheit lautet, daß es möglich sei, der Liebe Folge zu leisten und gerade so in der Welt glücklich zu werden. Wohin würden Sie sonst Ihren Blick lenken, wenn Sie bemerken, daß fast alle Liebesgeschichten der Weltliteratur schmerzlich und tragisch enden – ob Tristan und Isolde, ob Lancelot und Geneviève, ob Romeo und Julia, bis hinein in das bürgerliche Trauerspiel des 19. Jahrhunderts und hinein in das wirkliche Trauerspiel der Liebe im 20. Jahrhundert. Fast möchte man die Liebenden warnen und ihnen sagen: »Wenn du dieses subjektivste und intensivste aller deiner Gefühle wirklich ernst nimmst, bist du wie ein Verlorener.« Sie brauchen nur die Novellen von Theodor Fontane um die Jahrhundertwende zu lesen, und Sie haben in vielerlei Facetten die Bestätigung dieser dringlichen Warnung vor dem Risiko der Liebe. Wer mit ihr zynisch umgehen wollte, fände dafür jede Art von Verständnis. Aber wer wagt, die Liebe ernst zu nehmen, rührt an die stabile Ordnung der

Gesellschaft, der Religion, der verfaßten Ethik. Er wird empfunden wie ein Aufrührer, wie ein Mensch, der sein privates Glück, seine subjektive Sphäre über jedes Maß hinaus allzu ernst und allzu wichtig nimmt. Und es kehrt zurück das Gefühl der attischen Tragödie im fünften vorchristlichen Jahrhundert, daß der einzelne als einzelner zum Scheitern verurteilt sei an dem Gesetz der Götter.

Die Märchen beschwören uns förmlich, kein anderes Glück zu suchen als das der Liebe. Auch sie wissen um die Zerbrechlichkeit menschlicher Empfindungen. Auch wissen sie von dem Verhängnis in einer immer zu engen Welt. Und doch zeichnen sie unsere Seele als begabt mit Flügeln, jederzeit fähig, sich den Kräften der Schwerkraft zu widersetzen. Dieser nie einzulösende Traum, diese nie verlöschende Hoffnung wahrzumachen, indem man das ganze Leben aufs Spiel setzt, ist die Ermutigung, die wir in den Märchen finden.

Ein zweites hängt auf das Innigste gerade damit zusammen: Das ist das Wissen um die Hintergrundseite der menschlichen Realität. Größer und niedriger, hoffnungsfroher und verzweifelter, in jedem Betracht außerhalb der vertrauten Dimensionen stehend, begegnen wir den Menschen in den Figuren der Märchen, auf dem Weg zu sich selbst immer wieder konfrontiert mit dienstbaren oder verführerischen Geistern, mit Kobolden, Dämonen, Feen, Gottesgesandten und Teufelsabgeordneten, die kämpfen um das Terrain der Humanität. Wir brauchen der Märchen schon deswegen, damit unsere eigene Psyche nicht verkommt in dem jederzeit viel zu schmalen Korridor der vorgebahnten Wege, der Gettomentalität in der flachgedrückten Realität, in der man nichts weiter, um sich zurechtzufinden, wissen muß, als daß zwei mal zwei vier ergibt. Es rühren die Märchen an die Tiefen der großen Literatur, vergleichbar etwa den Romanen. Max Frisch, als er starb, hinterließ ein Testament. Es solle an seinem Grab niemand eine Rede halten von den Verwaltern der sogenannten Wirklichkeit. Max Frisch wollte sagen, daß sein Beruf und seine Berufung als Dichter nicht widerlegt werden dürften durch eine Auskunftei von Redensarten, in welcher der Mensch aufgeht im Verwaltbaren und Planbaren. Um mit DOSTOJEWSKI zu sprechen: ein Mensch wird lieber unglücklich werden, als in dem Glückseligkeitszuchthaus der Planungen von außen sein Leben zu vertun. Er wird lieber sein Unheil wählen, als dazu degradiert zu werden, nichts weiter sein zu sollen als ein Stiftchen an einer Drehorgelwalze. Ein Mensch will frei sein, will den eigenen Ansatz zu Risiko, Wagemut und Experimemt, zum Suchen, Wandern, Reifen, kurzum, zu einem wirklich existentiell gelebten Dasein sich nicht aus dem Herzen nehmen lassen. Davon auch künden die Märchen.

Um sie zu verstehen, brauchen wir, angeleitet am Ende des 20. Jahrhunderts von den Entdeckungen am Fin de siècle aus den Stuben der Berggasse 19 durch den Wiener Nervenarzt SIGMUND FREUD, den Kommentar auch der Träume, die uns selber werden Nacht für Nacht aus unserem eigenen Erleben. Wenn Sie in ein paar Stunden in den wohlverdienten Schlaf sinken, werden Sie vor Ihrem geistigen Auge Bilder heraufziehen sehen, die Ihnen zeigen können, wo Sie heute stehen mit Ihren Konflikten, Ihren Ängsten, Ihren Erwartungen. Mehr noch: Würden Sie morgigen Tags die Chance haben, auch nur die Fragmente einer Traumnacht analytisch durchzusprechen, würden Sie bemerken, daß die Problematik, vor die Sie sich heute gestellt sehen, im Unbewußten, im Sprachraum der Träume, viel deutlicher und klarer erkennbar ist, als Sie es im Bewußtsein sich selbst zu sagen vermöchten. Sie werden auch bemerken, daß diese Problemstellung Ihnen keineswegs zufällig zuteil wird, sondern daß in der Eigenart Ihrer eigenen Persönlichkeit Sie diese Konflikte und Probleme sich selber stellen müssen. Auch geben die Träume bereits Aufschlüsse über die wesentlichen Lösungsansätze. Und – noch genauer – es zeigt sich in den symbolischen Brücken und in Erinnerungsspuren an die frühe Kindheit, wie Ihr eigener Charakter geworden ist und wie Ihre Persönlichkeit sich formte. Mit anderen Worten, die Diagnose und die Anamnese Ihrer eigenen Biographie ist in den Träumen verschlüsselt, ja sogar die Aussichten für die Lösung der Probleme, vor die Sie sich gestellt sehen. Die Ansätze, die Bearbeitungsversuche, die Chancen, im Terrain des eigenen Erkundens fündig zu werden, sind in den Träumen abgebildet, auch die Prognose also – Gegenwart, Vergangenheit und Zukunft, wie zeitlos schwebend.

Von gleicher Art zu sprechen ist die Ausdrucksform der Märchen. Man kann mit Fug und Recht sagen, daß Sie als Studenten der Philologie eine Menge lernen können an fremden Sprachen, modernen wie antiken. Keine Sprache, die Sie so lernen, wird mehr an Wert für Sie zu bringen vermögen, als den Horizont Ihres Bewußtseins zu erweitern. Durch kein solches Studium werden Sie selbst als Mensch wesentlich verändert. Die Sprache der Träume und der Märchen aber zu verstehen, rührt an Ihr Innerstes, formt eine ganz neue Art der Auseinandersetzung mit sich selbst, verändert Ihr Dasein, öffnet neue Chancen der Selbstbegegnung und der Kontaktaufnahme mit anderen Menschen. Mit anderen Worten, die Sprache der Märchen und der Träume zu verstehen, ist etwas im Grunde Unverzichtbares. Eben deswegen bedanke ich mich sehr für Ihr Interesse, das Sie heute abend einem Märchen widmen. Sie tun damit etwas buchstäblich Notwendiges für sich selber.

Eines freilich muß ich noch vorwegschicken: Sie mögen denken, es gab doch einmal eine Zeit, in der wir Märchen noch ganz gut verstehen konnten, als wir fünf Jahre, acht Jahre alt waren. Was ist geschehen, daß wir heute der Kunstform einer psychoanalytischen Interpretation bedürfen, um Märchen zu verstehen?

Es gibt eine Reihe von Interpretationsmethoden, um Märchen aufzuschlüsseln. Die beliebteste und einfachste geht dahin, in den Märchen im wesentlichen realisierte Erzählfreude zu begreifen. Märchen sind unterhaltsam; sie werden an Feierabenden in einem Kreis der Familie oder der Sippe oder von Bekannten und Vertrauten dargeboten. Noch heute in den Stammeskulturen können die Ethnologen in solchen Umkreisen Märchen sammeln und aufschreiben. Gleichwohl ist das, was den Menschen in Entzücken und Begeisterung, in Stimmungen der Angst und der inneren Gespanntheit zu versetzen vermag, kurz, was überhaupt die Kraft besitzt, unterhaltsam zu sein, für ihn selbst auch von tiefer symbolischer psychologischer Mitteilung.

Diese Ebene, wo der Mensch selber gefühlsmäßig sich angesprochen fühlt, zu untersuchen, ist die Aufgabe der Psychoanalyse. Wir müssen noch hinzufügen, daß wir beim Lernen und Lesen der Märchen in der Form uns selber begegnen, daß wir eine versunkene und scheinbar längst verklungene Kindersprache noch einmal wieder aufgreifen. Nehmen wir aus dem Raum des Religiösen ein vergleichbares Beispiel. Man wird in einem Religionsunterricht heute nicht zögern, etwa den Zwölfjährigen oder den Dreizehnjährigen noch die Legende zu erzählen, wie in den Wintertagen in den Abruzzer Bergen der Schnee meterhoch lag und ein Wolf aus dem Gebirge hungers getrieben in die Hürden der Hirten eindrang, mordend und würgend die Schafe raubend. Da zogen die Männer aus mit Sensen, Äxten, Dreschflegeln, um der Bestie den Garaus zu machen. Als der Heilige Franziskus ihnen zuvor kam, barfüßig durch den Schnee, so geht die Legende, ging er dem Raubtier entgegen und redete es an: »Bruder Wolf, nur aus Hunger hast du solches getan.« Da sagen wir den Zwölf- und den Dreizehnjährigen: »Seht, so handelt ein Heiliger. Er überwindet die Angst, er vergibt seinem Feind. Er besiegt kraft der größeren Güte die Mordlust, den Haß und die Leidenschaft. Das ist vorbildlich. So interpretiert es das Neue Testament, so müssen wir glauben und leben.«

Dieselben Jungen, fünf Jahre später, achtzehnjährig geworden, werden wir dahin erziehen, die Legenden, die Märchen, sein zu lassen. »Hörst du, jetzt ist Realität dran. Jetzt ist Krieg« beispielsweise, »und den überwindet man nicht mit Phrasen, jetzt heißt es, Mann zu werden, draufzuhalten, den Richtigen zu töten. Jetzt ist zwei mal zwei vier. Und eine Hintergrundwelt mag gelten am Sonntag, aber nicht am Montag. Mag gelten in Deiner Sehnsucht, aber nicht in der Praxis, und es ist unverantwortlich, Träume zu leben.« Fünf Jahre genügen, und wir glauben alles das nicht mehr, was wir vorher noch zu glauben vorgegeben haben. Aber was ist die Wirklichkeit? Die Legende oder aber die Zeitung am Morgen? Die Blutmühle der Spirale von Gewalt und Gegengewalt, Terror und Gegenterror, und immer Kampf gegen Kampf, Mord gegen Mord, Blut gegen Blut? Oder gibt es eine Hintergrundwelt, diese scheußliche Realität zu überwinden vermöge einer größeren Vision? Das hängt davon ab, im Sinne von MAX FRISCH, was wir glauben, was wir zu sehen vermögen, mit welchen Perspektiven wir unsere Kinder großziehen und ins Leben entlassen. Und wo rettet man das, was in uns Kind war, auf dem Weg zum Erwachsenwerden? Es ist bis dahin, daß wir der Träume und der Märchen längst vergessen haben. Eine unbekannte Sprache liegt tief im Unbewußten unserer Psyche. Und wir werden heute abend an einem einzigen Märchenbeispiel zeigen, wie selbst das Gelingen der Partnerschaft auch nur zwischen zwei Menschen entweder mißlingt und scheitert, oder gelingt und reift, je nachdem, wieviel Fähigkeit und Bereitschaft besteht, Märchen und Träume, Symbole innerlich mitzuvollziehen und aneinander in Austausch und Kommunikation darzubieten.

Sie mögen denken, wird da in ein Märchen nicht zuviel schon an Lebensphilosophie, womöglich an religiöser Botschaft, hineingeheimnist? Ich denke keinesfalls. Die Märchen selbst, zu einem großen Bestand ihrer eigenen tradierten Motive, greifen zurück auf die Restspuren der Religion, die in der Geschichte oft vor Tausenden von Jahren niedergelegt wurde. Wenn Sie in den Märchen einer Welt begegnen, in der die Tiere mit den Menschen reden, hören Sie noch das späte Echo der Jägerkulturen, etwa der vergangenen Eiszeit im Abstand von mehr als fünfzehntausend Jahren, als die Tiere göttliche Wesen waren, Seelenbegleiter, Manifestationsformen göttlicher Mächte. Wenn Sie in den Märchen, in den Quellgründen göttlichen Wesen begegnen, spüren Sie noch einen Hauch jener Poesie, die vor Tausenden von Jahren in der religiösen Sphäre der Mythen über dieser Welt lag. Und es konnten die Berge und die Bäume, die Pflanzen und die Blumen Kunde geben von jenseitiger Botschaft. Ganz allgemein kann man sagen, daß Religionen niemals wirklich aufhören, zu sterben. Im Gegenteil, sie setzen in gewissem Sinne sich frei. Eines Tages verlieren sie die Kraft, das Erwachsenenleben wirklich zu prägen. Sie lösen sich dann aus der gestaltenden Macht des Alltags und werden zu Geschichten, die nur noch eine Zeitlang von den alten Leuten den kleinen Leuten erzählt werden. Genau das erleben wir in weiten Strecken sogar mit unserer gegenwärtigen Religionsform, der christlichen. Sie gilt noch zu Weihnachten, Ostern und Pfingsten, aber sie hat kaum noch eine entscheidende, bestimmende Wirksamkeit im Raum von Wirtschaft, Politik und Öffentlichkeit. Und wenn Sie dort eine solche Macht hätte, wäre sie in einer Weise restaurativ, daß man fast nicht mehr wünschen könnte, sie dort anzutreffen. Seit zweihundert Jahren, seit der französischen Revolution, der Aufklärung und der Säkularisation, herrscht ein streng zu hütender Graben zwischen den Bereichen des Religiösen und des Öffentlichen. Die Märchen haben jenseits dieser Gräben etwas zu vermitteln, das wir brauchen, um einheitlicher zu leben. Genug der Vorrede bis dahin. Geben wir ein Beispiel.

Sie finden unter der Nummer 31 der Kinder- und Hausmärchen der BRÜDER GRIMM eine Geschichte, von der wir sagen dürfen, daß sie, Gott sei Dank, in den Kinderbuchausgaben nicht enthalten ist. Es gibt Märchen, die das Konto des Vertrauens, das ein Kind der Mutter, dem Vater, die Märchen erzählen, entgegenzubringen geneigt ist, bei weitem übersteigen. Eine Geschichte wie die von Blaubart beispielsweise gehört nicht in die Kindheitswelt. Diese Geschichte von dem Mädchen ohne Hände beginnt zwar damit, wie ein kleines Kind im Schatten seines Vaters und seiner Mutter aufwächst. Wir aber werden bald schon merken, daß das gesamte psychodramatische Szenario, das hier entwickelt wird, die Phantasie eines Kindes bei weitem überfordern würde. Erinnern wir uns also, wer wir selber waren als Kinder, indem wir zurückblicken als Erwachsene. Denn dazu jetzt möchte ich Sie verleiten: sich weniger zu verlassen auf meinen Kommentar, den ich jetzt biete, sondern beim ersten Hören dieser weitgehend unbekannten Geschichte sich zu fragen, was in Ihnen selbst vor sich geht, welche Resonanzschwingung diese Geschichte in Ihnen auslöst, welche Gefühle hier zum Tragen kommen. Im übrigen gerade so sollten Sie später, wenn irgend Sie Märchen therapeutisch oder pädagogisch oder religiös einsetzen, mit den Märcheninterpretationen verfahren. Sie sollten auch in der Schulklasse, auch in irgendeinem Bibelkreis oder einer Therapiegruppe, nicht zunächst fragen, wie ist das Märchen erzählt, welche Gliederung hat es, wie dröseln wir es philologisch auf, erstens, drittens an der Tafel, sondern greifen Sie mit der Geschichte an die stärksten Gefühle. Fragen Sie die Zuhörer, was sie selbst erlebt haben, was in ihnen vor sich ging und sich in ihnen abspielte aus Anlaß des Märchens, vermittelt durch das Märchen. Und Sie haben augenblicklich eine ganze Menge von interpretativen Problemen nicht mehr, die Sie sich sonst einhandeln. Es besteht zwischen der Geschichte und dem persönlichen Erleben die Kluft nicht mehr, wenn Sie so vorgehen. Dies noch als letztes: Lesen Sie die Märchen nicht anders, als Sie dem besten Freund, der besten Freundin zuhören würden. Märchen sind mindestens so realistisch wie die sogenannte Realität des menschlichen Lebens, und umgekehrt. Das menschliche Leben ist mindestens so phantastisch, wie es die Märchen sind. Eben weil zwischen Phantasie und Realität kein Gegensatz waltet, ist der gesamte Inhalt der Grund dafür, daß wir der Märchen bedürfen, um wirklich zu sein. Also beginnen wir.

Die Interpretation des Märchens »Das Mädchen ohne Hände«

1. Teil:

Ein Müller war nach und nach in Armut geraten und hatte nichts mehr als seine Mühle und einen großen Apfelbaum dahinter. Einmal war er in den Wald gegangen, Holz zu holen, da trat ein alter Mann zu ihm, den er noch niemals gesehen hatte und sprach: »Was quälst du dich mit Holzhacken, ich will dich reich machen, wenn du mir versprichst, was hinter deiner Mühle steht.« – »Was kann das anderes sein als mein Apfelbaum?« dachte der Müller, sagte ja und verschrieb es dem fremden Manne. Der aber lachte höhnisch und sagte: »Nach drei Jahren will ich kommen und abholen, was mir gehört,« und ging fort. Als der Müller nach Hause kam, trat ihm seine Frau entgegen und sprach: »Sage mir, Müller, woher kommt der plötzliche Reichtum in unser Haus? Auf einmal sind alle Kisten und Kasten voll, kein Mensch hat's hereingebracht, und ich weiß nicht, wie es zugegangen ist.« Er anwortete: »Das kommt von einem fremden Manne, der mir im Walde begegnet ist und mir große Schätze verheißen hat; ich habe ihm

verschrieben, was hinter der Mühle steht – den großen Apfelbaum können wir wohl dafür geben.« – »Ach, Mann,« sagte die Frau erschrocken, »das ist der Teufel gewesen – den Apfelbaum hat er nicht gemeint, sondern unsere Tochter, die stand hinter der Mühle und kehrte den Hof.«
Die Müllerstochter war ein schönes und frommes Mädchen und lebte die drei Jahre in Gottesfurcht und ohne Sünde. Als nun die Zeit herum war und der Tag kam, wo sie der Böse holen wollte, da wusch sie sich rein und machte mit Kreide einen Kranz um sich. Der Teufel erschien ganz frühe, aber er konnte ihr nicht nahe kommen. Zornig sprach er zum Müller: »Tu ihr alles Wasser weg, damit sie sich nicht mehr waschen kann, denn sonst habe ich keine Gewalt über sie.« Der Müller fürchtete sich und tat es. Am andern Morgen kam der Teufel wieder, aber sie hatte auf ihre Hände geweint, und sie waren ganz rein. Da konnte er ihr wiederum nicht nahen und sprach wütend zu dem Müller: »Hau ihr die Hände ab, sonst kann ich ihr nichts anhaben.« Der Müller entsetzte sich und antwortete: »Wie könnte ich meinem eigenen Kind die Hände abhauen!« Da drohte ihm der Böse und sprach: »Wo du es nicht tust, so bist du mein und ich hole dich selber.« Dem Vater ward angst, und er versprach, ihm zu gehorchen. Da ging er zu dem Mädchen und sagte: »Mein Kind, wenn ich dir nicht beide Hände abhaue, so führt mich der Teufel fort, und in der Angst hab ich es ihm versprochen. Hilf mir doch in meiner Not und verzeihe mir, was ich Böses an dir tue.« Sie antwortete: »Lieber Vater, macht mit mir, was ihr wollt, ich bin euer Kind.« Darauf legte sie beide Hände hin und ließ sie sich abhauen. Der Teufel kam zum dritten Mal, aber sie hatte solange und soviel auf die Stümpfe geweint, daß sie doch ganz rein waren. Da mußte er weichen und hatte alles Recht auf sie verloren. Der Müller sprach zu ihr: »Ich habe so großes Gut durch dich gewonnen, ich will dich zeitlebens aufs Köstlichste halten.« Sie antwortete aber: »Hier kann ich nicht bleiben; ich will fortgehen – mitleidige Menschen werden mir schon soviel geben, als ich brauche.« Darauf ließ sie sich die verstümmelten Arme auf den Rücken binden, und mit Sonnenaufgang machte sie sich auf den Weg und ging den ganzen Tag, bis es Nacht ward. Da kam sie ...

Dazu später. Denn des Erklärungsbedürftigen, das werden Sie zugeben, haben wir sattsam längst genug. Auch für diejenigen, welche die GRIMMschen Märchen noch nicht ganz aus der Erinnerung gestrichen haben, ist die Grausamkeit und die Gräßlichkeit dieses Grundmotivs, dem das Märchen sogar seine Überschrift verdankt, extrem und auffallend. Was, muß man sich fragen, begibt sich denn da, daß ein Vater seine eigene Tochter in solch dramatischer Weise verstümmelt – eine Fragestellung, die jeder augenblicklich als Zentrum beim ersten Hören in sich spüren wird. Können wir Nutzen ziehen von dem, was in der psychoanalytischen Anamneseerhebung oft mit Hilfe von Märchen geschieht? Eine ganz gute Frage lautet dort: »Was war Ihr Lieblingsmärchen?« Und vorausgesetzt einmal, Sie hätten wirklich in Kindertagen eine Reihe von Märchen zur Auswahl zur Verfügung gehabt, darf man sagen, daß das Lieblingsmärchen – nicht in dem Sinn, daß Sie eine bestimmte Geschichte besonders gern gehört haben, wohl aber in der Art, daß sie Ihnen besonders wichtig, besonders faszinierend, immer wieder also erzählwürdig erschienen ist – daß eine solche Geschichte ein recht genaues Porträt zu malen imstande ist über die Art, wie Sie selbst als Kind groß geworden sind, weit besser als Sie etwa beim Aufschreiben Ihrer Biographie sich zu erinnern vermöchten. Dieses Lieblingsmärchen sozusagen ist der Schlüssel zur Tür in die eigene Vergangenheit. Und jetzt einmal so aufgeschlüsselt diese Geschichte. Wir müßten uns fragen, was denn Sie selbst für eine Frau oder ein Mann sein müßten, wenn man die Geschlechtsrolle ein Stück versetzt, die von sich selber so erzählen würden, wie diese Geschichte aus Kindertagen es überliefert.

»Als ich zur Welt kam«, müßten wir die biographischen Informationen aus diesem Märchen herausnehmen, »geriet meine Familie nach anfänglich relativem Wohlstand in Kärglichkeit und Armut. Und darin begab sich etwas für mich selber Schreckliches. Mein Vater wurde auf eine mir unerklärbare Weise von einem bösen Dämon verfolgt, und es gab keinen anderen Weg, ihn selbst, meinen Vater, davor zu retten, daß der Teufel ihn mir fortholte, als indem ich ihm als sein Kind erlaubte, mich zu verstümmeln durch Abschlagen beider Hände. Erst indem das geschah, vermehrte sich meinem Vater wieder der Reichtum bis zur Zufriedenheit, ja sogar bis zur Belohnung. Ich aber nahm schließlich Reißaus und ergriff die Flucht vor meinem eigenen Elternhaus. Und da bin ich noch heute, unterwegs mit dem Sonnenaufgang, ohne Ziel, mit einer sehr vagen Hoffnung, mitleidige Menschen könnten ergänzen, was in Kindertagen so grausam geraubt wurde.«

Nehmen wir diese fiktive Schilderung praktischerweise einmal ganz und gar beim Wort, indem wir uns vorstellen nicht nur, was erzählt wird, sondern – ganz wie in einer psychoanalytischen Anamnese-Erhebung – was das Mitgeteilte fü die Betreffenden selber bedeutet. Stellen Sie sich vor, was es mit sich bringt für ein Kind, das heranwächst, wenn Eltern unverschuldetermaßen, wie wir annehmen müssen, recht plötzlich unvermutet und im Status völliger Hilflosigkeit aus einer Begütertheit, mindestens aber Armutsfreiheit, plötzlich in bitteres Elend gestürzt werden. Nehmen Sie eine ganz einfache äußere Möglichkeit, wie so etwas sein kann. Der Vater oder die Mutter werden krank und vermögen den Beruf nicht mehr auszuüben. Setzen Sie einen Fall von Arbeitslosigkeit im Hintergrund. Oder nehmen Sie, was Millionen von deutschen Kindern in 1945 und in der Zeit danach erleben mußten. Plötzlich, in wenigen Stunden, konnte alles, was aufgebaut wurde, zusammengestürzt sein. Und für das Kind jetzt, das im Schatten eines solchen Erlebnisraums heranwachsen soll, bedeutet dies, ohne jeden Kommentar, ohne Linderung durch die Umstände, auf das bitterste Verzicht tun zu müssen. Das ist eigentlich der erste Inhalt dieser Geschichte. Sie haben ein Mädchen vor sich, das, jederzeit ins Wort gesetzt, droht, des Teufels Kind zu sein, das Mädchen eines Vaters, hinter dem der Satan selber steht im Falle, daß es seine eigenen Hände noch behalten sollte. Deutlicher gesprochen: Sie haben ein Mädchen vor sich, das mit seiner Fähigkeit, zuzugreifen, zuzufassen, – im psychoanalytischen Sinn der Schule Harald Schultz-Henckes gesprochen, im oral-kaptativen Bereich noch aktiv Wünsche entwickeln zu können –, auf den enormen Gegenwillen seines eigenen Vaters und seiner familiären Umgebung trifft. Solange dieses Mädchen noch selber äußert, was es haben möchte oder sogar ein Anspruchsrecht auf seine Wünsche erhebt, wird es in den beengten Lebensumständen, von denen wir jetzt ausgehen müssen, dem Vater nicht nur hinderlich, sondern reinweg eine Zumutung.

Was ist das mit der Behexung des Vaters durch den Teufel? Nehmen wir den einfachsten Fall, stellen wir uns die Geschichte möglichst real so vor, daß sie in Ihrem eigenen Leben oder im Leben Ihrer Bekannten und Freunde sich hätte zutragen können. Denken Sie sich ein Mädchen, das vor Weihnachten seinen Wunschzettel schreiben möchte. Es möchte – was sollen wir denken? – eine kleine Puppenstube, oder es möchte einen roten Ball, oder es möchte kleine Schühchen, oder es möchte gestrickte Handschuhe, irgend etwas, das ihm schön wäre. Ganz normale, ganz selbstverständliche Wünsche, um so mehr, als sie in der Zeit, da die Familie noch nicht herabgesunken war zu Lebensnotdurft und Armut, auch erlaubt waren, sogar selbst von den Eltern gut gelitten waren. Jetzt plötzlich, unter veränderten Umständen, begibt sich etwas ganz anderes. Einen Wunsch zu äußern, bedeutet oft gerade für Eltern, die es mit ihren Kinder sehr gut meinen, einen Hinweis darauf, daß sie dem Kind das, was es nötig hätte, nicht bieten können. Gerade Eltern, die ihren Kindern besonders gut sein möchten, fühlen durch die Wünsche, die sie erfüllen möchten, aber nicht erfüllen können, sich wie schuldig dem eigenen Kind gegenüber. Das Dilemma, in das sie selber geraten, mag dazu führen, am Ende, um sich zu entlasten, dem Kind vorzuwerfen, daß es so etwas überhaupt gewünscht hat. Und jetzt sind wir dicht bei dem Märchen. Es genügt mitunter, eigene Hände geltend zu machen, die eigene Neigung zum Zugreifen zu bestätigen. Und wir müssen wörtlich denken, daß dieser Vater in die Gefahr kommt, wie man so spricht, fuchsteufelswild zu werden. »Weißt du nicht endlich, daß wir kein Geld haben? Willst du immer noch dies und das? Es ist Schluß, wir haben nichts!« So müßten Sie sich den Originalton denken, jähzornig, polternd, rasend, plötzlich, unvorhersehbar, an einer Stelle, wo bis dahin das Kind völlig unschuldig sich glaubte. Dann begreifen Sie, was es aus der Perspektive eines Kindes heißen kann, erleben zu müssen, daß der Vater davon bedroht wird, daß der Teufel wörtlich mit ihm durchgeht.

Ein solches Kind wird sehr bald spüren und erleben, daß es nur eine einzige Rettung für es selbst und für seinen Vater gibt, diese Gefahr zu verhindern. Sie besteht darin, willfährig zu sein und sich zu opfern, die Hände sich abschlagen zu lassen in dem strengen Sinn einer Gehemmtheit gerade in diesem Bereich des Zugreifens, des Kaptativen. Ein Kind, das jegliche Wunschregung aus lauter Angst vor dem Jähzorn, vor der Teufelsgestalt des Vaters vergessen, verdrängen, in sich selbst ersticken würde, hätte die Belohnung, ein gutes Kind zu werden. Wir sehen vor uns plötzlich ein Mädchen mit ganz großen Augen und einem ganz kleinen Mund, ein Kind, das nur noch darauf achtet, was der Vater will und das buchstäblich so dasteht wie ein Apfelbaum hinter der Mühle, wie etwas ganz und gar personifiziert nützlich Gewordenes. Es ist nur noch da, um abgeerntet zu werden. Es hat keine Ansprüche mehr, es hat keine Geltungsrechte mehr, es ist die gefrorene Verzichtleistung. Dabei müssen wir das Grundgefühl im Erleben eines solchen Mädchens uns sehr genau vorstellen. Die Erzählung der BRÜDER GRIMM berichtet, daß dieses Kind solange auch für den Teufel unerreichbar bleibt, als es auf die Handstümpfe selber weint. Mit anderen Worten, solange dieses Kind depressiv traurig, voller Tränen ist, hat es eine gewisse Rettung, selber nicht vom Teufel geholt zu werden. Es vermeidet, ein Teufelsmädchen zu sein, wenn es in Traurigkeit Verzichten übt. Darum wird es ein frommes, schönes und liebes Kind.

Sie haben scheinbar eine ganz harmlose Geschichte in den Kinder- und Hausmärchen der BRÜDER GRIMM vor sich. Sie hören ihr zu, knapp anderthalb Seiten lang. Und was Sie vor sich haben, ist ein ganzes Lebensdrama, voller Resignation. Da beginnt ein Leben, das zu Ende ist, kaum daß es anheben könnte. »Macht mit mir, was Ihr wollt,« sagt dieses Mädchen allen Ernstes zu seinem Vater. Sie müßten, wenn ich dabei von oralen Gehemmtheiten spreche, noch einmal daran denken, daß die Psychoanalyse niemals darin besteht, Vater oder Mutter oder Tochter oder Sohn irgendeinen Vorwurf zu machen. Ich habe gerade schon betont, daß diese Familiendramaturgie sich gerade bei Eltern ereignen wird, die es herzlich gut meinen, und genau das erzählt uns das Märchen. Es sagt uns, daß da ein Vater ist, der seine eigene Tochter um Verzeihung bittet, der sie förmlich anfleht, ihn zu retten vor dem Teufel. Er selbst ist ein Mensch voller Angst, und er kann von sich her überhaupt nicht anders, als er ihr tut. Das ist das Dilemma. Wäre dieser Vater nur roh oder grob, selber einfach nur der Teufel, hätte dieses Mädchen seinen Schutzraum vor ihm. So er aber auch der Vater ist, wohlmeinend und gut und aller Liebe wert, gerät dieses Mädchen in die Ambivalenz der Gefühle, denselben Vater fürchten, oft sogar hassen zu sollen und gleichermaßen zu lieben und wertzuschätzen. Genau das ist der Hintergrund für die Unentrinnbarkeit schwerster Schuldgefühle: gebunden zu sein an die wesentlichen Beziehungspersonen in einem solchen gespannten Extrem von Empfindungen und Gefühlen – das zerreißt einen Menschen bis in sein Inneres. Und gerade das, was gut ist, müssen wir zur Erklärung dessen nehmen, was oft durchbruchartig diesem Kind ganz schrecklich erscheint. Es macht dann den Versuch, alles wieder auszugleichen durch Belohnung und Wiedergutmachung.

Wovon wir hier sprechen, ergibt eine Erklärung dessen, was oral-kaptative Gehemmtheiten sind – für manche, die meisten vielleicht von Ihnen, ein reines Fremdwort –, und zwar bis ins Detail genau. Denken Sie, wie es sein mochte 1945, 1948, als in Deutschland Millionen Menschen hungerten. Wie sollte ich, erzählte mir eine Frau, denn jemals frei leben und atmen? Wenn mein eigener Vater nach Hause kam, brachte er uns Kindern von der Arbeit mit, was er zu essen hatte. Und jetzt müssen Sie sich vorstellen, was unter uns Geschwistern sich abspielte. Da wurde ein Stück Brot geteilt durch drei. Das ging in Ordnung, nach Gerechtigkeit. Ich aber sollte etwas essen, von dem ich genau wußte, daß mein Vater es nicht gegessen hatte. Es war so, wie wenn mir gesagt wurde: »Du darfst leben, aber wir, die Eltern, opfern uns für dich.« Selbst das, was ich dann gegessen habe, war wie innerlich vergiftet. Je lieber ich es in mir aufnehmen mochte, desto schuldiger fühlte ich mich. Denn ich spürte noch den Wunsch, es zu begehren. Es war aber, daß ich meinem eigenen Vater das wegstahl, was er gebraucht hätte. Es war ein Entweder/Oder, er oder wir. Daß er sich opferte, bedeutete, daß ich mich opfern mußte, damit er lebte. Und dann kam es, wie es kommen mußte. Dieselbe Zerrissenheit in Wohlmeinen bis zur Überstrapaziertheit, und dann der Durchbruch von Widerstand. Ein Mann als Vater, natürlich nervös, voller Pflichtgefühl, unfähig seine Wünsche zu äußern, dann aber jähzornig. Allein was es bedeuten kann, daß mit der Mutter oder dem Vater der Teufel durchgeht, können Sie sich kaum anders denken, als daß ein Kind, das dies einmal erlebt, fortan mit den Ohren gewissermaßen an der Erde lauschen wird, wann das Grollen in der Tiefe wieder beginnt und die nächste Erderschütterung sich anzeigt. Mag sein, in drei Tagen, mag sein, in drei Wochen, irgendwann wird dasselbe Beben wiederkommen, und man muß ihm entgegenlaufen, man muß versuchen, es durch äußerstes Entgegenkommen zu verhindern. Das heißt es, ein Mädchen zu werden ohne Hände. Ich brauche das nur zu schildern, um Ihnen die Aufgabe vorzulegen, darüber nachzusinnen, wie denn hier Heilung sei. Wir müssen dazu nur den Bildern selbst kaskadenartig getreu folgen, bis Neues sich meldet und organisiert und uns auf Stellen hinweist, die weiterführen. Auch wir können nichts anderes tun, als dem Gang des Märchens jetzt weiter zu folgen.

Eines allerdings begreifen wir schon. Es geschieht hier ein Aufruf in der Art, daß das Mädchen sich nicht korrumpieren läßt durch spätere Belohnung durch seinen Vater. Nehmen wir auch das möglichst beim Wort. Denken wir uns, es ist ein paar Jahre nach dem Zweiten Weltkrieg, es ist das Wirtschaftswunder in Deutschland. Plötzlich sind die Kisten und Kästen gefüllt. Was wird passieren an Weihnachten, sagen wir 1952, wenn das Mädchen ohne Hände, wie der Vater sagt, auf das Köstlichste gehalten werden könnte? Wir werden erleben, daß das Mädchen gerade an dieser Stelle sehr unsicher wird und buchstäblich die Flucht ergreift vor dieser Möglichkeit. Es begibt sich hier in sein eigenes Leben, allerdings mit der Hoffnung, es würden zum Ersatz der verstümmelten Hände Menschen sein, die wissen, was ihm fehlt. Wenn Sie psychoanalytisch ein Stück weit interessiert sind, ist diese eine Bemerkung für Sie methodisch und analytisch außerordentlich wichtig. Wir haben gerade eben auf der Gehemmtheitsseite beschrieben, was dem Mädchen fehlt. Wir hören jetzt, daß parallel zur Gehemmtheit eine bestimmte Haltung sich ausprägt. Sie liegt darin, daß das Mädchen ohne Hände von all den anderen erwartet, und zwar passiv, ohne reden zu müssen, man würde ihm an den Augen ablesen können, wessen es bedarf.

Auch das gehört im strengen Sinne zum depressiven Erleben: die Hoffnung, daß andere sozusagen die Kunst des Gedankenlesens beherrschen, so wie die meisten Depressiven selbst in dieser Kunst überaus bewandert sind.

Vor einer Weile war ein Mann bei mir, nach dem eine andere Patientin zu mir kam, die lachend bemerkte: »Der Mann, der vorhin hier war, muß ein religiöser Zwangsneurotiker sein.« – »Woher wissen Sie?« – »Nun, ich habe sein Fahrrad draußen stehen sehen. Das genügte mir.« Dieser Mann war in der psychiatrischen Klinik durch alles Mögliche gedreht worden, mit lauter falschen Diagnosen. Diese Frau, die ihn überhaupt nicht gesehen hatte, hatte vollkommen begriffen, was im Leben dieses Mannes los war. Depressive können sich einfühlen, fast bis zur Grenze des Identitätsverlusts in den anderen hineinkriechen, am Gesichtsausdruck, an den Augen, aus kleinen Gesten heraushören, was da anklingen könnte, und passiv-heimlich ist die Hoffnung, ein Gleiches möchte auch mir geschehen. Unfähig förmlich, den Mund zu öffnen und eine eigene Sprache über die persönlichen Wünschbarkeiten zu führen, herrscht die Erwartung, andere werden mitleidig genug sein. Der Preis für diese Haltung allerdings ist der eines unentrinnbar scheinenden Bettlerdaseins. Und wie es daraus ein Entrinnen gibt, hören Sie im folgenden.

Die Interpretation des Märchens »Das Mädchen ohne Hände«

2. Teil:

Das Mädchen ohne Hände, wissen wir schon, ging den ganzen Tag, bis es Nacht war. Da setzen wir an:

Da kam sie zu einem königlichen Garten, und beim Mondschimmer sah sie, daß Bäume voll schöner Früchte darin standen; aber sie konnte nicht hinein, denn es war ein Wasser darum. Und weil sie den ganzen Tag gegangen war und keinen Bissen genossen hatte und der Hunger sie quälte, so dachte sie: Ach, wäre ich darin, damit ich etwas von den Früchten äße, sonst muß ich verschmachten. Da kniete sie nieder, rief Gott den Herrn an und betete. Auf einmal kam ein Engel daher, der machte eine Schleuse in dem Wasser zu, so daß der Graben trocken

ward und sie hindurchgehen konnte. Nun ging sie in den Garten und der Engel ging mit ihr. Sie sah einen Baum mit Obst, das waren schöne Früchte, aber sie waren alle gezählt. Da trat sie hinzu und aß eine mit dem Mund vom Baume ab, ihren Hunger zu stillen, aber nicht mehr. Der Gärtner sah es mit an, weil aber der Engel dabeistand, fürchtete er sich und meinte, das Mädchen wäre ein Geist, schwieg still und getraute nicht zu rufen oder den Geist anzureden. Als sie die Birne gegessen hatte, war sie gesättigt und ging und versteckte sich in das Gebüsch. Der König, dem der Garten gehörte, kam am anderen Morgen herab; da zählte er und sah, daß eine der Birnen fehlte und fragte den Gärtner, wo sie hingekommen wäre, sie läge nicht unter dem Baum und wäre doch weg. Da antwortete der Gärtner: »Vorige Nacht kam ein Geist herein, der hatte keine Hände und aß eine mit dem Munde ab.« Der König sprach: »Wie ist der Geist über das Wasser herübergekommen? Und wo ist er hingegangen, nachdem er die Birne gegessen hatte?« Der Gärtner antwortete: »Es kam jemand in schneeweißem Kleid vom Himmel, der hat die Schleuse zugemacht und das Wasser gehemmt, damit der Geist durch den Graben gehen konnte. Und weil es ein Engel muß gewesen sein, so hab ich mich gefürchtet, nicht gefragt und nicht gerufen. Als der Geist die Birne gegessen hatte, ist er wieder zurückgegangen.« Der König sprach: »Verhält es sich, wie du sagst, so will ich diese Nacht bei dir wachen.«
Als es dunkel ward, kam der König in den Garten und brachte einen Priester mit, der sollte den Geist anreden. Alle drei setzten sich unter den Baum und gaben acht. Um Mitternacht kam das Mädchen aus dem Gebüsch gekrochen, trat zu dem Baum und aß wieder mit dem Mund eine Birne ab; neben ihr aber stand der Engel im weißen Kleide. Da ging der Priester hervor und sprach: »Bist du von Gott gekommen oder von der Welt? Bist du ein Geist oder ein Mensch?« Sie antwortete: »Ich bin kein Geist, nur ein armer Mensch, von allen verlassen, nur von Gott nicht.« Der König sprach: »Wenn du von aller Welt verlassen bist, so will ich dich nicht verlassen.« Er nahm sie mit sich in sein königliches Schloß, und weil sie so schön und fromm war, liebte er sie von Herzen, ließ ihr silberne Hände machen und nahm sie zu seiner Gemahlin. Nach einem Jahr mußte der König über Feld ziehen, da befahl er die junge Königin seiner Mutter und sprach: »Wenn sie ins Kindbett kommt, so haltet und verpflegt sie wohl und schreibt mir's gleich in einem Briefe.« Nun gebar sie einen schönen Sohn. Da schrieb es die alte Mutter eilig und meldete ihm die frohe Nachricht. Der Bote aber ruhte unterwegs an einem Bache, und da er von dem langen Weg ermüdet war, schlief er ein. Da kam der Teufel, welcher der frommen Königin immer zu schaden trachtete, und vertauschte den Brief mit einem anderen, darin stand, daß die Königin ein Wechselbalg zur Welt gebracht hätte. Als der König den Brief las, erschrak er und betrübte

sich sehr, doch schrieb er zur Antwort, sie sollten die Königin wohlhalten und pflegen bis zu seiner Ankunft. Der Bote ging mit dem Brief zurück, ruhte an der nämlichen Stelle und schlief wieder ein. Da kam der Teufel abermals und legte ihm einen anderen Brief in die Tasche. Darin stand, sie sollten die Königin mit ihrem Kinde töten. Die alte Mutter erschrak heftig, als sie den Brief erhielt, konnte es nicht glauben und schrieb dem Könige noch einmal, aber sie bekam keine andere Antwort, weil der Teufel dem Boten jedesmal einen falschen Brief unterschob – und in dem letzten Brief stand noch, sie sollten zum Wahrzeichen Zunge und Augen der Königin aufheben.
Aber die alte Mutter weinte, daß so unschuldiges Blut sollte vergossen werden, ließ in der Nacht eine Hirschkuh holen, schnitt ihr Zunge und Augen aus und hob sie auf. Dann sprach sie zu der Königin: »Ich kann dich nicht töten lassen, wie der König befiehlt, aber länger darfst du hier nicht bleiben: Geh mit deinem Kind in die weite Welt hinein und komme nie wieder zurück.« Sie band ihr das Kind auf den Rücken, und die arme Frau ging weinend fort. Sie kam ...

Noch einmal unterbrechen wir. Denn was Sie gerade lasen, ist nicht mehr und nicht weniger als die Tragödie einer gesamten, aneinander scheiternden Ehe. Dabei ist der Beginn im Sinn der armen Müllerstochter, die nunmehr zur Königin wird, geradezu glücklich zu preisen. All ihre Wünsche gehen scheinbar anfänglich voll in Erfüllung. Sie findet, als es Nacht wird, versenkt also in ihr eigenes Unbewußtsein, einen Garten, der fast so beschrieben wird wie die Szene, in der sie in Kindertagen stand, umgeben mit Wasser, ein Baum darinnen, Birnen jetzt statt Äpfel, aber sie selbst bestrebt, ihren Hunger zu stillen. Und das jetzt ist ein erstes wichtiges Symbol zur Lösung der gesamten Problematik. Wenn ich eingangs sagte, die Märchen arbeiten sehr gern schon aus der Treue gegenüber der eigenen religiösen Tradition mit alten Motivkomplexen aus dem Erbe religiöser Überlieferungen, werden diejenigen, die in der Bibel noch ein bißchen sich auskennen, Erinnerungen daran haben, schon einmal von einem Garten gehört zu haben, in welchem ein Baum stand, von dem zu essen verboten war.

Tatsächlich haben Sie hier ein Paradiesesmotiv, nur daß die Verwendung dieses Motives gerade gegenläufig stattfindet wie in der Bibel. Denn in den Erzählungen der Genesis wird uns berichtet, wie die Menschen in Schuld und Sünde geraten, indem sie ein bestimmtes Verbot, ein Nahrungstabu überschreiten, um dann in eine Welt hineingestoßen zu werden, die voller Bitternis und Pein ist. Hier jetzt finden Sie einen Ausweg, einen ersten, aus schweren Tragödien der Depression, indem ein Mädchen wagt, das scheinbar verbotene Paradies gegenläufig zu betreten und das zu tun, was ins Buchstäbliche wie ein Diebstahl erscheinen muß. Eine Welt, in der jedes Detail gezählt ist, jede Frucht an dem Baum genauestens überwacht und numeriert wird – gerade davon getraut sie sich bei Nacht und Nebel selbst zu essen, wie ein kleines Kind hier, unfähig mit den Händen zu greifen, säuglingsähnlich mit dem Mund. Und Sie verstehen auch, warum im psychoanalytischen Betracht dieser Birnbaum natürlich steht als Gegenbild der eigenen Vatergestalt und die Mutter symbolisiert. Sie spielt in der gesamten Analyse des Märchens bis jetzt sonst noch gar keine Rolle. In ihr aber, wie in einem guten Geist, wie in der Hintergrundgestalt des begleitenden Engels, müssen wir all das versammelt finden, was gegenläufig, antithetisch als Ideal der Sehnsucht unter dem Druck der Angst vor dem eigenen Vater verdichtet wurde. Sie kennen Geschichten dieser Art landläufig zum Beispiel im Märchen von Hänsel und Gretel ein wenig. Auch dort treffen Sie eine Welt voller Entbehrung an. Ein Elternpaar, das außerstande sich sieht, die beiden Geschwister großzuziehen, getrieben von eigenem Hunger, vertreibt die eigenen Kinder. Im Märchen von Hänsel und Gretel formt sich eine solche Hintergrundphantasie von einem Hexenhaus, in dem es nicht allein genügend zu essen gibt, sondern in dem sogar die Blendläden, die Fenster, die Dachziegel, alles zum Essen ist, voller Süßigkeiten und Lebkuchen, eine Gegenbesetzung der Hungerwelt. Auch das können Sie gar nicht wörtlich genug nehmen.

Ein Mann, der aus dem Gefangenenlager 1948 zurückkehrte, hat mir einmal erzählt, wie er als Aufseher eine Gruppe deutscher Gefangener, seine Leute, beruhigte und zufriedenstellte. Gefragt »Wie machst du das?«, sagte er: »Ich habe denen Kochrezepte diktiert.« – »Ja, was verstehst du denn vom Kochen?« – »Überhaupt nichts«, sagte er,

»aber die saßen da mit großen Augen. ›Das muß meine Frau mir kochen, wenn ich nach Hause komme.‹« Menschen, die an den eigenen Schuhsohlen nagen, bestehen von früh bis spät aus den Hungerphantasien nach einem Paradies, in dem es endlich genügend zu essen gäbe, und eine einzige Birne würde genügen. Das Problem aber ist, gerade bei solch aufgestauten Bedürfnissen, daß jedes eigene Tun unweigerlich von Schuldgefühlen begleitet wird, also der Dreinrede, überhaupt sich etwas zu genehmigen.

Kaum anders als im Sinne dieses Märchens weiß ich in der Analyse dann Brücken zu bauen. Es ist ungefähr so, wie wenn Sie mit einem Wolfsappetit und völlig leerem Magen vor einem Bäckerladen stünden, und Sie hätten einen solchen Hunger, wie wenn Sie das ganze Regal verschlingen könnten, so daß man auf Sie acht haben müßte, keinen Einbruch zu begehen. Natürlich haben Sie von einem bestimmten Punkt an Angst vor Ihren eigenen Triebbedürfnissen, wenn sie so heftig sind. Man kann demgegenüber nur sagen, ein einziges Brötchen täte es vollkommen, man müßte nur endlich die Möglichkeit haben, den realen Hunger in der Realität auch zu befriedigen. All die grausigen schrecklichen Schuldphantasien, die sich für den kleinsten sich regenden Wunsch geltend machen, könnten zum Verschwinden kommen, wenn man sich nur erst getraut, etwas zu tun zum Erhalt des eigenen Lebens. Es ist aber der Preis gesetzt, hier buchstäblich so etwas wie einen Einbruch wagen zu müssen. Dieses Mädchen in einer völlig abgezählten und abgezirkelten Welt muß wagen, das Verbotene zu tun, einen Diebstahl zu begehen.

Vielleicht haben Sie beim Lesen des Textes schmunzeln müssen, als ich beschrieb, wie da der Pastor mit dem Gärtner und dem König unterm Baum Wache sitzen, um einem Geist aufzulauern. Nehmen Sie die Geschichte wirklich so wörtlich, wie sie hier erzählt wird. Sie begreifen, daß Märchen zu interpretieren einzig in der Kunst besteht, alles, was da gesagt wird, ganz, ganz ernst zu nehmen. Dieses Mädchen ohne Hände lebt beim ersten Schritt zu einem wirklichen Leben wie in einer Geister- und Gespensterwelt. Sie können diese Dramaturgie der Geschichte zum Beispiel symptomatologisch etwa an der Magersucht festmachen. Essen bedeutet hier, einen anderen Menschen töten. Auf alles Verzicht tun, ist die einzige Bedingung, wirklich gut zu sein. Einen Körper zu haben, ist schon am Rande des Verbrecherischen. Sich selber so zu vergeistigen, daß man aufhört, schuldig zu werden, wäre das ganze Lebensziel. Bist Du ein Geist oder ein Mensch? Diese Frage könnte sich im Raum der Magersucht genauso stellen. Und es ist auf Erden scheinbar keine andere Hoffnung. Es müßte irgendwo am Ende der Welt etwas ganz Gütiges sein, das ins Leben führt. Was Sie auch hier vor sich haben, ist eine umgekehrte Sündenfallerzählung. Ein Mensch wagt im Namen Gottes etwas zu tun, das wie böse erscheint und es sogar dem Namen nach ist. Aber nur so gelangt er ins Leben. Wenn Religion einmal bedeuten könnte, im Vertrauen auf den Hintergrund der Welt vielleicht eher Gesetze zu brechen, als am Hunger nach Leben zugrunde zu gehen, hätten Sie im Sinn des »Mädchens ohne Hände« den Anfang einer Frömmigkeit, wie sie sie uns nicht gerade so gelehrt wird.

Wir müssen noch hinzufügen, daß Sie Bilder dieser Art aus der Bibel dann auch des weiteren kennen, zum Beispiel in den Erzählungen von der Landnahme. Als Israel einzieht ins gelobte Land Kanaan, durchschreitet es den Jordan, der wie eine Sperrfläche das gelobte Land einhüllt. Und es ist da auch in der Bibel ganz wörtlich ein Engel, der den Jordan blockiert, auf daß man trockenen Fußes hindurchgelange. Wie kommt ein Geist durch eine Wasserfurth? Nicht anders hier, als daß ein Engel ihm den Weg zeigt. Und fragen Sie, »Was ist das mit dem Engel?«, müßten wir sagen, es existiert in unserer eigenen Person immer doch auch so etwas wie ein Wesensgewissen, wie ein innerer Kern, ein Wegweiser dessen, was wir selber sind. Und er nimmt uns bei der Hand und macht uns Mut zu leben. Dann kommt der Punkt, an dem Sie noch einmal lachend sich in Erinnerung gerufen haben, daß Märchen ja typisch so sind. Da ist ein armes Kind, eine Müllerstochter, und dann kommt ein reicher Königssohn und beugt sich zu ihm herab, heiratet es, weil es so brav ist und die beiden finden einander am Hofe wieder. So erzählen die Märchen, und wir wissen, daß es so in dieser

Weise sich selten verhält, wenn Königssöhne Bürgerliche heiraten, außer in den Märchen. Wir lernen dabei wieder, daß Sie die Wahrheit der Märchen nicht in den Klatschspalten der Boulevardblätter nachlesen sollten, so sehr es vor 20 Jahren auch eine Zeit gab, wo man die Märchen sozialkritisch oder sozialpsychologisch lesen wollte. Sie finden wenig Gewinn daran, wenn Sie beim Lesen von Königen sich etwa an die preußische Monarchie erinnert fühlen wollten. Die Märchen wissen, was HEINRICH MANN im »Untertan« schon vor 1914 wußte: Könige sind nicht im Raum des Poetischen mehr wirklich, wohl aber im Raum der Romantik, im Raum der Märchen. Jede Frau, die einen anderen Mann liebt, jeder Mann, der eine Frau wirklich liebt, entdeckt im anderen etwas Königliches, sieht in dem anderen eine Persönlichkeit, in welcher ein ganzes Reich der Liebe sich versammelt, das nichts anderes ist als das eigene Haus, und man würde ihm folgen bis zum Ende der Welt. Dort ist Armut und Reichtum wie verschwistert und alles, was der andere ist, wie ein unverdientes Geschenk. Immer ist es so, daß die Liebe ein Stück weit sich wie unwürdig fühlt und langsam lernen muß, wieviel an eigener Liebenswürdigkeit im eigenen Wesen liegt.

Aber dieser Weg jetzt ist ganz lang. Was, frage ich Sie, macht der liebste Ehemann der Welt mit einer Frau, die wir uns so gehemmt denken müssen wie das Mädchen ohne Hände? Das Märchen sagt etwas ganz Kostbares: Der König ließ seiner Gemahlin Silberhände anfertigen. Es soll heißen, daß er ihr Prothesen schenkt, durch welche der Verlust gewissermaßen äußerlich kompensiert und gar nimmer dem Blick eines Außenstehenden auffällig wird. Was aber ist innerlich gewonnen? Wo wir eigentlich denken müßten, wie gegen Ende von Dutzenden anderer GRIMMschen Erzählungen, die beiden hätten das Glück ihres Lebens geschmiedet, stehen vor dem Traualter, vor dem Pfarrer hier, mit zwei Zeugen, und schließen einen Bund, fürs Leben selbstverständlich, schon schreibt das ganze Land Glückwunschkarten an den Königsohn und an die neue Königin, welche eine Müllerin war, den beiden zur Zuversicht, erleben wir in Wirklichkeit, daß die Bedingungen des Glücks, genau diese, bereitstehen, das tiefste Unglück zu schaffen. Die Chiffre dafür ist der schlafende Bote und jetzt, ganz vage wieder, die vertauschte Botschaft durch den Teufel. Was ist da los? Nehmen wir die Informationen des Märchens noch einmal möglichst korrekt. Die Königin, nach einem Jahr, hat ein Kind geboren. Und das ist der Zeitpunkt, wo der König übers Land geht, Krieg zu führen. Ich sage nochmals, Sie verstehen die Märchen völlig richtig, wenn Sie ihre realen Angaben möglichst sich vorstellen als in der Realität auch spielend. Wie stark verändert sich die Beziehung zwischen Mann und Frau durch die einfache Tatsache, daß ein Kind auf die Welt kommt, eigentlich ein Glück für alle Beteiligten! Aber die Beziehung zwischen Mann und Frau erleidet jetzt eine sehr starke Veränderung, so nämlich, daß die Mutter mit dem Kind eine sehr enge Verbindung eingeht, der Mann aber wie ferngerückt scheint. Und was nun erfährt er aus der Dualunion von Mutter und Kind? Welche Rolle soll er spielen, daneben? Wieviel Eifersucht regt sich in ihm? Seine Geliebte wird Mutter, und er selbst kann sich nicht länger mehr leisten, das Kind auch zu bleiben, das er als Geliebter sein durfte. Ihm wird Konkurrenz, ganz früh und anfanghaft. Hier ist die Geschichte noch viel dramatischer. Wir müssen gar aus den silbernen Händen, aus der Gehemmtheit, den Schlüssel gewinnen für das Motiv der vertauschten Botschaft zwischen Königin und König. Denken Sie sich den einfachsten Fall. Die Königin, stellen wir uns vor, feiert Geburtstag. Der König mit seinen Silberhänden versucht den Mangel an eigenem Zugreifen völlig zu ersetzen, indem er das Fehlende prothesenähnlich anfügt. Nehmen wir uns etwa die folgende Szene.

Der Mann, der ja von seiner Frau auf die Frage: »Was wünschst du dir zum Geburtstag?«, keine klare Auskunft hört, nur ganz allgemein – denken wir uns: »Ein Kleid wäre sehr schön« – geht mit seiner Frau am Geburtstag gemeinsam einkaufen, nimmt einen ganzen Tag sich frei, morgens schon nach Öffnung der Geschäfte. Gerade hat man auf das Festlichste gefrühstückt. Um 10 Uhr begibt man sich in Paderborn in die Geschäfte. Und es ergibt sich nach Anprobieren von – sagen wir – schätzungsweise fünf, sechs Kleidern, daß in diesem Laden ein richtiges sich nicht findet. Der Mann, weil ja nun Geburtstag ist und die Gutmütigkeit zu seiner Wesensart gehört, geht in ein zweites Geschäft. Man sucht wieder, es ist die Schnittlänge, es ist der Gürtel, die Farbe, der Preis auch, nicht richtig. Der Mann meint: »Der Preis ist doch nicht schlimm, ein schönes Kleid!«, aber nein, man geht in ein drittes, in ein fünftes Geschäft, irgendwann – denken wir uns – ist es gegen fünf Uhr nachmittags, fünfundzwanzig Kleider sind probiert, es war kein einziges richtig, und der Mann – denken wir uns ihn als den liebsten auf Erden – wird irgendwann genauso reagieren, wie wir uns in Kindertagen den Vater dieses Mädchens vor allem denken müssen: er wird vor Wut explodieren. Er wird das, was sich da abspielt, interpretieren als ein Vielzuviel an Erwartungen: »Für dich ist offensichtlich kein Kleid richtig. Das, was du willst, gibt es nicht auf Erden. Jetzt nimm entweder das Kleid oder hau ab, ich will nicht mehr.« Das – denken wir uns – spricht er. Was die Frau jetzt hört, ist genau das, was sie all die Zeit befürchtet hat. Ihr Problem ist, daß ihr Mann zwar möchte, daß sie sich ein Kleid kauft, aber das kann nicht wirklich gelten. Ein Kleid wird 300.– bis 500.– DM kosten, sagen wir, wenn es sehr schön, sehr teuer ist. Kann man in Bosnien, in Somalia, in Bangladesch, in der Sahel-Zone Kleider kaufen für 300,- und 500,- DM, selbst wenn man Geburtstag hat? Das darf man aber dem Mann nicht sagen, diese Gewissensskrupel kennt man selber kaum. Was die Frau erlebt, ist nur, daß sie trauriger und trauriger wird. Sie fühlt keine Schuldgefühle und sie fühlt keine Wünsche. Sie möchte es nur ihrem Mann ganz recht machen; der soll sich freuen, weil sie ja Geburtstag hat. Der Mann denkt, sie soll sich freuen, weil sie ja Geburtstag hat. Schon weiß keiner mehr, wer was für wen tut. Die Verwirrung kann nur steigen. Die Traurigkeit, die die Frau spürt, darf sie nicht mitteilen; sie muß sehr witzig, sehr gutlaunig, sehr lächelnd sein, auch sehr dankbar gegenüber ihrem Mann, der sich all die Mühe gibt. Mit anderen Worten, das Problem kann sich nur immer weiter aufschaukeln. Und am schlimmsten, die Frau wird denken, mein Mann will mir überhaupt kein Kleid kaufen. Und am Ende wird sie ihn entlarvt haben. Er ist wirklich jähzornig. Er hat die ganze Zeit schon die Wut gehabt und das hat sie gewußt. Jetzt kommt es darauf an, das alles wieder gutzumachen. Wie rettet man sich aus der Hölle solcher Qualen, die ja keiner kennen kann?

Es wäre beinahe eine Wohltat, wenn dieses Mädchen ohne Hände als Königin mit Silberarmen endlich das wieder könnte, was es als Mädchen, wenn es dies nur dürfte, getan hätte, nämlich herzzerreißend weinen. Dann wenigstens hätte der Mann eine gewisse Chance zu merken, was in ihr vor sich geht. Statt dessen ist hier wirklich der Teufel drin. Alles, was sich hier austauscht, wird ins Gegenteil verkehrt. Die Königin kann melden, sie hat das Schönste hervorgebracht, was sie besitzt und hat. Der König wird hören, es ist irgend etwas ganz Negatives. Der König kann sagen, voller Rücksichtnahme: »Pflegt und haltet sie aufs Schönste, ich komme, sobald ich kann.« Sie wird hören, daß sie im Grunde verdient, getötet zu werden, buchstäblich in Lebensgefahr ist. Beide können einander das Beste vermelden, was sie einander sagen möchten. Es wird im Unbewußten, wenn der Bote, der es austauschen soll, schläft, die Gestalt des Teufels dazwischen treten. Eigentlich ist es der eigene Vater, der hier zurückkehrt. Und jetzt sind Sie dabei zu begreifen, warum so viele Familien auseinanderzubrechen drohen, immer wieder. Wir haben gesagt, daß dieses Mädchen den König heiratet, weil er der Herr eines erwarteten Paradieses ist. Und wir haben hinzugefügt, daß der Herr dieses Paradieses unter dem Schutz des Engels alle Erwartungen auf sich zieht, die antithetisch zur Vatergestalt der frühen Kindheit verdichtet wurden. Den Vater, den es hätte geben müssen, aber nie gegeben hat, sucht dieses Mädchen ohne Hände, und findet ihn wieder in seinem Geliebten. Bis dahin datiert all das Glückliche und Schöne, für das wir diese beiden herzlich beneiden möchten am Hochzeitstage.

Aber niemand von den Umstehenden, nicht die Trauzeugen, nicht der Pfarrer, nicht die eigenen Verwandten, werden wissen, wieviel an Konfliktpotential gerade in diesem vorteilhaft erscheinenden Arrangement begründet liegt. Gerade weil dieses Mädchen zu seiner Rettung der Gegenfigur, der positiv gefärbten Imago seines eigenen Vaters bedarf, um sich selbst zu lieben zu getrauen, wartet im Schatten die Rückkehr des eigenen Vaters wie ein Wiederholungszwang, unwiderruflich und unvermeidlich. Es werden gerade in dieser Ehe, weil sie mit so viel gutem Willen gelebt wird, alle alten Ängste, alle alten Schuldgefühle, alle alten Gehemmtheiten, alle Befürchtungen aus Kindertagen sich wieder melden. Und das ist jetzt die Frage, wie man so etwas auflösen kann, welche Chance überhaupt besteht, mit derlei Schwierigkeiten kreativ umzugehen.

SIGMUND FREUD ist schon deswegen groß zu rühmen, weil er schon am Anfang dieses Jahrhunderts meinte, die Menschen würden die entscheidenden Fragen, die vormals in der Religion artikuliert wurden, nunmehr als Mann und als Frau aneinander stellen. Gelingen und Scheitern des Lebens würde entscheidend sich festmachen am Gelingen und Scheitern der Liebe. Und er fügte hinzu, daß die Liebe selber so etwas sei wie die Psychoanalyse, so wie die Psychoanalyse so etwas sei wie Vorbereitung auf Liebe. Man kann ganz sicher sagen, daß eine gelingende Liebe die beste Analyse darstellt und sie vollkommen zu ersetzen vermag. Aber wie oft scheitert das Ringen um die Liebe an den alten Konflikten aus Kindertagen? Allemal hat sie die Kraft, zurückzutauchen bis zu den Zonen, da wir Kinder waren. Ins Positive und Helle hinein formuliert, ist es der Wunsch jedes Jungen, jedes Mädchens, die einander beginnen zu lieben, man möchte sich schon kennengelernt haben, als man noch Kind war. »Wenn wir uns doch schon gesehen hätten im Kindergarten, oder im Sandkasten, oder auf derselben Spielstraße, was wäre das schön gewesen.« Tatsächlich möchte die Liebe den anderen dort abholen, wo er noch ein kleines Mädchen und ein kleiner Junge war. Das geht völlig in Ordnung. Alle Sprache der Liebenden, alle Redewendungen und Ausdrucksformen der Zärtlichkeit basieren auch auf den Verkleinerungsformen, mit denen der andere angeredet wird. Dieser Tage noch hörte ich eine Frau zu ihrem Mann sagen: »Mein Männlein«; dabei war der Bursche selber – wie Brigitte Bardot einmal von Curd Jürgens zu sagen pflegte – ein teutonischer Kleiderschrank; aber: »Mein Männlein!«. So zu sehen, ist die Liebe entstanden, denn immer macht sie selbst das Großformatige spielerisch bis zum pflegebedürftig Kleinen. Listig ist die Natur, denn sie bahnt auf diesem Wege auch die Fähigkeit, eines Tages ein kleines Kind gemeinsam großziehen zu können. In den Armen der Liebenden wird der andere immer auch zum Vater und zur Mutter und zur Tochter und zum Jungen, wie auch anders. Deswegen – wenn es positiv geht – fügt die Liebe alles Zerbrochene zusammen. Aber wenn die Angst stärker zu werden droht als die Liebe, hilft nichts weiter als ein offenes Sprechen über all die Angstmomente der eigenen Vergangenheit. Und wie kann das sein, wenn die Sprache zerbricht an der ständig sich vertauschenden Botschaft, hier durch das Dazwischentreten des Vaters, der Mutter aber auch, im Positiven wie im Gegenläufigen?

Gefragt, wie dies sein kann, müssen wir das Märchen ein letztes Mal befragen. Aber ehe wir es uns zu leicht machen, möchte ich Sie auffordern, darüber nachzusinnen, was Sie denn ratschlaggebend von außen an dieser Stelle zu sagen wüßten. Ich behaupte, so gut wie überhaupt nichts, und bereite Sie schon darauf vor zu prüfen, was für ein Recht wir eigentlich haben, im Raum der Moral immer schon zu wissen, wie Menschen leben können und leben sollen. Beispielsweise die katholische Kirche weiß ganz eindeutig und genau, daß eine Ehe, geschlossen vor dem Pfarrer und zwei Zeugen, nicht mehr aufgelöst werden darf, bis daß der Tod euch scheidet. Von 300.000 Ehen werden 100.000 jedes Jahr getrennt – für die katholische Kirche ein Beispiel für die Treulosigkeit, für den Sittenverfall, für die mangelnde Bemühtheit der Eheleute. Ein einziges GRIMMsches Märchen, unseren Moraltheologen vorgetragen, könnte die Illusion, die entsteht, wenn man den Menschen reduziert auf Bewußtsein und guten Willen, auflösen und zeigen, wie aufgeschlossen wir sein müssen, die unbewußten Kräfte in unserer Psyche wahrzunehmen. Alles hängt davon ab. Aber wir müßten über den Menschen gänzlich anders nachdenken. Das wäre der Beitrag, die wirkliche Kulturreform der Psychoanalyse am Ende unseres Jahrhunderts. Es genügt nicht nur, über das Planbare und Machbare zu reden, und auch nicht nur über unsere Gefühle. Was die Psychoanalyse uns lehrt, ist, daß wir, anders als im Roman des 19. Jahrhunderts, nicht als Erwachsene fertig vom Himmel steigen und die Bühne betreten, sondern daß alles, was wir sind, eine lange Geschichte hat, die in die begreifende Begegnung untereinander, miteinander eingeht. Erst wenn wir unserer Ratlosigkeit geständig sind, dürfen wir das Märchen zu Rate ziehen. Es geht weiter, wie folgt:

Wir haben das Mädchen ohne Hände, die Königin, buchstäblich auf der Spirale eines Wiederholungszwanges verlassen, da alles sich noch einmal genauso ereignet wie vormals vor Jahren. Sahen wir das Mädchen damals dem Elternhaus den Rücken kehren, die Handstümpfe auf den Rücken gebunden, sehen wir sie jetzt den Königspalast verlassen, den Jungen auf den Rücken gebunden, und alles ist genauso wie damals. Dazwischen – können Sie sich denken – vielleicht zwanzig Jahre Eheleben, und scheinbar überhaupt nichts hat sich geändert; dann begreifen Sie, was menschliche Verzweiflung heißt. Alle Beteiligten haben sich aufs Beste bemüht, Vater und Mutter, Mann und Schwiegermutter, alle, inbegriffen das Mädchen ohne Hände selber. Und so unentrinnbar kann das Schicksal sein aus dem Unbewußten. Wir brauchen das Märchen, daß es, Gott sei Dank, noch einmal weitergeht. Aber wenn Sie bis heute abend noch den Eindruck hatten, Märchen sind Geschichten für kleine Kinder: Ich denke, jetzt schon wissen Sie, wie sehr wir Erwachsene sie brauchen, und was sie zu erzählen vermögen mitten ins Erwachsenenleben hinein. Wie findet ein Mann seine Frau wieder, die er vertrieben hat im Schatten seines eigenen Wohlwollens durch uralte Ängste? Das wollen wir wissen.

Die Interpretation des Märchens »Das Mädchen ohne Hände«

3. Teil:

Sie kam – so geht die Geschichte des »Mädchens ohne Hände« aufs Ende hin – in einen großen, wilden Wald, da kniete sie nieder und betete zu Gott, und der Engel des Herrn erschien ihr und führte sie zu einem kleinen Haus, daran war ein Schildchen mit den Worten: »Hier wohnt ein jeder frei.« Aus dem Häuschen kam eine schneeweiße Jungfrau, die sprach: »Willkommen, Frau Königin«, und führte sie hinein. Da band sie ihr den kleinen Knaben von dem Rücken und hielt ihn an ihre Brust, damit er trank und legte ihn dann auf ein schönes gemachtes Bettchen. Da sprach die arme Frau: »Woher weißt du, daß ich eine Königin war?« Die weiße Jungfrau antwortete: »Ich bin ein Engel, von Gott gesandt, dich und dein Kind zu verpflegen.« Da blieb sie in dem Hause sieben Jahre und war wohl verpflegt, und durch Gottes Gnade wegen ihrer Frömmigkeit wuchsen ihr die abgehauenen Hände wieder.

Der König kam endlich aus dem Felde wieder nach Haus, Und sein erstes war, daß er seine Frau mit dem Kind sehen wollte. Da fing die alte Mutter an zu weinen und sprach: »Du böser Mann, was hast du mir geschrieben, daß ich zwei unschuldige Seelen ums Leben bringen sollte!«, und zeigte ihm die beiden Briefe, die der Böse verfälscht hatte, und sprach weiter: »Ich habe getan, wie du befohlen hast,« und wies ihm die Wahrzeichen, Zunge und Augen. Da fing der König an, noch viel bitterlicher zu weinen über seine Frau und sein Söhnlein, daß es die alte Mutter erbarmte und sie zu ihm sprach: »Gib dich zufrieden, sie lebt noch. Ich habe eine Hirschkuh heimlich schlachten lassen und von dieser die Wahrzeichen genommen, deiner Frau aber habe ich ihr Kind auf den Rücken gebunden und sie geheißen, in die weite Welt zu gehen und sie hat versprechen müssen, nie wieder hierherzukommen, weil du so zornig über sie wärst.« Da sprach der König: »Ich will gehen, soweit der Himmel blau ist, und nicht essen und trinken, bis ich meine liebe Frau und mein Kind wiedergefunden habe, wenn sie nicht in der Zeit umgekommen oder Hungers gestorben sind.« Darauf zog der König umher, an die sieben Jahre lang, und suchte sie in allen Steinklippen und Felsenhöhlen, aber er fand sie nicht und dachte, sie wären verschmachtet. Er aß nicht und trank nicht während dieser ganzen Zeit, aber Gott erhielt ihn. Endlich kam er in einen großen Wald und fand darin das kleine Häuschen, daran das Schildchen war mit den Worten: »Hier wohnt jeder frei.« Da kam die weiße Jungfrau heraus, nahm ihn bei der Hand, führte ihn hinein und sprach: »Seid willkommen, Herr König,« und fragte ihn, wo er herkäme. Er antwortete: »Ich bin bald sieben Jahre herumgezogen und suche meine Frau mit ihrem Kind, ich kann sie aber nicht finden.« Der Engel bot ihm Essen und Trinken an, er nahm es aber nicht und wollte nur ein wenig ruhen. Da legte er sich schlafen und deckte ein Tuch über sein Gesicht. Darauf ging der Engel in die Kammer, wo die Königin mit ihrem Sohne saß, den sie gewöhnlich Schmerzenreich nannte und sprach zu ihr: »Geh hinaus mitsamt deinem Kind, dein Gemahl ist gekommen.« Da ging sie hin, wo er lag, und das Tuch fiel ihm vom Angesicht. Da sprach sie: »Schmerzenreich, heb deinem Vater das Tuch auf und decke ihm sein Gesicht wieder zu.« Das Kind hob es auf und deckte es wieder über sein Gesicht. Das hörte der König im Schlummer und ließ das Tuch noch einmal gerne fallen. Da ward das Knäblein ungeduldig und sagte: »Liebe Mutter, wie kann ich meinem Vater das Gesicht zudecken, ich habe ja keinen Vater auf der Welt? Ich habe das Beten gelernt, unser Vater, der du bist im Himmel; da hast du gesagt, mein Vater wäre im Himmel und wäre der liebe Gott – wie soll ich einen so wilden Mann kennen? Der ist mein Vater nicht.« Wie der König das hörte, richtete er sich auf und fragte, wer sie wäre. Da sagte sie: »Ich bin deine Frau und das ist dein Sohn Schmerzenreich.« Und er sah ihre lebendigen Hände und sprach: »Meine Frau hatte silberne Hände.« Sie antwortete: »Die natürlichen Hände hat mir der gnädige Gott wieder wachsen lassen;« und der Engel ging in die Kammer, holte die silbernen Hände und zeigte sie ihm. Da sah er erst gewiß, daß es seine liebe Frau und sein liebes Kind war, küßte sie und war froh und sagte: »Ein schwerer Stein ist von meinem Herzen gefallen.« Da speiste sie der Engel Gottes noch einmal zusammen, und dann gingen sie nach Haus zu seiner alten Mutter. Da war große Freude überall, und der König und Königin hielten noch einmal Hochzeit, und sie lebten vergnügt bis an ihre seliges Ende.

Also gibt es das doch, die Wiederverheiratung der Geschiedenen. Nur, wer hätte auch bloß drei Sätze vor Schluß darauf sich verwetten mögen? Fragen Sie, worin besteht hier eigentlich des Rätsels Lösung? Wir können dies nur rein formal in wenigen Strichen herauskristallisieren. Es ist das eine gewisse Unabhängigkeit, die hier wächst, indem allein das Gefälle der eigenen Angst unerträglich wird. Es findet sich, daß das Mädchen ohne Hände erneut seinem Engel begegnet, seiner wirklichen Wesensgestalt, und einen Raum entdeckt, an dem geschrieben steht: »Hier wohnt ein jeder frei.« Ermächtigung also und Erlaubnis herrscht hier, eine Erwünschtheit und ein Entgegenkommen, selber sein zu dürfen. Und das führt schließlich dazu, eigene Hände wieder zu bekommen. Es ist, daß langsam gelernt wird, all das zu dürfen, was niemals gestattet war, mit einer Erlaubnis, die jetzt aber nicht vom eigenen Mann kommen kann, und auch nicht von der Erinnerungsgestalt von Vater oder Mutter. Irgendwann bedarf es der Ermächtigung durch sich selber. Es ist absurd, eine Freiheit betätigen zu wollen, die immer noch genehmigungspflichtig und von außen her der Erlaubnis bedürftig ist. Frei sein besteht darin, selber entscheiden zu dürfen und zu mögen. Das tut das Mädchen ohne Hände. In all der Zeit, wieder ganz wörtlich, muß der Mann auf die Suche gehen, magert dabei ab, verliert sieben Jahre lang an Gewicht, an Statur, wird immer weniger, ehe er überhaupt fähig wird, seiner Frau wiederzubegegnen; und es ist entscheidend, daß er lernen muß, sie wiederzuerkennen, die Vergangene in der Gegenwart, indem er die Hände, die jetzt selbst aktiv sein dürfen, als die Wahrheit des neuerwachten Lebens erkennt. Ich glaube, daß es im Leben wie in der Liebe kaum etwas Schöneres gibt, als daß der Mann auf die Suche geht nach seiner verlorenen, angstverschreckten und gejagten, um ihr Leben laufenden Frau, begleitet von einem Engel, der lehrt, selber zu sein.

Wir können uns oft fragen, wie verhält sich denn Psychoanalyse und Religion zueinander? Theologie und Psychotherapie können zu einem verständigen Verhältnis gar nimmer finden, solange die Religion selber befangen ist in masochistischen und sadistischen Opferphantasien. Immer noch, bis in die Gegenwart hinein, sehe und höre ich einen Glauben mitten im Christentum vertreten, wonach Menschen um so erwünschter werden, je mehr sie von sich abgeben. In diesem Sinne ist das Mädchen ohne Hände ein Vorbild an Frömmigkeit. Es hätte eine solche Religion, wenn sie nicht mehr zu sagen weiß, nichts weiter zu bringen als Zerstörung. Ein GRIMMsches Märchen ist imstande, eine Sprache von Gott zu pflegen – auf dem Hintergrund, zugegeben, einer sehr starken ödipalen Bindung, die jenseits menschlicher Zerstörung und Verängstigung eine Hoffnung wachhält, an der Menschen das Leben wiederfinden, an welchem geschrieben steht: »Hier lebt ein jeder frei.«

Jede human gewordene Religion in jeder beliebigen Gesellschaft müßte einen Raum bilden, einen Ort erschaffen, der wäre wie eine Asylstätte, an der jeder eingeladen wäre, sich selber zu finden. Und die erste Frage wäre nicht, »Was muß ich tun, was muß ich leisten, was muß ich hergeben?«, sondern »Wer darf ich sein, und wie darf ich wiederfinden, was mir genommen wurde durch viel Schuldgefühl, durch sehr viel Angst?«. Und – paradox genug – in einer bestimmten Form der Ethik lernen wir ständig, daß die Liebe darin besteht, sich hinzugeben, sich für den anderen zu engagieren, für den anderen ganz da zu sein. Ein Märchen der Brüder Grimm, ganze fünf Seiten der Kinder- und Hausmärchen der Brüder Grimm, vermag uns zu zeigen, daß die Liebe oft genug an einem Zuviel von Opfer, einem zu starken Zurückgeschnittenwerden in den eigenen Bedürfnissen, zerbrechen kann. Das Mädchen ohne Hände wird seine Ehe nur retten können, wenn es lernt, seine eigenen Wünsche, seine eigenen Sehnsüchte aktiv selbst zu leben und in die Hand zu nehmen und alle die Schuldgefühle abzuarbeiten. Das wäre Religion, eine Unterstützung des Wegs des Menschen zu sich selbst, im Vertrauen zu dem Hintergrund einer prinzipiellen Erlaubnis und der Erwünschtheit im Dasein. Solange die heutige Form von christlicher Theologie dies nicht lernt von der Psychoanalyse, wird sich der Gegensatz zwischen beiden nicht überbrücken lassen, wird die seelenlose Sprache der Religion und die notwendigerweise dann auch gottlose Sprache der Psychotherapie sich nicht zueinander vermitteln lassen.

Ich sollte als letztes noch hinzufügen, daß Sie das Märchen vom Mädchen ohne Hände und seinem König am Himmel beobachten können. Wenn ich einleitend sagte, diese Geschichten verdanken sich altem religionsgeschichtlichem Erbe, erzählt Ihnen der Mond die Geschichte vom Mädchen ohne Hände in allen Einzelheiten noch einmal. Da ist die schönste Frau der Welt in der Nacht immer wieder verstümmelt unter einem gräßlichen Schicksal. Ihre wunderschönen silbernen Hände oder weißarmigen Hände werden beschnitten, indem der Mond selbst in die Finsternis zurücktaucht. Er begibt sich auf die Flucht vor dem eigenen Sonnengemahl, hetzt, von Angst getrieben, über die ganze Welt, über den ganzen Himmel, um sich wieder zu regenerieren mit neuen, lebendigen Händen. Da ist ein Baum in der Mitte des Gartens, in der Mitte des Kosmos, an dem Sonne und Mond ihrer Liebe pflegen, und wäre die ganze Welt zwischen Sonne und Mond gelegen und alle Bewegung der Gestirne vollzöge sich einzig aus der Sehnsucht nacheinander. Was am Himmel immer wieder glücklich und unglücklich zugleich sich wiederholt, können Sie auch im Märchen der BRÜDER GRIMM wiederfinden. Und es soll am Himmel nichts weiter stehen, als die Hoffnung, die Liebenden könnten glücklich werden, mindestens wenn sie Glück hätten.

Literatur

DREWERMANN, E.; NEUHAUS, I. (1981): Das Mädchen ohne Hände. Märchen Nr. 31 aus der Grimmschen Sammlung. Olten/ Freiburg i.Br. (Walter).

Die Autorinnen und Autoren

CHRISTINA VON BRAUN, Prof. Dr. phil., Kulturtheoretikerin und Filmemacherin. Lehrtätigkeit an verschiedenen deutschen und österreichischen Universitäten in den Fachbereichen Philosophie, Literatur- und Erziehungswissenschaften. Seit Mai 1994 Professorin für Kulturwissenschaften an der Humboldt-Universität Berlin.
Publikationen: Nicht ich. Logik Lüge Libido. Frankfurt 1985; Der Einbruch der Wohnstube in die Fremde. Bern 1987; Die Schamlose Schönheit des Vergangenen. Zum Verhältnis von Geschlecht und Geschichte. Frankfurt 1989; Der Ewige Judenhaß. Christlicher Antijudaismus, deutschnationale Judenfeindlichkeit, rassistischer Antisemitismus (Begleitbuch zur gleichnamigen Filmreihe der Autorin). Stuttgart/Bonn 1990; über vierzig Filmdokumentationen und Fernsehspiele zu kulturgeschichtlichen Themen.

EUGEN DREWERMANN, Dr. theol., Privatdozent für Systematische Theologie an der Theologischen Fakultät in Paderborn, Psychoanalytiker. Zahlreiche Vorträge über theologische und psychoanalytische Themen.
Wichtige Publikationen u.a.: Die Botschaft der Frauen. Das Wissen der Liebe. Olten 1994; Der Weg des Herzens. Gewaltlosigkeit und Dialog zwischen den Religionen. In Zusammenarbeit mit dem Dalai Lama. Olten 1993; Tiefenpsychologie und Exegese (in 2 Bänden). Olten 1993; Grimms Märchen tiefenpsychologisch gedeutet. Mehrere Bände. Olten 1992-1994; Kleriker. Psychogramm eines Ideals. Olten 1990; Ich steige hinab in die Barke der Sonne. Meditiationen zu Tod und Auferstehung. Olten, 5. Aufl. 1992; Der tödliche Fortschritt. Von der Zerstörung der Erde und des Menschen im Erbe des Christentums. Freiburg 1994.

Marina Gambaroff, Dipl. Psych., Psychoanalytikerin. Studium der Psychologie, Theaterwissenschaft, Slawistik und Anglistik. Besuch einer Schauspielschule. 1969 Heirat und Übersiedlung nach Giessen, Abschluß des Psychologiestudiums. Beginn der psychoanalytischen Ausbildung am Giessener Institut. 1972-1975 wissenschaftliche Assistentin am Zentrum für Psychosomatische Medizin der Universität Giessen. Abschluß der psychoanalytischen Ausbildung. 1977 Geburt einer Tochter. Erste Veröffentlichungen im »Kursbuch«. 1979 Geburt eines Sohnes. 1982 Ernennung zur Lehranalytikerin der DPV. 1983 Übersiedlung nach Frankfurt. Auf Einladung des Goethe-Instituts seit 1986 mehrere Vortragsreisen nach Brasilien, Argentinien, Chile und Uruguay. Lehraufträge an der Universität Giessen, Salzburg und Klagenfurt. Psychoanalytische Tätigkeit in freier Praxis.
Publikationen: Utopie der Treue. Reinbek b. Hamburg 1984; Tschernobyl hat unser Leben verändert. Reinbek b. Hamburg 1986 (als Co-Autorin); Sag mir, wie sehr liebst Du mich – Frauen über Männer. Reinbek b. Hamburg 1987; gemeinsam mit Martin Walker: AngstLust – das furchtbar Weibliche. Hamburg 1994.

Stavros Mentzos, Prof. Dr. med., Psychoanalytiker. Geb. in Athen, dort auch Studium der Medizin. 1957-1967 Tätigkeit an der Psychiatrischen Universitätsklinik in Hamburg, 1960 Promotion, 1967 Habilitation. 1969 Abschluß der psychoanalytischen Weiterbildung. Seit 1971 Leiter der Abteilung Psychotherapie/Psychosomatik an der Universitätsklinik Frankfurt am Main. Klinische und Forschungsarbeit auf dem Gebiet der neurotischen, psychosomatischen, später auch psychotischen Störungen, die ihren Niederschlag in vielen Veröffentlichungen fanden. Parallel dazu intensive Beschäftigung mit psychosozialen Themen.
Publikationen: Hysterie. Frankfurt a.M. 1980; Neurotische Konfliktverarbeitung. Frankfurt a.M. 1982; Angstneurose. Frankfurt a.M. 1984. Psychodynamische Modelle in der Psychiatrie. Göttingen 1991; Psychose und Konflikt. Göttingen 1992; Depression und Manie. Göttingen 1994. Zu psychosozialen Themen: Interpersonelle und institutionalisierte Abwehr. Frankfurt a.M. 1988. Der Krieg und seine psychosozialen Funktionen. Frankfurt a.M. 1993.

Margarete Mitscherlich-Nielsen, Dr. med., Psychoanalytikerin, Mitherausgeberin der Zeitschrift PSYCHE. Studium der Literatur und Medizin. Wissenschaftliche Tätigkeit an der Psychosomatischen Klinik Heidelberg und am Sigmund-Freud-Institut, Frankfurt am Main. Zusammen mit ihrem Mann, Alexander Mitscherlich, erfolgreiche Bemühungen um die Wiedereinführung der Psychoanalyse in Deutschland nach dem Ende des Nationalsozialismus. Bis heute Auseinandersetzung mit Fragen der nationalsozialistischen Vergangenheit und ihrer Aufarbeitung. Grundgedanke ihrer Publikationen ist der Versuch, Kenntnisse der Psychoanalyse an weitere Kreise der Bevölkerung zu vermitteln, und die Anwendung der Psychoanalyse auf die Bereiche von Politik und Kultur. In diesem Zusammenhang seit Ende der sechziger Jahre auch zunehmende Beschäftigung mit der Situation der Frau in unserer Gesellschaft.
Publikationen: Die Unfähigkeit zu trauern (zus. mit Alexander Mitscherlich). München 1968; Müssen wir hassen? Frankfurt a.M. 1976; Das Ende der Vorbilder. München 1978; Männer (zus. mit Helga Dierichs). Frankfurt a.M. 1980; Die friedfertige Frau. Frankfurt a.M. 1985; Die Zukunft ist weiblich. Zürich 1987; Erinnerungsarbeit. München 1987; Über die Mühsal der Emanzipation. Frankfurt a.M. 1990; Wir haben ein Berührungstabu. Hamburg 1991; Ist Partnerschaft überhaupt möglich? Zürich 1992; zahlreiche Beiträge in Zeitschriften, insbesondere in der PSYCHE.

Michael Lukas Moeller, Prof. Dr. med., Psychoanalytiker. Studierte Medizin und Philosophie in Hamburg, München und Berlin. 1967 Promotion mit einer Arbeit über »Psychodynamik und Prüfungsangst«. Weiterbildung zum Psychoanalytiker und Habilitation für das Fach Psychotherapie und Psychosomatische Medizin. 1973 Professur für Seelische Gesundheit in Giessen. Ausbildung zum Gruppendynamischen Trainer im DAGG, Mitglied der Gesellschaft für Organisationsentwicklung, Mitarbeiter im Hernstein International Management-Institut in Wien. Seit 1983 Lehrstuhl für Medizinische Psychologie am Klinikum der Johann Wolfgang Goethe-Universität Frankfurt/Main. Bekannt vor allem durch seinen Einsatz für die Entwicklung von Selbsthilfegruppen. Seit anderthalb Jahrzehnten schwerpunktmäßig Beschäftigung mit der Psychoanalyse der Paarbeziehung. Neben anderen längerfristigen Studien federführend für ein zehnjähri-

ges Forschungsprojekt zur Entwicklung der Paargruppentherapie.
Publikationen: Die Liebe ist das Kind der Freiheit. Reinbek b. Hamburg 1986; Die Wahrheit beginnt zu zweit. Das Paar im Gespräch. Reinbek b. Hamburg 1988; Die Einheit beginnt zu zweit. Ein deutsch-deutsches Zwiegespräch (gemeinsam mit H.J. MAAZ). Reinbek b. Hamburg 1991; Der Krieg, die Lust, der Frieden, die Macht. Reinbek b. Hamburg 1992.

MARK RICHARTZ, Prof. Dr. med., Facharzt für Psychiatrie, Psychotherapeut und Psychoanalytiker. Bis 1977 in Deutschland tätig, zuletzt an der Medizinischen Hochschule Hannover. Seit 1977 Ordinarius für Soziale und Klinische Psychiatrie an der Medizinischen Fakultät der Universität Limburg, Maastricht/Niederlande. *Publikationen* auf dem Gebiet der klinischen und der Sozialpsychiatrie sowie der psychanalytisch orientierten Psychotherapie, der Verfolgtenpsychiatrie und der Psychiatriegeschichte.

CHRISTA ROHDE-DACHSER, Prof. Dr. biol. hum. habil., Soziologin und Psychoanalytikerin, Mitherausgeberin der PSYCHE. Seit 1987 Professorin am Institut für Psychoanalyse der Universität Frankfurt/Main, vorher langjährige klinische, Lehr- und Supervisionstätigkeit an der Psychiatrischen Klinik der Medizinischen Hochschule Hannover. Lehr- und Kontrollanalytikerin der Deutschen Psychoanalytischen Gesellschaft. Zahlreiche Veröffentlichungen zu klinischen Fragestellungen, zu Themen im Grenzbereich von Soziologie und Psychoanalyse und zur Psychoanalyse der weiblichen Entwicklung.
Publikationen u.a.: Die Sexualerziehung Jugendlicher in katholischen Kleinschriften. Ein Beitrag zum Problem der Moraltradierung in der komplexen Gesellschaft. Stuttgart 1970; Das Borderline-Syndrom. Bern 1989 (4. Aufl.); Expedition in den dunklen Kontinent. Weiblichkeit im Diskurs der Psychoanalyse. Heidelberg 1991; Im Schatten des Kirschbaums. Psychoanalytische Dialoge. Bern 1994.

ROLF VOGT, Prof. Dr. phil., Psychoanalytiker. Studium der Psychologie und Philosophie in Freiburg. Tätigkeit zunächst in der Psychotherapeutischen Klinik Dr. Bork in Freiburg, von 1965-1969 als klinischer Psychologe an der Psychiatrischen Universi-

tätsklinik und von 1969-1977 an der Psychosomatischen Universitätsklinik, Heidelberg. Ausbildung zum Psychoanalytiker von 1969-1975 am Institut für Psychotherapie und Psychoanalyse der DGPT in Heidelberg und von 1978-1982 bei der Deutschen Psychoanalytischen Vereinigung (DPV). Von 1977-1980 Assistent am Institut für Psychoanalyse der Universität Frankfurt/Main. Seit 1980 Professor für Psychologie mit dem Schwerpunkt Psychoanalyse innerhalb des Studiengangs Psychologie der Universität Bremen. Veröffentlichungen zur psychoanalytischen Psychosomatik, Wissenschaftstheorie, Psychodiagnostik, psychoanalytischen Behandlungstechnik, politischen Psychologie und Kulturtheorie der Psychoanalyse.
Buchpublikation: Psychoanalyse zwischen Mythos und Aufklärung, oder: Das Rätsel der Sphinx. Frankfurt a.M. 1986.